Glorreiche Tage

Dana Spiotta

Glorreiche Tage

Aus dem amerikanischen Englisch
von Clara Drechsler und Harald Hellmann

BERLIN VERLAG

Die Originalausgabe erschien 2011 unter dem Titel *Stone Arabia*
bei Scribner, A Division of Simon & Schuster, Inc., New York

Umschlaggestaltung: ZERO Werbeagentur, München
Typografie: Birgit Thiel, Berlin
Gesetzt aus der Legacy von psb, Berlin
Druck und Bindung: CPI – Clausen & Bosse, Leck
Printed in Germany
ISBN 978-3-8270-1191-6

Für Clem Coleman

Die Schönheit, auf die ich hinauswill, braucht wenig,
um hervorzutreten – unglaublich wenig. Jeder Ort –
sogar der ärmlichste – genügt ihr.
Jean Dubuffet – *Tischlandschaften, Gedankenlandschaften,*
Steine der Philosophie

I just wanna stay in the garage all night.
»Garageland«, The Clash
geschrieben von Mick Jones und Joe Strummer

Anmerkung der Autorin

Der Nik Worth in diesem Roman ist fiktiv, aber er hat dennoch ein Vorbild im wirklichen Leben: meinen Stiefvater Richard Frasca alias Jon Denmar. Richard Frasca ist nicht Nik Worth, doch Richards Treue zu sich und seiner Musik und die selbst angelegte Dokumentation seines heimlichen Doppellebens als Rockstar brachten mich auf die Idee für Nik. Richard, ich danke dir für deine Großmut. Du bist ein wahrer Künstler. Viva Village.

Sie sagte immer, es sei losgegangen, beziehungsweise ihr zum ersten Mal aufgefallen, als ihr Vater ihm zum zehnten Geburtstag eine Gitarre schenkte. So wollte es zumindest die immer wieder kolportiert und zur gemeinsamen Über-Erinnerung geschliffene Familienlegende, die sie allerdings für zutreffend hielt: Er veränderte sich in einem einzigen, genau festzumachenden Moment. Bis dahin waren Niks Lieblingsbeschäftigungen *Mad*-Hefte und aufwendige Tuschezeichnungen von Hunden und Katzen mit dem Auftreten exzentrischer Hipster. Er hatte ein festes Personal – Mickey, den zottigen Straßenköter, der Gras rauchte und Motorrad fuhr, Linda, die nuttige Afghanen-Hündin, die immer das Haar über ein Auge hängen ließ, und Nik Kat, sein Alter Ego, ein cooler Kater, der gern Streiche spielte und immer wieder mit einem blauen Auge davonkam. Nik Kat sprach den Leser direkt an, mit kurzen, unernsten Kommentaren wie »Bitte bloß nicht umblättern«. Denise trat als Little Kit Kat, das Wunderkätzchen, auf. Sie trug ein Cape und führte folgsam Nik Kats Befehle aus. Nik machte aus jeder Episode einen abgeschlossenen Band. Anfangs produzierte er drei oder vier Kopien mit Durchschlagpapier, später stürzte er sich in Unkosten und fertigte noch ein paar mehr im Copyshop an, aber der Umschlag war jedes Mal ein Einzelstück: Er zeichnete die Umrisse mit Magic Marker vor, die er dann mit buntem, aus Zeitschriften ausgeschnittenem Papier auscollagierte. Denise hatte irgendwo noch einen Karton mit seinen Zines. Ein Exemplar gab er Mom und ihr (sie mussten sich eins teilen), eins ging an seine aktuelle Freundin (Nik hatte immer eine Freundin), eins kam in eine Plastikhülle und wurde in seinem noch jungen Archiv abgelegt, und eins ging an ihren Vater, der in San Francisco lebte.

Das Exemplar für seinen Vater signierte Nik und versah es mit der Limitierungsnummer, bevor er es in trickreich zugeschnittene braune Einkaufstüten verpackte, die er mit Tesa zuklebte. Er adressierte das Kuvert an Mr Richard Kranis. (Daneben stand immer in winzig kleinen Buchstaben *Kronos*. Das rührte noch aus einer Zeit, in der Nik jeder seiner Bezugspersonen den Namen und die Identität einer Gottheit zugewiesen hatte. Sein Dad war natürlich Kronos, und obwohl Nik seine kindliche Götter-und-Mythen-Phase schon lange hinter sich gelassen hatte, behielt sein Vater immer den Kronos-Beinamen in mikroskopischen Lettern.) Nik zeichnete den kompletten Umschlag voll und machte damit die Verpackung zur Verlängerung der Geschichte, die sich darin befand. Nachdem er das Heft an seinen Vater geschickt hatte, trug er die Nummern der Ausgaben und die jeweiligen Empfänger in sein Hauptbuch ein. Schon damals schien er sein eigenes Leben für künftige Forschungszwecke mit Anmerkungen zu versehen. »Selbstkuratierung oder Vergessenheit«, pflegte er zu sagen, als sie älter waren und Denise ihn wegen seines Archivierungswahns aufzog.

Denise glaubte nicht, dass ihr Vater je auf diese Päckchen reagiert hatte, aber vielleicht tat sie ihm Unrecht. Sie fragte Nik nie danach. Ihr Vater schickte zu ihren Geburtstagen ab und zu Spielzeug, aber nicht immer, und nicht zu jedem Geburtstag. Sie erinnerte sich, dass er sie einmal eine Woche nach Weihnachten besuchte und eine ganze Wagenladung Geschenke mitbrachte. Denise bekam damals ein kleines Fahrrad mit abnehmbaren Stützrädern und lila Glitzertroddeln an den Lenkergriffen. Aber die bemerkenswerteste Überraschung gab es, als er zu Niks zehntem Geburtstag auftauchte.

Nik und Denise lebten zu der Zeit in der Vista Del Mar, etwa zwei Blocks vom Hollywood Freeway entfernt. Ihre Mutter hatte dort einen kleinen, weiß verputzten Bungalow gemietet. (In seinen Comics nannte Nik das Haus Casa El Camino Real, was später zu Casa Real verkürzt wurde – ausgesprochen »Ray-Al« oder »re-ell«, je nachdem, wie sarkastisch man sich gerade fühlte –, und sie fanden es unendlich witzig, es so zu nennen, bis am Schluss sogar ihre Mutter Casa Real dazu sagte. Als Nik auf die Highschool kam, war er zu einem dieser Menschen geworden, die allem und jedem einen Namen gaben: seinen Autos, seiner Schule, seinen Bands, seinen Freunden. Jemand, der ihn gut kannte – zum Beispiel Denise –, erkannte seine Stimmung schon daran, welchen Spitznamen er benutzte. Nur seine Gitarren bekamen keine Spitznamen. Die wurden entweder mit ihrem Markennamen – die Gibson – oder ihrem Gattungsnamen – Bass – angesprochen, aber er hätte sie niemals als sein »Brett« oder so was bezeichnet oder sie gar mit einer Frau verglichen. Instrumenten Namen zu geben fand er unseriös.)

Als sie in die Casa Real zogen, hatte Nik anfangs sein eigenes Zimmer, während Denise sich ein Zimmer mit ihrer Mutter teilte. Später bekam dann Denise Niks Zimmer, und Nik nutzte das hintere Esszimmer – das einen separaten Eingang hatte – als Schlafgemach, Räucherhöhle und Privatenklave. Wieder etwas später nahm er die komplette Garage in Beschlag. Nik tackerte Teppichreste an die Wände und baute sie zu einem schalldichten Proberaum und Aufnahmestudio um.

Zu seinem zehnten Geburtstag wünschte sich Nik einen Kinobesuch mit ein paar Freunden und anschließendem Grillen im Garten mit Kuchen und Geschenken. So war es geplant. Nik hätte gern *Dr. Seltsam* gesehen, aber Denise war dafür zu klein, darum gingen sie ins Campus auf der Vermont Avenue, um sich den Beatles-Film *A Hard Day's Night* anzusehen. Nik war ein kleiner Beatles-Skeptiker; er besaß alle ihre Singles, hatte sich aber noch nicht entschieden, ob sie nicht doch eher was für Mädchen waren. Der Film räumte seine letzten Zweifel aus. Denise erinnerte sich, dass alles daran sie begeistert hatte – die Musik natürlich, aber auch die schnellen Schnitte, der trockene Humor, der Mod-Stil, die juxigen Kommentare direkt in die Kamera. Die Stücke euphorisierten sie förmlich, und jedes einzelne davon hatte sich ihnen schon bei der zweiten Wiederholung des Refrains unauslöschlich eingebrannt. Sie blieben den ganzen Abspann lang auf ihren Plätzen sitzen. Wäre da nicht noch die Party gewesen, hätten sie sich den Film zweifellos direkt noch mal angeguckt. Als Denise Nik zögerlich hinaus ins Licht des Nachmittags folgte, war sie schockiert, dass die Welt immer noch so war, wie sie sie verlassen hatten. Da stand sie – in drückend heißer, diffuser Beatles-freier Farbgebung. Keine Speed Motion, keine Klimpergitarren. Aber das war nicht schlimm, denn sie hatten die Songs noch immer im Kopf und wussten, dass sie sich den Film so bald wie möglich noch mal ansehen würden. Sie fuhren mit dem Bus zum Hollywood Boulevard, um sich Schallplatten anzusehen. Dann gingen sie zu Fuß vom Hollywood Boulevard rauf zur Franklin, und Nik begann die Stücke aus dem Film a cappella zu singen; er traf die Charakteristik jeder Beatles-Stimme haargenau. Außerdem konnte Nik den Liverpooler Akzent imitieren und hatte sich bereits einige der Textzeilen eingeprägt (»Wir sind gut erzogen! Wir waren in der Hundeschule!«). Sie gingen im Gänsemarsch durch den Tunnel unter dem Freeway (»Er ist pingelig mit seinen Drums. Sie sind sein Ein und Alles!«). Nik und Denise waren immer noch berauscht vom Film, als sie in die Vista Del Mar bogen.

Der Wagen ihres Vaters stand in der Auffahrt, ein weißer Chrysler Imperial. Nik rannte los.

Sie fanden ihn im Garten bei ihrer Mutter. Er hatte seine Freundin nicht mitgebracht und trug ein Sportsakko, obwohl es in der Spätnachmittagssonne ziemlich heiß war. Nik lief zu ihm hin, und sie umarmten sich. Denise starrte ihn bloß an. Sie war klein für ihre sieben Jahre und recht zierlich. Sie sah nicht direkt wie ein Baby aus, aber wie ein Minimädchen. Sie hatte ihren Vater lange nicht gesehen und war in seiner Gegenwart ausgesprochen befangen. Er stand auf und packte sie mit beiden Händen an der Taille. Er war sehr groß. Denise sollte immer Schwierigkeiten haben, sich an sein Gesicht zu erinnern – natürlich kannte sie es von Fotos, aber sie konnte sich nie in Erinnerung rufen, wie es tatsächlich ausgesehen hatte. An das Gefühl seiner Hände, die sie umfassten, konnte sie sich aber genau erinnern. Er hob sie hoch und drückte sie an seine Brust. Dann legte er sie sich in die eine Armbeuge und strich ihr mit der freien Hand über die Wangen. »Glatt und weich«, sagte er und lächelte. Auf Fotografien sieht Denises Vater wie einer dieser Charakterdarsteller aus den Fünfzigern aus: Er ist groß und breitschultrig mit markanten Gesichtszügen. Hübsch ist er nicht. Er hat eine reine olivfarbene Haut und dichtes, glänzendes schwarzes Haar. Aber er sieht um Augen und Nase auch etwas aufgeschwemmt aus und wirkt älter, als er ist. Wenn sie heute Fotos von ihm studiert, wirkt er auf sie wie ein Mann auf dem sicheren Weg zu einem frühen Herzinfarkt, ein Mann, der offenkundig zu viel isst und trinkt. Als er sie damals auf dem Arm hielt, nahm sie nur wahr, wie gut er roch, wie hünenhaft er gebaut war. Wenn er dich hielt, wurde er die ganze Welt für dich. Sie war verlegen, aber sie ließ zu, dass er sie trug, sie auf die Wange küsste und sanft an ihren Zöpfen zog.

Nik und Denise waren sich später einig, dass ihr Vater fürchterlich gewesen war. Er tauchte nur sporadisch und unangekündigt auf, und irgendwann kam er einfach gar nicht mehr. »Er wäre ein super Onkel gewesen«, meinte Nik bei ihrem letzten Gespräch darüber. »Der perfekte geschenkebeladene Einmal-im-Jahr-Onkel, der dir sagt, wie groß du geworden bist, und dann fünf Minuten mit dir herumbalgt, bevor er sich einen Scotch genehmigt und wieder verschwindet.« Als ihr Vater sich von ihrer Mutter trennte, war Nik fünf, daher hat Nik ein paar Erinnerungen an das Leben mit ihm. Denise war damals zwei und hat keine. Und als Nik noch keine elf war, weckte ihre Mutter sie eines Samstagmorgens und teilte ihnen mit, dass ihr Vater gestorben sei. Nik hatte im Schlafanzug auf dem Sofa gesessen und geweint. Denises Mutter hatte auch geweint. Denise musste erst in ihr Zimmer gehen und ihren Vater auf einem Foto aus ihrem Fotoalbum ansehen. Sie musste sich richtig konzentrieren. Er ist tot, und ich werde ihn nie, nie wiedersehen. Als sie das Foto lange genug angestarrt hatte, fing sie auch an zu weinen.

Er hatte damals nicht zur Grillparty bleiben können. Er war geschäftlich in der Stadt. »Ich wollte dich überraschen«, sagte er. »Ich bleib nur auf ein schnelles Glas.«

Er setzte sich in die Sonne und trank aus einem Tumbler Bourbon auf Eis. Er rauchte eine Zigarette und schwitzte im schattenlosen Garten. Er trug einen schweren Ring am Finger, der in der Sonne funkelte. Nik und seine Freunde tranken Cola, flüsterten verlegen miteinander und warfen verstohlene Blicke auf Niks Vater. Ihre Mutter hatte Hamburger auf den Grill gelegt. Denise drängte Nik, seine Geschenke auszupacken.

»Nicht jetzt«, sagte ihre Mutter, »nach dem Kuchen.«

»Ich hab was, das du jetzt schon aufmachen kannst«, sagte ihr Vater. Er stand mit einem Lächeln auf und ging durchs Gartentörchen nach vorne, wo sein Wagen stand. Alle starrten sie auf das Törchen, bis er zurückkam, auf dem Rücken einen großen schwarzen Lederkoffer in Gitarrenform. Er trug ihn zu Nik und legte den Koffer vor ihm ins Gras. Nik starrte darauf hinab. Obwohl er Nik auch früher schon tolle Geschenke gemacht hatte, deuteten Größe und Gewicht dieses Geschenks auf eine Extravaganz, die alles bisher Dagewesene in den Schatten stellte.

»Mach ihn auf, Junge.«

Nik löste den Verschluss und klappte den Deckel hoch. Das lackierte Rosenholz glänzte in der Sonne. Ihr Vater bückte sich und hob, eine Hand am Hals, die andere unter ihrem Körper, die Gitarre heraus. Die Griffleiste war zwischen den Bünden mit Perlmutt eingelegt, dazu passend gab es einen Perlmuttzierstreifen am Rande des Körpers und die Intarsienrosette um das Klangloch. Er reichte Nik die Gitarre, der sie an seine Brust zog. Nik starrte auf sie hinunter.

Schließlich flüsterte er ehrfurchtig: »Danke schön.« Und damit war es passiert.

Die Chroniken

28. Mai, 2004

Liebe Ada,

es ist beinahe Mitternacht, und ich kann es kaum erwarten, diese Farce von einem Tag hinter mir zu lassen. Er war weder gut noch fröhlich noch freundlich. Ich habe lange bis hierher gebraucht und werde so bald nicht wieder weggehen. Sei gewarnt, ich bin nicht ganz bei mir. Aber ich will es nach bestem Wissen und Gewissen angehen. Ich muss mich vorsehen. Denn wie wir wissen, lädt die Erinnerung dazu ein, sie durch Bedauern zu verfälschen.
Du magst vermuten, dass ich getrunken habe. Das könnte dich auf den Gedanken bringen, ich wäre hyperbolisch oder histrionisch oder gar, ein Wort, bei dem alle Frauen meines Alters zusammenzucken: hysterisch. Als wären meine Hormone oder mein Uterus (das griechische Wort für Gebärmutter, hystera, etc. pp.) der Motor für meine schriftstellerischen Ergüsse. Dem ist nicht so. Ich schreibe, weil ich Dinge weiß und sehe, die sonst niemand weiß und sieht. Weil es sein muss. Es ist mein Job, meine Aufgabe. Ich könnte beinahe abheben, so befreit fühle ich mich. Ein Teil von mir ist erleichtert, ich kann es nicht leugnen.
Ich werde noch ausführlicher darauf eingehen, versprochen.

»Herrgott noch mal«, sagte Denise kaum hörbar in dem leeren Zimmer. Sollte das etwa alles sein, was ihr blieb? Noch so ein übertrieben umständlicher Scherz?

Welch eigentümliches Gefühl: Vor dem heutigen Abend habe ich mir nie vorgestellt, einmal etwas schreiben zu wollen, schon gar nicht zu diesem Thema. Das soll nicht etwa heißen, dass ich nicht verstehe, warum es andere zum Schreiben drängt. Das geschriebene Wort verlangt nach eingehender Auseinandersetzung, die dem gesprochenem Wort einfach nicht zukommt. Schriftstellern gelingt es, etwas Solides aus der unermüdlichen Alltagsproduktion von verbalem Schleim zu extrahieren. Ein Schriftsteller ist ein Wörter-Wiederverwerter, ein Wortmüllsammler und -destillateur.
Wie du weißt, habe ich es mitunter zu sehr mit den Wörtern – ich rede gerne, und manchmal brechen die Wörter mit einer peinlichen Vehemenz hervor. Ich kann sie fast fühlen wie greifbare Gegenstände, während ich ihnen Leben einhauche. Ich fürchte, das ist eine Folge der Einsamkeit. Ausgesprochene Wörter gewinnen etwas Extravagantes und Magisches, und ich muss gestehen, ich habe mich mehr als nur einmal dabei ertappt, meine Gedanken laut auszusprechen, als würde ich sie dadurch wirklicher machen, aber ich erinnere mich nicht, dass es mich je gedrängt hat, Dinge tatsächlich niederzuschreiben. Kein Verlangen, mir etwas abzupressen, das mein sterbliches Stimmchen überdauert. Jetzt beim Niederschreiben scheint mir, dass ich mich nicht um die menschliche Vergänglichkeit herumschummeln will, sondern einfach einen Weg aus meiner Isolation suche. »Der künstlerische Impuls«, heißt es bei Colette, »überwindet Barrieren noch wirkungsvoller als sexuelles Verlangen.« So sei es denn – reißen wir die Mauern ein. Machen wir sie dem Erdboden gleich.

Denise brach ab und atmete tief durch. Dann noch einmal. Sie wankte und stützte sich am Schreibtisch ihres Bruders auf. Sie merkte, dass sie alles gelesen hatte, ohne Luft zu holen. Und im Stehen. Sie zog mit dem Ellbogen seinen Schreibtischstuhl hervor. Sie legte den Brief nicht weg. Sie legte ihn nicht aus der Hand, Zeigefinger und Mittelfinger hielten das letzte Blatt von den ersten deutlich getrennt. Sie setzte sich und beugte sich vor. Ihr feuchtes Haar klebte in ihrem Nacken. Sie müsste eigentlich einen Schluck Wasser trinken oder so was. Denise las weiter, um zu erfahren, was Niks »Denise« sonst noch zu sagen hatte.

Die einfachste und wohl auch zutreffendste Antwort ist, dass Niks Kunst sein Leben war. Und ich weiß nicht, was das für ein Leben bedeutet. Ich habe sämtlichen künstlerischen Impulsen stets widerstanden. Ich stellte mir immer die Frage, wenn man in etwas nicht gut ist, mit welchem Recht macht man es dann? Das geht zurück auf eine Phase meines Lebens, in der ich mich kurzfristig zur Schauspielerin berufen fühlte, zur Verkünderin und Verklärerin jener köstlich zusammengetragenen und komponierten Wörter, Formulierungen und Sätze. Mit siebzehn belegte ich sogar einen ziemlich exklusiven Schauspiel-Workshop. Das wusstest du gar nicht, oder? Doch ich muss gestehen, dass sich mein erster Auftritt dort, wie so viele Dinge in meinem Leben, rein zufällig ergab. Die Klasse traf sich jeden Mittwochabend in einem kleinen Privattheater an der Melrose Avenue. Der Lehrer war eine Berühmtheit, er coachte seriöse Filmschauspieler. Man holte ihn beim Dreh wichtiger Szenen an den Set. Er verfüge über geheime Kenntnisse, wurde uns gesagt. Und so dämlich es klingen mag, ich hatte gar nicht vor, mich um Aufnahme in seine Klasse zu bewerben. Ich war mit meiner Freundin Avril da, die darauf brannte, Schauspielerin zu werden, seit sie Judith Anderson als widerwärtig-bewundernswerte Mrs Danvers in Hitchcocks brillantem Eheterror-Film Rebecca *gesehen hatte. Sie wollte vorsprechen, und ich bin mitgegangen, um ihr beizustehen. Wir spielten eine Szene aus* Done by Hand. *Ich war Janice. Ich hatte überhaupt keine*

Ahnung vom Schauspielern. Mich zog es auch nicht zur Bühne. Aber genau wie eine stehengebliebene Uhr zweimal am Tag die richtige Zeit anzeigt (verzeih auch dieses Klischee), ist jeder für mindestens eine *Szene prädestiniert, die zufällig nach einem genau seiner Persönlichkeit entsprechenden Verhalten ruft, das er dann einfach auf die Bühne bringt. In dieser spezifischen Rolle, in dieser spezifischen Szene also ergaben meine Angstgetriebenheit, mein Erschrecken vor mir selbst und mein verschämtes, unsicheres Lächeln – damals wie heute ein Ergebnis dessen, was Sigmund Freud als »Dilemma der Gleichzeitigkeit des intensiven Wunsches, Vergebung zu empfangen, und eines masochistischen Provokationsimpulses« identifizierte – zusammengenommen die Illusion einer brillanten Bühnenpersönlichkeit, berstend vor Potential und Zukunftsmöglichkeiten. Über das ich beides nicht verfüge – zumindest nicht als Schauspielerin.*
Ich war also sensationell, ein umwerfendes Geschöpf von schillernder Komplexität. Für fünf Minuten, mit siebzehn, im Barbara Stanwyck Theatre an einem Mittwochabend.
Ich sprach meine letzte Zeile, spie sie aus in einem manischen Atemzug. Ich hörte den berühmten Lehrer sagen: »Hier halt, bitte.« Ich war sofort klatschnass unter den Armen; mir brach der kalte Schweiß der Demütigung aus. Ich fühlte sogar, wie mir ein Schweißtropfen am Hals herunterrann. Ich öffnete die Augen (ich hatte sie wie es schien während meiner gesamten letzten Textpassage zugekniffen). Avril starrte mich mit zitternden Lippen an. Sie war knallrot im Gesicht und offenbar den Tränen nahe. War ich dermaßen schlecht gewesen? Ich konnte spüren, wie das ganze Auditorium den Atem anhielt, und in diese Stille entlud sich dann plötzlich frenetischer Applaus. Ungeheuerlich, Ada. Der stürmische Donnerhall dieses unerwarteten Klatschens: Du kannst ihn förmlich spüren, nicht nur hören. Es ist geradezu ein Übergriff, als versuchten sie, irgendwie in dich einzudringen. Sie

nehmen Besitz von dem, was dir gerade offenbar gelungen ist. Es raubte mir fast die Sinne.
Der Lehrer tauchte aus dem Dunkel auf und betrat die Bühne. Er ließ das Publikum mit einer Handbewegung verstummen. Sein Gesicht verriet weder Missfallen noch Wohlgefallen: Es zeigte einen ernsten, beherrschten Ausdruck. (Kontrolle über seine Gesichtszüge darf man bei einem Schauspiellehrer wohl voraussetzen.) Dann begriff ich, dass seine Aufmerksamkeit, sein gespannter Blick sich auf jemand Bestimmten richteten, und zwar nicht auf Avril, sondern auf mich. Ich war bloß als Unterstützung mitgekommen, doch ich wurde vom Fleck weg zur Teilnahme am Workshop eingeladen. Und Avril nicht.
Aus heutiger Perspektive muss ich einräumen, dass da noch etwas mehr mitspielte als meine Zufallsverkörperung einer begnadeten Schauspielerin. Dieses gewisse Mehr *war mein Aussehen. Es selbst auszusprechen ist ein bisschen grenzwertig, aber ich war nun eben auf äußerst elevinnenhafte Art hübsch. Ich hatte dieses blendende Aussehen, das Schauspieler und Schauspielerinnen typischerweise an sich haben, ein irisierendes Charisma, das unverkennbar ist, selbst wenn man den Schauspieler oder die Schauspielerin mit strähnigem Haar und ungeschminkt antrifft. Einmal habe ich Cary Grant an einem Samstagnachmittag im Beverly Center gesehen. Er war stark ergraut und hatte seine beste Zeit längst hinter sich. Und doch war er eine absolut glänzende Erscheinung, ein umwerfend attraktiver alter Mann, der sich komplett von allen anderen dort abhob. Mehr noch, er schien alle Aufmerksamkeit aufzusaugen, er war ein schwarzes Loch, das Neugier und Wunschdenken absorbierte wie Materie.*
Das hatte nichts mit Prominenz zu tun, zumindest für mich nicht, denn ich hatte ihn gar nicht erkannt. Er war mir schon aufgefallen, bevor ich alle anderen tuscheln sah und ich merkte, wer er war. Eine junge Frau schob seinen Einkaufs-

wagen, während er nebenherschlenderte; die Gaffer schienen ihm auffallend gleichgültig zu sein, als er seinen cashmereumhüllten Arm nach einer Cantaloupe-Melone ausstreckte. Seine besondere Strahlkraft speiste sich aus einer geradezu elektrischen Attraktivität, einer außergewöhnlichen Aura. Wären wir alle zusammen auf einem Gemälde dargestellt gewesen, hätte ihn ein feiner Glorienschein umgeben, ein goldener Strahlenkranz. Genau das war es, ein Nimbus von Heiligkeit. Zumindest so heilig, wie es ein samstäglicher Einkauf im Beverly Center zuließ. Als er vorbeiging, blieb ich beinahe stehen, um zu applaudieren. Und allen anderen ging es genauso.

Meine ultrahübsche Erscheinung war eine gemäßigte Version davon. Ich hatte die ebenmäßigen, symmetrischen Gesichtszüge, die ein hübsches Mädchen kennzeichnen. Ich besaß die gertenschlanke, dabei jedoch kurvige Figur eines Standardobjekts des Begehrens. Und dazu besaß ich jenes kleine funkelnde Etwas obendrauf, das Menschen glauben macht, du müsstest irgendwie zum Film, sie noch das kleinste Detail deiner Züge heimlich anstaunen lässt. (Trifft das sanfte Tal ihres Philtrums tatsächlich in so erlesener Weise auf ihre Oberlippe? In der Tat. Beschreiben ihre winzigen Alabasterohrläppchen eine minimale Abwärtskurve, ehe sie sich wieder anlegen, wie es eleganter und dezenter nicht geht? Oh ja. Und so weiter.) Spuren dieser einstigen Schönheit sind bei mir immer noch erhalten, aber selbst mir ist bewusst, dass ich mit etwa siebzehn auf dem Höhepunkt meiner Schönheit war. Manche Frauen wachsen in die Blüte ihrer Schönheit erst hinein: unergründliche, beeindruckende Geschöpfe. An manchen Frauen geht sie völlig vorbei, die Summe ihrer Teile ergibt zum Schluss weniger, als ihnen zugestanden hätte. Meine Mutter gehörte in letztere Kategorie. Ihre Attraktivität hatte immer etwas Halbfertiges. Entweder hatte sie fünfzehn Pfund zu viel drauf oder sie konnte einen neuen Haarschnitt vertragen oder hätte sich vorteilhafter kleiden können. Aber das täuschte. Es ging einfach nie ganz auf, sie konnte machen, was sie wollte, sie kam nie ganz an ihr Potential heran. Sie war eine Frau, die immer leicht verblüht aussah, im Grunde aber nie eine Blüte erlebt hatte. Andere Frauen, ich zum Beispiel, waren Frühblüher. Es ist ein kleiner, aber entscheidender Unterschied. Ich war mit fünfundzwanzig immer noch recht hübsch. Auch jetzt, mit siebenundvierzig, bin ich noch halbwegs hübsch, wenn auch mit Ermüdungserscheinungen. (Weitaus hübscher als nötig, besonders, da ich jetzt Schriftstellerin bin.) Aber als ich damals im Barbara Stanwyck Theatre auf der Bühne stand und für diesen überaus exklusiven Workshop vorsprach, war es nur natürlich, dass sie mich mit einem geborenen Star verwechselten. Ich sah wie jemand aus, dessen sagenhafte Höchstform erst noch bevorstand. (Denn welcher Zenit der Schönheit wird schon als solcher wahrgenommen? Er hat immer erst bevorzustehen, er muss für die Frau immer eine Projektion in die Zukunft sein.)

Er, der berühmte Schauspiellehrer Herbert Mintov, unterband also den Beifall, und wir standen stumm da. Er ignorierte Avril und sah mir ins Gesicht. In meiner Erinnerung nahm er mein Gesicht in beide Hände, aber das kann unmöglich stimmen. Das wäre unappetitlich gewesen. Herbert hatte jede Menge Charakterschwächen, aber nie den Fehler begangen, übergriffig zu erscheinen. Er hat mich also nicht wirklich berührt, aber es gab irgendeine lehrergemäße Entsprechung, so was wie eine auffordernde Handbewegung, ein weises Kopfnicken gefolgt von der Einladung zur Teilnahme an seinem Kurs. Wie ich mich erinnere, sagte er zu Avril gar nichts, wie es den grausamen Gepflogenheiten der Schauspielerei entspricht. Wie konnte ich widerstehen? Ich hatte noch keinerlei Vorstellung, was ich mit meinem Leben anfangen wollte. Wer in Los Angeles aufwächst, hat früher oder später den Gedanken, womöglich zur Schauspielerei berufen zu sein. Vor allem, wenn man dazu mehr oder weniger vom Fleck weg rekrutiert wird.

Wie du wahrscheinlich schon erraten hast, ging es mit meiner Schauspielkarriere ab diesem frühen, brillanten Höhepunkt wieder steil und nachhaltig bergab. Herberts Fehleinschätzung wurde mir, ihm selbst und den anderen Kursteilnehmern bald bewusst. (Avril natürlich nicht, denn wir waren keine Freundinnen mehr. Sie fand wohl nicht zu Unrecht, ich hätte ihr die Show gestohlen und sie ausgebootet. Dass sie von Anfang an keine Chance hatte. Wahrscheinlich stimmte das sogar, aber es war ganz sicher keine böse Absicht. Und wenn ich Herberts Angebot ausgeschlagen hätte, hätte ihr das kein Stück weitergeholfen, das steht fest. Ich glaube, das widerlegt ein beliebtes Theaterklischee: Es stimmt keineswegs, dass du besser aussiehst, wenn du dich mit brillanten Kollegen umgibst. In Wirklichkeit siehst du blasser aus. Alle anderen Schauspieler sind Feinde, die deinen Glorienschein trüben und infrage stellen. Du musst einen Kreis brauchbarer, grundsolider Handwerker um dich herum haben. Avril hat diese Lektion gelernt, und ich genauso.)

Ich hasse es, jetzt, wo ich schon so weit gekommen bin mit diesem kleinen Exkurs, ein weiteres Schauspielklischee auspacken zu müssen, aber wenn es mir hier um eines geht, dann um die Wahrheit, um schonungslose Offenheit, die ganze Geschichte, so peinlich mich diese ganze Geschichte auch dastehen lässt. Letztendlich wird alles in meinen jüngsten Entscheidungen zum Tragen kommen. Fehler führen zu weiteren Fehlern: Uns bleibt nur übrig, eine halbwegs plausible Bilanz zu ziehen. Und vielleicht ist der so vorhersehbare Verlauf meiner Schauspielkarriere ja verzeihlich.

Also hier kommt's: Ich hatte eine Affäre mit Herbert. Was auch sonst.

Aber ich sollte wirklich auf Niks Geschichte zurückkommen, ich hätte vorausschicken sollen, was das alles mit Nik zu tun hat. Anders als ich zweifelte Nik nicht für eine Sekunde daran, wer er war und was er werden wollte. Er wartete nicht darauf, dass ihm irgendwer sagte, worin er gut war. Er hörte nicht einfach auf irgendeine Autoritätsperson wie ich, die ich Herberts Schauspielkurs besuchte, nur weil ich dazu eingeladen wurde. Ich glaube nicht, dass man Nik durch Schmeicheln je hätte dazu bringen können, irgendetwas zu tun, hinter dem er nicht hundertprozentig stand. Wogegen ich nicht nur Herberts Einladung annehmen, sondern dann auch noch mit Herbert schlafen musste. Ich will mir nicht deinen Abscheu zuziehen, indem ich dir die Details unserer schäbigen Schäferstündchen schildere. Ja, der Anstoß kam von mir. Es ist mir sehr wichtig, keinen Hehl daraus zu machen, wer den ersten Schritt gemacht hat. Ich wusste, dass Herbert mich begehrte, das war nicht zu verkennen. Ich fing eine Affäre mit ihm an, weil er mir leidtat. Ich war eine furchtbar schlechte Schauspielerin, er hatte mein Talent schrecklich überschätzt, und nun saß er da und hatte mich in seiner Klasse. Ich zog den gesamten Verein runter. Ich war auf der Bühne so steif und linkisch, dass alle anderen – all diese talentierten, ambitionierten Schauspielerinnen und Schauspieler – meinetwegen die Schauspielerei hassen lernten. Sie sahen zu, wie ich eine Szene spielte, und dachten dann: Ich hasse die Schauspielerei, ich hasse Schauspieler, ich schmeiße hin … Ich merkte ihnen an, dass sie das dachten, wenn sie mir zusahen. Wenn man in etwas nicht gut ist, erstickt man in allen anderen sämtliche Hoffnung, es könne jemals wieder etwas Gutes kommen. Deswegen schrieb Gertrude Stein: »Schlechte Kunst riecht nach Mensch, und zwar im unangenehmsten Sinne.« Und schlechte Schauspielerei ist das Schlimmste überhaupt – man ist mit dem peinlichen Versagen des Schauspielers in einen Raum gesperrt. Man wird Teil des Versagens. Da stand ich also, in einem Raum voller überaus talentierter

Schauspielerinnen und Schauspieler, die in der Lage waren, die tiefsten Seelengründe jeder Figur zu erschließen. Die bereit waren, in jeder noch so verhassten Rolle aufzugehen, fähig, was auch immer irgendein trüber, kleiner Autor zu Papier gebracht hatte, zu verkörpern, mit Leben zu erfüllen. Und sie taten es mit Leib und Seele, mit lebendem Atem, mit feinem Gespür für menschliche Facetten. Die Schauspieler waren Zen-Götter, selbstlose Geschöpfte, die sowohl zu extremer Selbstkontrolle wie furchtloser Spontaneität fähig waren. Sie konnten einander zuhören und aufeinander reagieren und waren dennoch hochdiszipliniert in ihrer Hingabe an Text und Stimmigkeit. Sie achteten noch auf die kleinste selbstentlarvende Zuckung und Geste. Sie verfügten über grenzenlose Einsicht in das faszinierende Warum und Weshalb menschlichen Verhaltens. Sie achteten die Integrität der Figuren, die sie lebendig werden ließen; sie waren furchtlos. Nur nicht, wenn sie mir zusahen.

Oder noch schlimmer, wenn sie eine Szene mit mir hatten. Ich verkörperte ihre vergessen geglaubten Urängste. Je länger der Kurs lief, desto elaborierter und vertrackter wurde mein Schmierentheater. Ich muss hier wirklich genau sein – wenn mit dieser Schilderung überhaupt irgendetwas zu gewinnen ist, liegt es in der Genauigkeit. Du erfährst also nicht nur, dass ich schlecht war, sondern auch, wie ich es anstellte: Ich war keineswegs faul. Ich kannte meinen Text (durch stures Auswendiglernen, durch blindes Herumprobieren und Pauken). Ich schrieb mir Notizen an den Rand. Ich dachte über Motivationen nach. Ziele. Handlungen. Was-wäre-wenns, die ich pflichtgetreu mit Bleistift hineinkritzelte. Ich hatte, wie ich glaubte, ein profundes Verständnis der Rollen, die ich darstellen musste. Ich ging in die Bibliothek und machte mich schlau. Wenn ich in meiner Rolle Pleuritis haben sollte, las ich mir an, was Pleuritis beim Menschen anrichtet (sie verursacht Druck auf der Lunge, schwere Atembeschwerden und einen stechenden Schmerz in der Brust). Ich informierte mich über die Weltwirtschaftskrise. Ich informierte mich über St. Louis. Ich arbeitete hart an mir als Schauspielerin. Wenn ich eins bin, dann lernwillig. Ich habe immer hart gearbeitet, weil ich es immer musste.

Dazu musst du verstehen: Nik und ich besuchten völlig überlaufene öffentliche Schulen. Niemand nahm uns an die Hand, weder unsere Eltern noch sonst jemand. So war unsere Erziehung zwangsweise ein Akt der Autokarpie. Alles, was wir wussten, hatten wir uns selbst beigebracht. Nik fand Vergnügen an der selbst aus dem Hut gezauberten Bildung und sah darin sogar eine seiner Stärken. Wie schrieb Ibn Tophail, dieses literarische Genie des zwölften Jahrhunderts, in seinem monumentalen Bildungsromanvorläufer Philosophus Autodidactus: »Je barbarischer ein Kind umso reiner die Form der Kreativität, die es entwickeln wird.«

Aber bei mir war es anders: Meine barbarische Kindheit hinterließ bei mir bleibende Selbstzweifel. Wenn man sich alles selbst beibringt, versteht man vieles falsch. Man spricht Wörter falsch aus, weil man die Aussprache nie bei einem anderen gehört hat. Man befleißigt sich einer, wie es Linguisten nennen, hyperkorrekten Sprache, die natürlich gerade nicht korrekt ist, weil man zum Beispiel inflationären Gebrauch vom falschen Imperativ macht. Man lernt, den eigenen Instinkten zu misstrauen, was die Einstellung zum Leben grundlegend verändert. Man ist langsam, weil man alles auf dem denkbar umständlichsten Weg angeht. Keine Äußerung erfolgt ohne mühselige Vorarbeiten. Nik scherte sich um nichts davon, aber ich empfand es immer als demütigend, noch nicht einmal zu wissen, was ich nicht wusste. Der Antrieb für meine harte Arbeit war daher, anders als bei Nik, unterschwellige Verzweiflung. Ich lernte verzweifelt, verstehst du? Aufgeben kam nicht infrage. Ich war entschlossen, gründlich zu versagen, wenn ich schon versagen musste.

Herbert gab sich alle Mühe mit mir. Geduldig und in leicht verständlichen Worten erläuterte er mir die Techniken der Körperbeherrschung. Ich machte seine Bewegungsübungen. Ich machte seine Atemübungen. Ich arbeitete mit Sense Memory. Ich summte, ich lockerte meine Gliedmaßen, ich winkelte die Knie an.

Aber.

Nichts konnte meine anhaltende und unveränderliche Schauderhaftigkeit ungeschehen machen. Trotz meiner redlichen Bemühungen, trotz Herberts redlicher Bemühungen wurde ich eher noch schlechter. Nein, halt, das stimmt nicht ganz. Ich konnte nicht noch schlechter werden, dafür gab es keinen Spielraum mehr; aber je länger ich mich mit der Schauspielerei abmühte, desto mehr verlor ich die Hoffnung. Wenn ich tatsächlich auftrat, war meine Leistung bemerkenswert beständig und uniform: Ich ging mit meiner ganzen harten Vorbereitung bewaffnet auf die Bühne. Ich hatte durchaus alles, was ich brauchte. Es war nicht etwa so, dass ich den Mund nicht aufbekam oder zu Blackouts neigte. Ich will dir sagen, was jedes Mal dabei herauskam: nichts. Es war mir unmöglich, den ganzen schönen Subtext, all die Vermerke und Randnotizen, alles, was ich mir so hart erarbeitet hatte, in irgendetwas Gefühltes umzusetzen. Ich konnte nicht fühlen. Ich konnte auch in niemandem Gefühle wecken. Wie Herbert einmal total entnervt sagte (auch noch im Bett, nachdem wir durch und durch befriedigenden Sex gehabt hatten): »Es geht darum, etwas glauben zu machen, kapierst du das nicht? Du musst mir bloß etwas vormachen. Du kannst tun, was du willst, solange du mich dazu bringst, es zu glauben.« Aber das konnte ich nicht, und Herbert konnte es mir nicht beibringen. Ich habe all das bedacht, ich habe sogar daran gedacht, nicht nachzudenken, aber ich fühlte nichts und konnte niemandem etwas vormachen. Schließlich gab ich auf. Als ich ihm sagte, ich hätte es satt,

war ich mehr als erleichtert, ich empfand ein tiefes Gefühl der Befreiung, als sei die Last des Dilettantismus von mir genommen.
Heute begreife ich jedoch, dass ich damals alles völlig falsch verstanden habe. Die Frage ist nicht: Bin ich gut genug? Nein, die Frage ist: Bleibt mir eine Wahl? Wille und Wunsch sind egal. Auch auf die Begabung kommt es nicht an. Das Nicht-anders-Können ist das einzig Maßgebliche. Ich muss es tun müssen.
Genug, Ada-Schatz. Ich bin völlig vom Thema abgekommen und habe meine Sache wohl nicht sehr gut gemacht. Du hast mir nicht erklärt, warum du nichts unternommen hast, wenn du es doch wusstest?, wirst du nun fragen. Und du hast recht, ich wusste es. Und du hast unrecht, denn ich durfte und konnte es nicht aufhalten. Ich will versuchen, es dir zu erklären. Ich werde es erneut versuchen, wenn ich wieder alle Sinne beieinanderhabe. Und Ada, bei all meiner Weitschweifigkeit und meinen mittelschweren Selbstanklagen, bitte bemitleide mich nicht. Oder Nik. Denn wie Gloria Steinem schon sagte: »Mitleid ist nur Hass ohne den Respekt.«

Für immer deine,
Ma

Denise steckte den Brief zurück in den Umschlag, der unter der aus Schnipseln zusammencollagierten Datumsangabe *1. Juli 2004* auf die Seite geklebt war. Es war kein Brief von ihr an Ada. Es war ein Fake, eine Verarsche, ein Jux. Es war ein Dokument aus Niks Chroniken. Denise hatte es darin gefunden wie vorgesehen. Es war ein Brief, den ihr Bruder in ihrem Stil – beziehungsweise dem von ihm evozierten Stil – für seine Chroniken geschrieben hatte. Ihm war eine ausgesprochen faszinierend-peinliche

Kopie von Denise gelungen, eine witzige und schonungslose Parodie. Eigentlich nur für ihre Augen, denn Denise stellte so ziemlich die Hauptleserschaft der Chroniken dar (neben Nik selbst natürlich). Er hatte ihre prätentiöse Art, ihre Diktion, ihr manchmal unangenehm schrilles Wesen stark überzeichnet. Er hatte über ihre außerordentliche Erinnerungsgabe gespottet. (Denise nahm Nahrungsergänzungsmittel als »Gehirndoping«. Sie machte Gedächtnisübungen. Sie redete sich ein, ihr Gedächtnis ließe rapide nach.) Sie presste ihre Hand auf die aufgeschlagene Mappe. Sie strich die Seite glatt und spürte das Gewicht und die dicken Schichten der zahllosen eingeklebten Einträge. Die Sonne war aufgegangen, sie konnte einen schwachen Schein in den Fugen der Garagentür und der Reihe schmaler Fensterscheiben sehen. Sie sollte jemanden anrufen. Aber was sollte sie dann sagen? Sie klemmte sich die Mappe unter den Arm und stiegt die Leiter hoch und durch die Falltür in Niks Wohnung. Sie machte sich eine Tasse Kaffee mit Niks Kaffeemaschine. Sie zog den schwarzen Vorhang an einem der nach Osten blickenden Fenster zurück. Im Licht der rosigen Morgendämmerung traten die struppigen Wüstenkasuarinen hervor wie gemeißelt. Keine Kojoten, keine Autos. Sie setzte sich mit ihrem Kaffee an seinen Schreibtisch und zog den Band der Chroniken heran. Sie nahm den gefakten Brief aus dem Umschlag und las ihn erneut.

Eigentlich hatte er ihren Hang zur Weitschweifigkeit gar nicht mal übertrieben, er ließ sich nicht abstreiten. Der ganze Quatsch über die Schauspielerei. Sie hatte wirklich mal einen Schauspielkurs belegt und war gar nicht sooo schlecht gewesen. Bloß durchschnittlich schlecht. Sie war in jeder Hinsicht weitaus durchschnittlicher als diese gedopte Denise, die Nik für die Chroniken erschaffen hatte. Und ihr war klar, dass die Chroniken gar nicht vom wahren und wirklichen Leben draußen in der Welt erzählen wollten.

Was die gefakten Zitate anging, war sie jedoch sehr angetan. Das war die typische Manieriertheit, die Nik ihr zugedacht hatte, sein Marker für alles, was er in ihrer Stimme wiedergab. Die fiktiven Zitate sind ihr Attribut, so wie Lucia von Syrakus immer mit einer Schüssel dargestellt wird, in der zwei Augen liegen, aber diesen Verweis versteht nur Denise, er ist nur im Gesamtkontext der Chroniken zu verstehen und daher letztendlich ein raffiniert durchkomponierter privater Scherz zwischen ihnen.

Bezweckte er damit irgendwas? Nik warf kleine Steinchen ans Fenster; seine Versionen von ihnen beiden folgten immer streng ihrer privaten, schrägen Seltsamlogik. Es stand außer Frage, dass sie als Nächstes Ada würde anrufen müssen. Sie würde ihre Handlungen – beziehungsweise ihre Untätigkeit – vor Ada rechtfertigen müssen. Sie musste ihr mit einiger Akkuratesse, wie er es in seinem Fake-Brief ironisch formulierte, die Wahrheit schildern, die ihrer beider Traurigkeit und Probleme zugrunde lag.

Man konnte sagen, dass er sich an seiner Einsamkeit weidete, ganz im Gegensatz zu Denise. Für sie war es das Erste, was zwischen sie trat – das, und als sie zu seinem Publikum mutierte. Es war nicht nur so, dass Nik von seinem Vater eine Gitarre bekam. Nik nahm sie, krallte sich an ihr fest und ließ sie nie wieder los. Er und sie entwickelten sich früh auseinander, und danach ließ er sich durch nichts mehr umstimmen oder aufhalten.

Von seinem Arbeitstisch aus sah Denise Niks erste Gitarre auf einem Ständer in der Ecke. Eine Orlando mit Rosenholzkorpus – »genau wie eine Martin«. Nik hatte sie pfleglich behandelt. Sie wusste, dass er den Tag, an dem er sie bekam, als schicksalhaft empfunden hatte: die Beatles, die Gitarre, das letzte Mal, dass sie ihren Vater sehen sollten. Sie wusste das, weil Nik in allem das Schicksal am Werk sah. Die Geschichte war Teil seiner Legende: Er hatte sich nicht mal eine Gitarre gewünscht – er wäre von selbst nie auf die Idee gekommen, behauptete er immer lachend. Und doch habe es sein Leben verändert. Was auch stimmte, es hatte ihn verändert. Es befiel ihn wie eine Krankheit. Von jenem Abend an waren er und die Orlando unzertrennlich.

Er konnte vor seinem Plattenspieler sitzen und sich ein und dasselbe Stück so lange anhören, bis er herausgefunden hatte, wie er die Leadgitarre dazu spielen musste. Er las keine Noten und beschäftigte sich nicht mit Musiktheorie. Aber Nik konnte sich in eine Sache verbeißen wie ein Terrier. Er war wie ein Hund, der einem Auto nachjagt, das er nie einholen wird, der niemals müde wird, einen geworfenen Ball zu apportieren. Kaum dass er von der Schule, einer Party oder einem Date zurückkam, griff er automatisch nach der Gitarre, auf die gleiche zwanghafte Art, wie Ada heute zu ihrem Computer rennt. Denise weiß noch, wie oft sie versucht hat, Nik etwas zu erzählen, und er dabei weiter an seiner Gitarre herumfummelte und versuchte, mit den Fingern auf den Saiten irgendetwas auszuknobeln. Es hatte sie genervt, wie er immer so dasaß, um dann ein desinteressiertes »Aha?« zu äußern. Und wie er nickte, während sie erzählte, aber trotzdem ständig nach unten guckte und mit der Linken Akkorde griff, während die Rechte ein Plektrum hielt, mit dem er die Saiten nur leicht berührte, ohne sie wirklich zu spielen. Er bewies Denise schon ein ungeheures Maß an Aufmerksamkeit und Respekt, indem er nicht wirklich spielte. Einmal, als sie wollte, dass er wirklich zuhörte, sagte sie: »Könntest du mal einen Moment die Gitarre weglegen?«, worauf er sie angestarrt hatte, als hätte sie ihn aufgefordert, seinen Arm wegzulegen.

Wie sich herausstellte, war er nicht unbedingt ein Gitarrenvirtuose. Aber er war ziemlich gut, gut genug, um Stücke zu schreiben und zu singen, was ihm ohnehin das Wichtigste war. Er gab sich mit der Gitarre Mühe und erreichte ein hohes Maß an Fertigkeit. Nik brachte sich alles über das Gitarrenspiel selber bei, ebenso wie er sich selbst beibrachte, dass aus ihm nie ein großer Virtuose werden würde.

Niks eigentliche Abdankung als potentieller Gitarrengott kam 1973. Er war gerade die ersten paar Male mit seiner neuen Band, den Demonics, aufgetreten. Vorher hatte er zwar mit Schulfreunden gejammt, aber die Demonics waren die erste Band, die den Sprung aus der Garage schaffte. Er hatte einen Bassisten, Sam Stone, und einen Schlagzeuger, Mike Summer. (Oder war es vielleicht doch Dave Winton und danach Mike Summer?) Sie hatten eine regelmäßige Auftrittsmöglichkeit als Vorgruppe in einem Schrott-Club namens The Well aufgetan. Sie spielten am frühen Abend, wenn eigentlich noch kein Mensch da war, so eine Art Pausenfüller. Aber es war eine tolle Chance – immerhin waren sie noch Anfänger. Sie hatten noch ihre langen Mähnen, waren ein bisschen verpickelt und pellten sich. Nik sah eigentlich immer recht gut aus, aber zu dem Zeitpunkt hatte er seinen Look noch nicht ganz gefunden – er war noch in der Experimentierphase. Er stand kurz davor, gut auszusehen. Denise ging zu allen Auftritten der Demonics, obwohl sie erst sechzehn war, und damit deutlich unter dem erlaubten Alter. Sie schlüpfte einfach als Teil der Band mit hinein. Dann suchte sie sich ein Plätzchen in Nähe der Bühne und wickelte sich in ihre Arme und Beine, bis sie glaubte, einigermaßen unsichtbar zu sein. Die Demonics spielten immer dieselben zehn Nummern. Obwohl Nik zu diesem Zeitpunkt bereits Hunderte von Songs geschrieben hatte, hatten sie nur diese zehn ziemlich simplen Stücke geprobt, mehr hatten sie nicht drauf. Nach ein paar Wochen mit ihrem langweiligen Set, versuchte Nik ein paar neue Songs einzubringen. Aber irgendwie klappte es nicht. Sie verwelkten einfach auf der Bühne, weil sie sich selbst schon anödeten. Danach bekamen sie ihre lachhafte Gage und drückten sich noch ein bisschen im Club herum. Sie wollten auf die nächste Band warten, aber die Betreiber wussten, dass sie alle minderjährig waren, und eigentlich nach ihrem eigenen Auftritt sofort gehen mussten. Eines Abends schafften sie es dann aber doch, die nächste Band noch zu sehen, die Cherries. Sie waren zu viert – Bass, Schlagzeug und zwei Gitarristen. Alle trugen die Haare kurz (für damalige Verhältnisse) und bis oben zugeknöpfte Poloshirts, die in ihren gürtellosen, eng anliegenden Khakihosen steckten. So sah damals sonst niemand aus.

»Streber auf Speed«, wisperte Nik, während er sie anstarrte. Der Sänger berührte kaum seine Gitarre, sondern blieb die meiste Zeit mit geschlossenen Augen am Mikrofon und schleuderte Worte in die Dunkelheit. Er hielt einen Akkord und wischte in strategischen Momenten mit der rechten Hand über die Saiten, die Unterfütterung für ihren Sound. Der zweite Gitarrist, der größere und verschwitztere, spielte Leadgitarre und sang manchmal die Harmonien mit – sein Gesang setzte ungefähr so oft ein, wie der Sänger über seine Gitarre schrammte. Sie spielten sieben harte, schnelle, kompakte Nummern. Sie fegten die Demonics von der Bühne. Nik wusste das, Denise merkte es daran, wie scharf er sie beobachtete.

Von diesem Augenblick an konzentrierte er sich auf sein Songwriting. Er rekrutierte Tommy Skate als Leadgitarristen für ihre Auftritte. *Und der Rest war Geschichte.* Er hatte kapiert, dass er niemals einer dieser begnadeten

Livegitarristen werden würde, egal, wie hart er an sich arbeitete. Er hielt sich nicht erst lange mit seinem Unvermögen auf. Er machte einfach den nächsten Schritt. Denise dämmerte langsam, wie ernst es ihm war.

Die Demonics entwickelten sich zu einer ziemlich guten Liveband. Aber Nik lag das Komponieren mehr als das Spielen. Er konnte nicht aufhören, neue Songs zu schreiben. So hingebungsvoll er sich Gitarrespielen beigebracht hatte, seine Fixierung aufs Songschreiben übertraf alles. Er schrieb Notizbücher voll, er komponierte beim Fernsehen und ja, er schrieb sogar Songs, während man versuchte, mit ihm zu reden.

»Aha«, sagte er dann immer und nickte, aber auf diese unverbindliche, abwesende Art, die sich wahre Nichtzuhörer aneignen. *Ganz deiner Meinung – So kann's gehen, aber warum auch nicht?* Aber Denise wusste, dass die Stücke wirklich gut waren, darum konnte sie nicht allzu böse sein. Sie dachte sich, so sind Künstler eben.

Das Erstaunliche war, dass Nik nichts und niemandem um sich herum Beachtung zu schenken schien, und dann plötzlich messerscharfe Beobachtungen zustande brachte. Zum Beispiel »Versions of Me«, sein toller früher Song über Leute, die erst den Poser spielen und sich dann darüber wundern, dass keiner ihr wahres Ich kennt. Er hatte schon damals diese ironische Distanz, auch zu sich selbst, die ihn zu so einem begnadeten Songschreiber machte. Als er Denise das Stück zum ersten Mal vorspielte, saßen sie in der Küche der Casa Real. Es war spät, sie waren von einer Party heimgekommen. Denise folgte Nik nach drinnen, und sie machten betrunken *Pst! Pst!* zueinander, obwohl ihre Mutter noch Nachtdienst hatte und sie allein im Haus waren. Denise marschierte direkt durch zum Speiseschrank und nahm eine Packung Wheat Thins heraus. Sie stand vor der offenen Schranktür und schob sich mechanisch die salzigen Cracker zwischen die Zähne. Das war ihre Strategie gegen Karussell fahrende Räume und den drohenden Kater. Sie fraß sich immer mit so viel Kohlenhydraten wie möglich voll, bevor sie auch nur versuchte, sich in die Waagerechte zu begeben. Und es klappte: Wenn sie aufwachte, war sie immer süße sechzehn und taufrisch.

Nik hielt seine Gitarre am Hals, als er sich auf die alte, aquamarin gekachelte Küchentheke setzte. Er legte sich die Gitarre auf die Oberschenkel und versuchte, seine Zigaretten aus der Jackentasche zu pfriemeln – dann steckte er sich das Plektrum zwischen die Zähne und versuchte es erneut. Dann tauschte er das Plektrum gegen eine Zigarette und begann zu spielen. Denise aß weiter ihre Cracker, während sie zu dem schmalen Sprossenfenster über der Spüle ging und es aufstieß.

»Ich werd sie nicht rauchen«, sagte er ohne aufzublicken. Sie steckte ihre Hand erneut in den Wheat-Thins-Karton und sah ihm beim Rumklimpern zu. »Willst du ein neues Stück hören?«, fragte er aufblickend. Sie nickte und lehnte sich gegen die Spüle. Er spielte die ersten Töne von »Versions of Me«, und schlagartig wurde aus Denises so vertrautem, aber distanzierten Bruder ein anderer Mensch. In diesem Moment begriff sie erst wirklich, wie sehr er sich von allen anderen unterschied, die sie kannte, sie selbst eingeschlossen. Allein indem er sein Stück sang, konnte er ihre Sicht auf die Welt verändern. Plötzlich erschien er ihr als ein absolut plastisches, vitales Wesen, als jemand, der ihre bis dato noch namenlose Entfremdung verstand. Sie hatte auf einen Schlag vollstes Vertrauen in seine Wahrnehmungsgabe, weil er genau getroffen hatte, wie sie manchmal fühlte: wütend auf die Welt, weil sie von ihr missverstanden wurde, während sie es doch selbst darauf anlegte, möglichst missverstanden zu werden. Er brach ab und zuckte die Achseln. Er steckte sich die Zigarette an und nahm einen tiefen, stolzen Zug.

Mein Bruder, der Rockstar.

»Der Song ist klasse. Ganz toll!«, sagte sie, immer noch mit vollem Mund.

Er lächelte.

»Dein erster Hit!«

»Todsichere Nummer eins«, kommentierte Nik seine Erfolgsaussichten mit einem Sarkasmus, der bald etwas, tja, Ausgefallenerem weichen sollte.

Die Szene ist Denise auch aus anderen Gründen in Erinnerung geblieben. Sie erkannte damals, dass er gut darin war, im Songschreiben, weit besser als im Gitarrespielen. Er hatte sein Ding gefunden, während sie immer noch in der Luft hing.

Denise müsste wirklich jemanden anrufen.

Sie setzte sich an Niks Arbeitsplatz, eine riesige, unbearbeitete Holzplatte, die auf zwei Böcken direkt an der Wand stand. Seine Präzisionstuschefüller in verschiedenen Stärken und seine angespitzten General-Cedar-Bleistifte waren ordentlich aufgereiht. Scheren, X-Acto-Federmesser, Radiergummis, selbst angerührter Weizenleim, doppelseitiges Fototape, Gummilösung und Tombow-Kleberoller lagen griffbereit. Ein Paket säurefreies weißes Schreibmaschinenpapier und an der Seite die mechanische weiße Royal-Schreibmaschine mit dem hängenden A, auf der er die formellen Einträge für die Chroniken tippte. Zeugnisse für die Chroniken waren überall um sie herum. Die frühen Bände standen in chronologischer Reihenfolge in Regalen, angefangen unten in der Garage (1970er bis 2003). Aber die Bände des laufenden Jahres hatte er in einer ordentlichen Reihe auf einem Bücherbord über seinem Schreibtisch stehen. Um den Schreibtisch herum an den Wänden sah sie die gerahmten Plattencover, Poster, Master Images, Fotos, selbstgefälschte Zeitungsausschnitte und direkt vor sich Niks einladenden hölzernen Schreibtisch. Alles lag zur Arbeit bereit.

Sein Archiv erdrückte sie. Sie brauchte eine eigene Chronik, die ihrer so völlig gegensätzlichen albernen Vorliebe für Realität, Erinnerung und schnöde Fakten entsprach. Was sollte sie mit dem, was hier hochgekommen war, sonst anfangen? Sie musste davon ausgehen, dass es sie von Grund auf befreien würde, dann kam es vielleicht so.

Die Anti-Chroniken

Meine Gegendarstellung:
Du kannst endlos weit zurückgehen, um irgendwo einen Bruder-Schwester-Kontext festzumachen. Und selbst dann ist der Blick zurück noch durch die Gegenwart verzerrt. Je weiter es zurückgeht, desto verzerrter die Perspektive. Es ist nicht nur so, dass Emotionen die Erinnerung verzerren. Auch die Erinnerung verzerrt die Erinnerung, falls das irgendwie nachvollziehbar ist. Ich muss einfach versuchen, mir die Ereignisse in Erinnerung zu rufen, die unsere Krise herbeigeführt haben (wenn wir es vorerst so nennen wollen). Denn es gab Faktoren, die eine Rolle dabei spielten, Dinge, die von bestimmten Gemütszuständen zeugen. Es gab Vorzeichen, Hinweise und Entscheidungen, die schon lange vor den Ereignissen der letzten paar Tage Konsequenzen zeigten. Kann man kausale Zusammenhänge herstellen, ohne dadurch zugleich Narrative zu konstruieren? Oder ist Erinnerung generell nur die Anwendung von Narrativem auf vergangene Ereignisse, und ist es nur menschlich und verständlich, das zu tun? Zuerst muss ich mir selbst gegenüber präzise sein. Ich muss mich bemühen, mich an die jüngere Vergangenheit zu halten, ohne nostalgische Abschweifungen, mich genau an das halten, was in diesem Jahr, im Jahr 2004, passierte, was damals mit uns, und, na ja, mit mir, wirklich geschah.

31. Dezember 2003 – 1. Januar 2004

Ich traf kurz vor Mitternacht in Niks Bar ein. Ich nenne sie Niks Bar, aber sie gehört ihm nicht. Es ist Daves Bar. Dieses grenzwertige Etablissement – kaputte Hocker, auf dem Boden kaugummiverklebte Linoleumfliesen, dreckige Toiletten, teure Lautsprecherboxen, gut eingeschenkte Drinks – hielt sich seit drei Jahrzehnten, und so lange arbeitete Nik dort schon mit kleinen Unterbrechungen. Während sich mit Bier und verrutschten Küssen das neue Jahr ankündigte, setzte ich mich allein Nik gegenüber an die Theke. (An den Jahresanfang kann man sich einfach erinnern, wegen der Feiertage. Feiertage helfen dir, dich zu verorten. Merktechnik Nr. 1: Daten als Platzhalter im Gehirn. Alle Kalender sind bloß uralte mnemotechnische Hilfsmittel der Kultur. Wir halten uns an die Version von Papst Gregor und gut.) Natürlich war 2004 ein Schaltjahr – für mich an sich schon ein schlechtes Zeichen, und ich war tiefbesorgt. Silvester ist selbst in guten Jahren ein heikler Feiertag. 2004 hatte von Anfang an einen unguten Beigeschmack.

Um Mitternacht würde Nik »Dead Flowers« von den Rolling Stones auflegen, wie an jedem Silvester um Mitternacht. Was die Erinnerung an genau diesen Abend allerdings erschwert, da sämtliche Anlässe, bei denen dieses Stück läuft, zu einem einzigen verschwimmen. Er schenkte ein paar Gläser voll. Er drehte das Stück voll auf. Er nahm sich selbst was zu trinken. Er ließ die Meute an der Theke die Sekunden bis Mitternacht herunterzählen. Er schenkte weitere Drinks aus. Es ist bloß eine miefige, alte Kneipe, darum gibt es hauptsächlich Bier und Kurze und nur selten komplizierte Cocktails, aber in diesem

Jahr sah ich, dass er Mühe hatte, alle Gläser rechtzeitig zu füllen, um sich auf die Musik und den Countdown konzentrieren zu können. Das tat er, und ich sah ihm dabei zu. Ich hoffte irgendwie, er würde einen Moment für mich erübrigen können. Obwohl ich nicht viel getrunken hatte, war ich etwas rührselig, was meinen großen Bruder betraf. Ich hatte mir seine neue CD *Caroles and Candles* angehört, eine Weihnachtsplatte der Pearl Poets. Die Pearl Poets waren ein Nebenprojekt von Nik, für das er sich das Pseudonym Mason zugelegt hatte, ein melancholisches Folk-Trio, Mason, Mark und Chris – nur dass in Wirklichkeit alle Parts von Nik gesungen wurden. Die drei lebten zusammen in Tottenham Cottage im Norden Londons. Sie sangen glasklare, keltisch anmutende, vielschichtige Harmonien; Nik nahm das alles mit seinem alten Tascam-Vierspurgerät auf. Das erste Album der Pearl Poets, *Sylvan Shine*, erschien 1980. Es war ein Electric-Folk-Konzeptalbum. Alle Stücke hatten etwas mit dem Himmel zu tun: »Aurora Borealis«, »Corona«, »Fata Morgana«, »Airglow«, »Brocken Bow«, usw. Die Produktion des zweiten Albums, *Suites for the Sweet*, nahm zehn Jahre in Anspruch. Es arrangierte traditionelle Folksongs und Eigenkompositionen für elektrisch verstärkte Instrumente. Wie ich von den Linernotes in Erinnerung habe, arbeitete Nik viel mit Geigen und ungewöhnlichen Taktarten. Ich fand das Album nicht annähernd so gut wie das erste. Die aktuelle Veröffentlichung mit obskuren traditionellen Weihnachtsliedern und ein paar Originalballaden war das dritte Album der Pearl Poets, und obwohl das Konzept mittlerweile etwas dünn wirkte, war seit der letzten LP so viel Zeit vergangen, dass es wieder eine gewisse Frische hatte. Ein Reunion-Weihnachtsalbum, um noch mal richtig abzusahnen, so würde er es vermutlich in den Chroniken beschreiben. Ich fand es grandios und konnte es kaum abwarten, ihm in allen Einzelheiten meine Bewunderung auszusprechen. Oder wenigstens eine vorläufige Zusammenfassung, einen ersten Eindruck abzugeben. Aber er hatte zu tun, und dann war auf einmal Mitternacht. Er trank seinen Kurzen, »Dead Flowers« setzte ein, die ganze Kneipe begann mitzusingen. Er gab mir einen feuchten Schmatzer ins Gesicht, mit bourbonnassen Lippen, und ich wartete, bis er sich wieder abgewandt hatte, ehe ich mir mit einer Serviette schnell die Feuchtigkeit von der Wange wischte und die Serviette dann zurück auf die Theke legte, wo sie eine Bierlache aufsog und sich dunkel färbte.

Ich werde wohl, als ich während der frühen Morgenstunden des Jahres 2004 so dasaß, an das vergangene Jahr zurückgedacht haben. Wahrscheinlich konnte ich mich an nicht viel erinnern - heute kann ich mich nicht mal erinnern, ob ich mich an vieles erinnern konnte. Aber die Sorge um mein Erinnerungsvermögen war damals noch nicht voll ausgeprägt. Meine etwas manische Fixierung auf meine Gedächtnisfunktionen würde etwa einen Monat später ihren Maximalstand erreichen. Es hatte alles mit der zunehmenden Vergesslichkeit meiner Mutter begonnen, die in den letzten Monaten des Jahres deutlich auffälliger geworden war.

Vielleicht dachte ich dort in der Kneipe aber auch an Ada, vielleicht versuchte ich sie mir auf einer Party in New York vorzustellen. Das wäre nett gewesen. Aber ich zweifle kaum daran, dass meine Gedanken früher oder später wieder zum Geisteszustand meiner Mutter gewandert sein werden. So etwas kommt dir in den Nischenmomenten des Lebens in den Sinn: während einer Werbepause, unter der Dusche, in den quälenden Minuten vor dem Einschlafen. Oder wenn du an der Theke darauf wartest, dass irgendein beliebiger Feiertagsmarker verstreicht. Dir fällt plötzlich ein, wie rapide sie abbaut, und du sinkst in dich zusammen wie ein Ballon, aus dem schlagartig die Luft entweicht. Ich war in Gedanken also höchstwahrscheinlich bei ihrem Geisteszustand und ihrem Gedächtnis, aber sicher sein kann ich nicht, da ich nichts als das Stones-Stück, den Kuss und die Serviette auf der Theke in Erinnerung habe.

Das ist einer der Gründe, warum ich mich davor drücke zurückzuschauen. Bin ich dazu überhaupt fähig? Kann ich mich überhaupt genau erinnern? Ich habe erfahren, wie sehr sich das Gedächtnis unter Anspannung zersetzt. Je mehr ich mich an meine Erinnerungsgabe klammere, desto rapider scheint sie sich meinem Zugriff zu entziehen. Ich finde es beängstigend. Ich finde meine Unfähigkeit, mich an grundlegendste Begebenheiten von früher zu erinnern, mittlerweile alarmierend, und steuere dagegen. Ich habe mir unterschiedliche Techniken und simple Tricks angeeignet, und ich sollte sie anwenden. Die Erinnerung scheint sich an Objekten festzumachen. Benennbaren Dingen. Räumen. Sinneswahrnehmungen. Ich hab sogar den alten Trick (Merktechnik Nr. 2: Arbeiten Sie mit Reimen und Eselsbrücken) ausprobiert, bei dem man das, was man erinnern möchte, in ein kleines Gedicht fasst. Einen kleinen Nonsensreim wie: »Sein Name ist Ed, und sein Kinn ist fett«. Oder Bob hat am 9.11.63 Geburtstag – 911 ist der Notruf und 1963 wurde Kennedy ermordet, du musst dir also nur merken: *»Notruf für Kennedy«*. Und tatsächlich, es funktioniert; irgendwie helfen kleine Assoziationsspielchen dem Gehirn, seinen Input zu organisieren. Das Ganze hat nur zwei Haken: Ich hab keine Lust, mein Gehirn für dämliche Spielchen einzusetzen. In der Zeit, die du brauchst, dir so was auszudenken, verstreicht deine Lebenszeit. Es nervt mich zu sehr, da schreib ich mir Bobs Geburtstag ehrlich gesagt lieber auf. Und damit kommen wir zum zweiten Problem: Ich will mir Namen oder Events gar nicht merken. Solche Fähigkeiten sind was für einen Politiker, der aus dem Stand Hunderte von Namen abrufen muss. Jemanden, der sich für die Zukunft etwas einprägt. Daran bin ich nicht interessiert (es gibt nur eine Handvoll Namen in meinem Leben). Ich denke an vergangene Ereignisse. Mich interessiert die Erinnerung, die glasklare Erinnerung. Ich will die Wahrheit wissen, ungetrübt durch Zeit, Repetition, Wunschvorstellungen und Bedauern.

Kurz nach Mitternacht hatte Nik weder die mittlerweile breiige Cocktailserviette noch die Pfütze bemerkt, auf die sie verwies. Er zündete sich eine Zigarette an und lehnte sich gegen die Kante des Thekenregals. Er hatte immer noch dichtes Haar und konnte es aus den Augen schütteln, was ihn auf den ersten Blick wohl jugendlich erscheinen ließ. Doch der zweite Blick zeigte, wie un-jung er mittlerweile war. Als er inhalierte, kniff er die Augen zusammen, seinem Gesicht sah man jedes Stirnrunzeln und jede Grimasse der Vergangenheit an, jede Zigarette, die er in seinem Leben geraucht hatte. Er steckte mit rundem Rücken in seinem schwarzen T-Shirt, und sein magerer Körper wölbte sich unterm Nabel. Es sah aus, als hätte man ihm einen prallen Fleischstreifen um die Körpermitte geschnallt. Seine schlaksigen Arme waren immer noch sehnig und muskulös, aber seine schlaffe Körperhaltung, die ihm in der Vergangenheit eine phlegmatische, blasiert-glamouröse Aura gegeben hatte, betonte jetzt nur seinen kleinen Schwimmreifen. Offensichtlich störten ihn sein Bierbauch und die deutlichen körperlichen Verfallserscheinungen nicht, zumindest tat er so. Es kümmerte ihn nicht, dass seine Hände zitterten, wenn er sich eine Zigarette anzündete. Es kümmerte ihn nicht, wenn er beim Reden von einem langen Hustenanfall unterbrochen wurde. Er war ein Leben lang so rücksichtslos gegen seinen Körper gewesen, wie es nur von einer gestörten Beziehung zur Zukunft herrühren konnte. Auch wenn ich nicht sagen kann, mein Bruder hätte nicht an die Zukunft geglaubt, weiß ich, dass sie für ihn nie ein Thema war. Aber mir, die dort saß, ihm zusah und über – jetzt ist es mir wieder präsent – den vorausgegangenen Besuch bei unserer Mutter nachdachte, gefiel das kein bisschen. Keine erbaulichen Gedanken für einen Neujahrstag. Es ärgerte mich, er ärgerte mich, und die nasse und schmutzige Theke ärgerte mich. Ich nahm die durchweichten Serviettenreste und wischte etwas damit herum. Er nahm ein Trockentuch und putzte vor mir über die Theke, eine automatische und längst in Fleisch und Blut übergegangene Barkeepergeste. Das Geschirrtuch roch streng nach Putzmittel und Bier.

»Ich muss Ada anrufen«, sagte ich und rutschte von meinem Hocker.

»Bestell ihr ...«

»Ja, mach ich.«

Ich ging zum Seitenausgang der Kneipe und trat in die abrupte Stille – die beinahe hallende Stille – der Gasse.

Ich hatte einen Anruf von Jay verpasst. In England war es acht Uhr morgens. Sehr, sehr lieb. Ich hörte seine Nachricht nicht ab. Stattdessen rief ich Ada an.

»Hey, Ma.«

»Ich bin's, Mom.« Ich konnte mich nicht daran gewöhnen, dass die Leute wussten, wer ich war, wenn ich anrief.

»Ja ...«

»Fröhliches neues Jahr, Engel.«

Der erste Januar ging weiter, nachdem ich etwas geschlafen hatte. Ich stand gegen halb sieben auf, weil es mir ungehörig erschien, am ersten Tag eines neuen Jahres lange im Bett zu liegen. Ich trank einen anständigen Becher Kaffee und begab mich dann an den Neujahrsputz, was zu erinnern nicht schwerfällt, da ich an jedem Neujahrstag das Haus putze. Andererseits erschweren feste Gewohnheiten und Verhaltensmuster es auch hier, diesen Neujahrstag von anderen Neujahrstagen zu unterscheiden, an denen ich ebenfalls geputzt hatte, zumindest denen, seit Will fort war. Davor war es ebenfalls immer dasselbe, eine Putzorgie, nur dass Will noch da war, was diese Erinnerung vollkommen anders machte, kaum zu verwechseln mit den späteren, einsamen Neujahrstagen.

Der Hausputz war wohltuend gnadenlos: Ich räumte den Kühlschrank komplett aus, das Glas mit butterstichiger Marmelade, das leckende Gläschen Kapern in Salzlake, die optimistisch angeschafften Multivitamintabletten, die nur noch ein feuchter, übel riechender Klumpen waren, sogar eine gar nicht so alte Flasche mit teurem Leinöl. Alles musste raus, das machte die Sache einfach, weg damit, ohne erst lange schnuppern oder überlegen zu müssen. Das gleiche Programm im Badezimmer, wenn auch nicht ganz so rabiat. Die wirklich erst kürzlich gekauften und kostspieligen Kosmetika und Cremes blieben verschont, aber auch hier kam das meiste Zeug weg. Dann das Schrubben und Waschen: der Schmutz und Schmier, der Duschvorhang, die Treppe hinten, unter den Überhängen der Veranda. Dann ging es ans Recyceln. Keine Zeitung oder Zeitschrift sollte das neue Jahr erleben, ohne Ausnahmen. Was bis dahin nicht gelesen war, hatte Pech gehabt. Ich schmiss alles weg. Schließlich das Aussortieren der Kleidung. Das fiel mir am schwersten, aber für gewöhnlich nahm ich das schon im Vorfeld in Angriff. Alles, was ich im vergangenen Jahr nicht getragen hatte, wanderte in die Altkleidersammlung. In diesem Stil arbeitete ich mich bis zu meinem Schreibtisch vor, und wenn der Abend kam, empfand ich meinen Wohnraum, so bescheiden er war, als geräumig und zukunftsfähig. Ich fühlte mich befreit, geläutert, als hätte ich alles im Griff. Ich muss zugeben, dass meine Rigorosität nicht allein mein Verdienst war. Ermöglicht wurde sie erst durch eine ebenso rigorose Komplementärtätigkeit auf der anderen Seite der Santa Monica Mountains. Während ich ausmusterte, rechtschaffen-radikal reinemachte, tat Nik das genaue Gegenteil. Er ordnete die Hinterlassenschaft des frisch vergangenen Jahres. Er protokollierte, archivierte und ordnete alles akribisch. Den ganzen prallvollen Sack eines Jahres. Er schmiss so gut wie nie etwas weg; er wollte eine Erinnerung an jeden einzelnen Moment. Und sein Horten ermöglicht mir das Ausmisten. Meine Befreiung ist dem Sammeln und Aufbewahren meines Bruders geschuldet. Natürlich war seine Aufgabe wesentlich komplizierter als meine. Er behielt nicht nur, er dokumentierte. Er machte Anmerkungen, Fußnoten, er schrieb und er arrangierte. Er brachte die Chroniken auf den neuesten Stand. (Okay, die Chroniken. Schweife ich bereits ab? Denn es könnte ein Riesenexkurs werden, jetzt schon auf die Chroniken zu sprechen zu kommen. Aber was soll's.)

Bis 2004 hatte Nik etwas über dreißig Bände der Chroniken (die offiziell 1978 begannen; inoffiziell waren sie bis zum Aufstieg der Demonics 1973 rückdatiert worden) zusammen. Alles darin war ausschließlich von ihm verfasst. Darin waren seine Musik, seine Bands, seine LPs, seine Besprechungen, seine Interviews dokumentiert. Eigentlich waren es eher Sammelalben, Wälzer voller Ausschnitte und Schnipsel. Er schrieb unter zahlreichen Pseudonymen, vom Präsidenten seines Fanclubs bis zu seinem Erzfeind, einem Musikkritiker, der zuerst für *Creem* geschrieben hatte und schließlich bei der *Los Angeles Times* gelandet war, ein Mann, der Niks Schaffen genauestens verfolgte und zutiefst verabscheute. Nik hatte ihm in den letzten paar Jahren sehr viel Tinte gelassen.

Ein seltsamer Gedanke, dass Niks Chroniken mich und mein Leben gehörig entlasteten. Ich tauche in den Chroniken nur am Rande auf. Im Wesentlichen handeln sie von Nik. Wenn ich auftauche, dann vorwiegend im Rahmen von Ereignissen, die Nik frei erfunden hatte. In den Chroniken erscheine ich nur als Gestalt in Niks Erzählung. Etwa als er in den Achtzigern meine angebliche Girlband produzierte – Hair Krishna. Und wenn ich bei ihm Backup sang oder zufällig während eines Interviews oder Fototermins mit im Haus war. Was er mich über seine neueste Platte sagen ließ, las sich immer unterhaltsam. Einmal versuchte ich auch Kapital daraus zu schlagen, dass Nik Worth mein Bruder war, indem ich eine eigene flopverdächtige Fernsehshow auf die Menschheit losließ (und offenbar auch noch unter dem Titel *My Turn*. Ich hielt das für ziemlich schwach und einen weiteren Auswuchs von Niks Tendenz, alle Frauen in seinem Leben mit Figuren aus *Tal der Puppen* zu verschmelzen. Ich schätze, ich war für ihn die, die von Patty Duke gespielt wurde, und er projizierte diese divenhafte Gier nach Ruhm und Beachtung auf mich). Ich glaube, in den späteren Chroniken besuche ich ihn auch mal während einem seiner (vom Gericht verfügten) Aufenthalte in der Entzugsklinik, und – oh ja, ich sagte auch mal zu seinen Gunsten vor Gericht aus, als er seinen früheren Manager verklagte. Und dann noch mal, als sich Bandmitglieder nach der Auflösung seiner Band gegenseitig verklagten. Ich hatte anscheinend ein Mandat als Gerichtssachverständige erwirkt, als unbestellte *amicus curiae*. Die Chroniken stellten also keineswegs eine Chronik meines Lebens dar. Ada zum Beispiel wurde praktisch gar nicht erwähnt (ein paar

Linda-McCartney-mäßige Fotos von Nik, auf denen Adas ernstes, rundes Babygesicht aus seinem Parka hervorschaut). Niks Chroniken hielten sich an die Fakten und auch wieder nicht. Als Niks Hund im wirklichen Leben starb, starb auch Niks Hund in den Chroniken. Aber in den Chroniken erhielt er ein feierliches Begräbnis und ein Gedenkalbum. Tausende von Fans schickten Beileidsbriefe. Es war jedoch nicht immer klar, was dazugesponnen war. Die Musik zum Tribute-Album für den Hund gab es wirklich, genauso die Cover-Art: ein großes Schwarzweißfoto von Nik mit seinem Hund in den Armen und am Rande eine kunstvolle Collage der Großen Hundepersönlichkeiten der Geschichte von Toto über Lassie zu Rin Tin Tin (die er als »Border Collieage, zusammengestellt von N. Worth« bezeichnete – Nik liebte Wortspiele, und in den Chroniken ließ er all seinen Vorlieben scham- und hemmungslos freien Lauf). Aber die Fanpost gab es nicht. In diesem Stil dokumentierte Nik seine Jahre bis ins kleinste, wenn auch entstellte Detail. Alle Bände standen da, eine Alternativversion zu praktisch jedem Tag der letzten dreißig Jahre.

Vielleicht ist das ja auch der Grund für meine Erinnerungslücken. Vielleicht habe ich zu viel weggeworfen. Vielleicht hätte ich ein paar Erinnerungsstücke aufheben sollen. Vielleicht hätte ich auch erst eine Bestandsaufnahme machen sollen, anstatt mir alles so schnell vom Hals zu schaffen.

Der Tag begann also als unauffälliger Neujahrstag, und ich bin sicher, ich habe andere Neujahrstage mit dem von 2004 durcheinandergeworfen, andere verschimmelte Konserven und andere Stapel von ungelesenen *Vanity Fairs*. Aber ich erinnere mich an den Rest des Tages, beziehungsweise einen prägnanten Vorfall. Und der passierte nicht mal mir selbst, ich bekam ihn abends in den Nachrichten mit. Genau genommen sah ich das Foto und den dazugehörigen Bericht zuerst im Internet. Zählt das als eigene Erinnerung? Ich fürchte ja, vor allem für dieses Jahr, in dem ich mich mehr als Beobachterin der Ereignisse und weniger als Beteiligte fühlte. Obwohl das nicht ganz stimmt. Ich absorbierte Ereignisse. Sie sickerten in mich ein, und den ersten Vorgeschmack darauf gab es schon am allerersten Tag dieses Jahres.

Ich sah das Foto einer blassen, rothaarigen Frau als Aufmacher einer News-Website, die ich oft besuche. Sie wirkte irgendwie benommen und schon älter, vierzig vielleicht, aber abgekämpfte vierzig. Die Schlagzeile lautete »Festgenommen: Rabenmutter im Blizzard mit Baby auf Sauftour.« Ich klickte den Link an. Ich konnte nicht anders – ihr Gesichtsausdruck war so nackt. Die Geschichte war dann nicht allzu ungewöhnlich, die übliche banale Sensationsmache. Sie hatte ihr zwei Wochen altes Baby am Silvesterabend in eine Bar mitgenommen. Dort hatte sie sich dann ziemlich die Kante gegeben, bis irgendwer die Polizei rief, die ihr das Baby wegnahm. Aber irgendwie sah ich die Geschichte hinter der Geschichte. Ich konnte mir lebhaft vorstellen, wie sie durch den Schneesturm lief, den Kilometer bis zu der Kneipe, das Baby in der Babytrage unter ihrem Parka. Sie will etwas trinken, es ist Silvester, sie beginnt sich nach der Geburt gerade erst wieder wie ein Mensch zu fühlen. Sie nimmt ihr Baby mit nach draußen in die bittere Kälte – ein Kilometer Fußmarsch mit einem Neugeborenen. Unvorstellbar. Aber vielleicht wusste sie, dass sie Alkoholikerin war, und fand es sehr vernünftig von sich, dass sie zu Fuß ging, statt mit dem Auto zu fahren. Hielt sich vielleicht sogar für verantwortungsbewusst. Oder sie hatte einfach keine Fahrmöglichkeit, kein Auto – und keinen Alkohol im Haus. Sie redete sich ein, sie wolle nur frische Luft schnappen. Sie redete sich ein, der Spaziergang würde das Baby beruhigen, dass es ihnen beiden guttun würde, an die frische Luft zu kommen. Und dann war sie vielleicht »irgendwie« vor ihrer Stammkneipe gelandet und wollte nur mal ganz kurz reinschauen, um ihr Baby zu zeigen, ohne sich klarzumachen, dass sie ein Glas zu viel trinken könnte. Oder so.

Ich sah sie förmlich da an der Theke, mit einem Arm das Baby zärtlich an die Brust gedrückt, während sie mit dem anderen ihr Glas hebt. (In dem kurzen Beitrag stand: »Sie hielt beim Trinken das Baby in den Armen, was bei einigen Gästen für Beunruhigung sorgte.«) Was mich daran so fertigmacht: Während sie sich einen antrank, wird sie sich bestimmt anfangs angenehm beschickert und beseelt gefühlt haben. Der Barkeeper und andere in der Kneipe finden ihr Baby so süüüüüß. Vielleicht spendiert ihr sogar jemand ein paar Drinks zur Feier des Tages. Sie ist gut drauf und genießt es, im Mittelpunkt zu stehen. Sie drückt das schlafende Baby an sich und kippt noch einen. Dann übertreibt sie es. Ich sehe sie, wie ihr das rote Haar in die Augen fällt, wie sie anfängt, zu schnell und zu laut zu reden. Ihre Aussprache wird etwas undeutlich, die betretenen Mienen der anderen bemerkt sie nicht. Sie schwankt ein bisschen, ihr Lächeln wird debiler, das Gesicht rötet sich, der Atem stinkt nach Gin. *Das* geht mir so an die Nieren: Sie bemerkt nicht, dass die Stimmung im Raum sich gegen sie wendet. Sie ist zum erschreckenden, abstoßenden Spektakel geworden, wähnt sich selbst aber in einer ganz anderen Situation. Ihre Fehleinschätzung, dann der Moment, in dem ihr die Diskrepanz womöglich bewusst wird. Sie wankt mittlerweile, das Baby ist aufgewacht, sie sagt, sie muss nach Haus und ihr Baby füttern. Irgendein besorgter Mensch wählt die 911. In dem Artikel stand auch, dass die Frau im Begriff war, das Baby zu stillen, als die Polizei eintraf. Ich bekomme das Bild nicht aus dem Kopf: das weinende Baby, die Frau, die betrunken stillt, um das hungrige Kind ruhigzustellen, das Baby, das die unbeholfen dargebotene Brustwarze und die Milch mit dem »Stich« verweigert, der lange Heimweg durch die Eiseskälte, der ihr bevorsteht, und der ganze Laden Zeuge dieses menschlichen Debakels. Dann kommen die Cops und retten das Kind. Die Mutter kann kaum geradeaus gehen. Ein Häuflein Elend, blamiert bis auf die Knochen.

Eine kleine Geschichte wie die kann mich irremachen. Das verkrafte ich einfach nicht. Ich habe noch nie etwas so Ungeheuerliches getan wie diese Frau, und doch kann ich mich problemlos in ihre Rolle versetzen. Muss dieses Bedürfnis nach Gesellschaft, das Versagen als Mutter, der Totalausfall jeder Selbstachtung und Selbstsorge sein. Ich klickte das Foto an und vergrößerte es, um mir das Gesicht genauer ansehen zu können. Ich spürte, wie sich mein eigenes Gesicht rötete und es mir die Kehle zuschnürte. Ich googelte ihren Namen und fand eine weitere Meldung auf einer anderen Seite mit Trash-Nachrichten. Dort sah man dasselbe Foto der Frau – das einzige Foto, das es von dieser Frau je geben würde. Man sah nicht nur sie, auch den armen Polizisten, der das Kind an sich genommen hatte, den armen Barkeeper, der sie bedient und dann mit zunehmend ungutem Gefühl weiter beobachtet hatte, die Leute, die neben ihr an der Theke gesessen hatten – aber vor allem die Frau selbst, mit ihrem blassen, knochigen Gesicht und den langen roten Haaren. Ja, sicher, natürlich tat mir das Baby leid, aber das Baby tat immer allen leid. Mir tun auch die anderen nicht ganz unschuldigen Erwachsenen leid, übernächtigt und beschämt, die dann später die Story im Bekanntenkreis weitererzählen, nur nicht ganz aufrichtig, was die eigene Rolle darin betraf.

Der erste Tag des Jahres ist noch nicht zu Ende, und ich bin schon fix und fertig.

2. Januar 2004

Null, keinerlei Erinnerung an diesen Tag.

3. Januar 2004

Rein gar nichts.

In den Chroniken gibt es nie leere Seiten. Niemals. Nik hätte hier einfach Fotos eingeklebt, allesamt schmeichelnd. Oder einen Fanzine-Fragebogen wie diesen hier aus den prähistorischen Teenager-Chroniken der Siebziger:

ICH GEHÖR ZUR BAND
Die Back Page Facts für Fans
Nik Worth verrät uns seine Vorlieben und heißesten Geheimnisse

Name: Nik Worth
Echter Name: Nikolas Theodore Worth
Geboren: 1. Juni 1954, Hollywood, Kalifornien
Haarfarbe: schwarz
Augenfarbe: braun
Lieblingsstück: »Wear Your Love Like Heaven«
Musikalische Einflüsse: ICH SELBER. (Na schön: Bowie, Bee Gees, Donovan (siehe oben), J. Lennon, Faces, John Cage, Velvets & Lou, Macca sans Wings, Residents, Can, John Fahey, Miles, Incredible String Band, Otis Redding, Carl Stalling, La Monte Young, Eno)

Liebste Freizeitbeschäftigung: Spazierengehen mit meinem Hund Martha
Familienstand: Single (!!)
Was ein Mädchen haben muss: ein tolles Lächeln, Geduld, Liebe zur Musik, Geduld, Körperhygiene, Geduld, hübsche Hände, Geduld, ein Treuhandvermögen, Geduld, einen ausgeprägten Sinn für Humor!
Essen: Ja (Nik gibt es nicht zu, aber er hat eine Schwäche für Süßigkeiten. In einem Interview mit einem anderen, ungenannt bleibenden Magazin (*Melody Maker*) hat er mal gestanden, wie sehr er Mars-Riegel mag. Daraufhin schickten seine Fans Tausende von Mars an sein Studio. Auf Konzerten werden sie auf die Bühne geworfen. Dazu Worth: »Ich weiß die Geste zu schätzen, Mädchen – aber bitte – es reicht!«)
Ausrüstung: Meine fantastische alte Gretsch, meine Goldtop Gibson Selmer und mein Motorrad, eine 65er Triumph Bonneville
Kalender: Der julianische, aber auch der sumerische
Lebensmotto: Die Welt ist nicht genug (James Bond)
Lieblingsgebäude: Bailey Case Study House No. 21 von Pierre Koenig
Lieblingsbuch: Deuteronomium, nein, Ecclesiastes.
Frustrierendstes Defizit: Kann keinen Infraschall hören
Mono- oder Stereofon: Quadrasonic

Es ist leicht, Seiten zu füllen, wenn man sich alles ausdenken darf.

9. Februar

Mein siebenundvierzigster Geburtstag. Am Morgen rief mich Ada aus New York an. Ich musste ihr versprechen, in ihren Blog zu schauen. Sie hat ein Foto von uns eingestellt, und darunter »Meine Mom hat Geburtstag«, einfach so, schmucklos, ohne jede Hervorhebung. Nicht etwa »Alles Gute zum Geburtstag, Mom« als persönliche Mitteilung an mich, sondern »meine Mom *hat*«, im Zeitungsstil an ein weit größeres Publikum gerichtet. Es war keine persönliche Mitteilung an mich, sondern eine Meldung *über* mich. Das Foto war von Mitte der Neunziger. Wir Arm in Arm vor einer selbstgemachten Geburtstagstorte. Ich schätze, Will hat uns fotografiert. Zweifellos hat er uns das Foto mitgegeben, aber ich sehe es zum ersten Mal. Ich erkenne unser Haus, das zitronengelbe Sofa, die Glasschiebetüren. Sie ist so jung, elf vielleicht? Ich sah mir das Foto auf Adas Blog lange an, drohte von heißen Tränen übermannt zu werden, wie es mir andauernd wegen jeder Kleinigkeit passiert, schniefte, und machte mir dann einen Kaffee. Ich hatte meinen Frotteebademantel an und kam mir unförmig und verbraucht vor. Matronenhaft, *ma-troooooo-nen-haft*. Ich sprach es laut vor mich hin, eine Übung in heiterer Selbstironie, aber ich wusste, hinter diesem Gefühl steckte mehr. Ich nippte an meinem Kaffee. Ich dachte die ganze Zeit daran, einen Kommentar zu posten. Das hätte ich machen sollen, aber ich konnte es nicht. Niemals würde ich einen Kommentar posten. Ich wusste, wie es ging, daran lag es nicht, ich konnte nur nichts Spontanes, Knackiges hinschreiben, das dann für alle Ewigkeit dort stand. Ewigkeit und Knackigkeit vertragen sich nicht – und wenn ich auch noch nachdachte, was ich schreiben sollte, wurde es nur noch schlimmer. Also kommentierte ich nie irgendwas, obwohl ich wusste, dass Ada es sich wünschte, es erwartete. Aber es gab ja andere, die es mir abnahmen. Später las ich »Oooh, süß!« von grl4gravity und »Scharfe Mom!« von mitymitch, was mir in meiner Geburtstagsmalaise sogar auf armselige Art schmeichelte, es war elegische Rührung, weil immerhin meine frühere Schönheit gewürdigt wurde, oder etwas anderes penetrant Selbstmitleidiges.

Ich ignorierte mein Telefon, als es klingelte, und checkte dann meine Voicemail. Nik wünschte mir alles Gute zum Geburtstag. Später am Tag würde Jay anrufen, den ich ebenfalls ignorieren würde.

Ich zog mich an und fuhr zu meiner Mutter. Ich hatte versprochen, sie auf dem Weg zur Arbeit zu besuchen, damit sie mir zum Geburtstag gratulieren könnte. Ich trank meinen Kaffee während der Fahrt aus einem Thermo-Reisebecher. Obwohl sie nur eine Ausfahrt Richtung Süden auf der 5 von mir wohnte, geriet ich prompt in einen dichter werdenden Pulk im Schritttempo fahrender Autos. Ich war am helllichten Vormittag hinter einem Autobahnunfall eingekeilt und strapazierte meine Bremsen. Als meine Ausfahrt schon in Sichtweite war, ging dann gar nichts mehr; nur fünfhundert Meter Blechstillstand trennten mich von meiner Mutter. Lass einfach die Karre stehen und geh zu Fuß. Wäre das kein herrliches Gefühl? Ich gähnte. Ich hätte gut eine rauchen können, während ich im Stau stand, entschied mich aber stattdessen für ein Hörbuch. Es war mein Geburtstagsgeschenk an mich selbst. Happy Birthday to me. Ja, es war ein Selbsthilfebuch, ich will es gar nicht leugnen. *Mnemotechnik: Ihr Gehirn in Hochform*, das ich gekauft hatte, weil Mom sich nichts mehr merken konnte. Ich redete mir ein, ich hätte es für sie gekauft, als kleine Hilfe gegen ihre Schusseligkeit.

Anfangs verlegte sie bloß ihre Schlüssel. Ihr Portemonnaie. Ihre Brille. Kleinigkeiten. Dann kamen sich wiederholende Geschichten, dann Sich-Wiederholen mitten im Gespräch. Ihre Konzentrationsschwäche schien sie eher zu verwirren, als dass sie ihr peinlich war. Schließlich wurde eine niedrigschwellige innere Unruhe (inklusive Händeringen) bei ihr zum Dauerzustand, durch die sie viel unglücklicher und verstörter wirkte, als sie tatsächlich war, was immer dieses *tatsächlich* heißen sollte. Dann kam die ärztliche Diagnose, und ich gewöhnte mich an den Gedanken, dass es sich nicht mehr bessern würde, und irgendwann mal würde ich mich wohl auch daran gewöhnen, dass eher mit einer Verschlechterung zu rechnen war.

Ich hatte bei der Einleitung nicht richtig zugehört und drückte auf Neustart, als endlich die Ausfahrt frei wurde.

Kaum hatte ich ihre Wohnung betreten, bedrängte sie mich schon, die Kartons mit abgelegter Kleidung, die sie eingelagert hatte, zur Heilsarmee zu bringen.

»Und lass dir eine Spendenquittung geben«, sagte sie. Ich hätte einfach »aber sicher« sagen können. Nur hatte ich die Sachen schon vor Wochen weggebracht. Und nun schienen wir dieses Gespräch in Endlosschleife zu führen. Ich fand es zwar irgendwie taktlos, auf diese Wiederholungen hinzuweisen, machte es aber trotzdem, weil ich sie nicht bevormunden wollte.

»Keine Sorge, hab ich schon erledigt«, sagte ich.

»Hast du dir eine Quittung geben lassen?« Sie war mittlerweile fixiert auf Quittungen und Papierkram. Ich kann mich nicht erinnern, dass sie während unserer gesamten Kindheit auch nur einmal das Wort *Quittung* in den Mund genommen hätte. Ich glaube nicht, dass sie je irgendwas von der Steuer abgesetzt hat. Aber was weiß ich schon über sie? Vielleicht hat sie ja akribisch Buch geführt, als wir klein waren, und wollte uns damit einfach nicht behelligen. Vielleicht war das eine bislang verborgene

Seite an ihr, die wir jetzt erst zu sehen bekamen. Ich bezweifelte es allerdings. Nun interessierten sie Coupons, Rechnungen, Gebrauchsanweisungen, Garantiekarten, schriftliche Unterlagen jedweder Art. Sie hob alles auf, um es mir zu zeigen. Seit sie diese Ängstlichkeit entwickelte, gaben die Quittungen ihr eine gewisse Sicherheit; sie waren etwas Konkretes, woran sie sich festhalten konnte, das ihr nicht entfallen konnte wie die anderen Dinge, an die sie sich ständig zu erinnern versuchte. Sie nickte und ging in ihr Schlafzimmer. Dann kam sie wieder zu mir heraus.

Sie stand mit gerunzelter Stirn mitten im Wohnzimmer, und ihr Blick huschte zurück zu der Tür, durch die sie gerade gekommen war, als seien ihre Gedanken womöglich gleich hinter ihr und würden noch nachkommen.

»Was ist, Ma?«

»Ich weiß nicht mehr, warum ich hier reingekommen bin.«

»Um mit mir zu reden?«

»Nein!« Aber es klang mehr wie: »Nein?!«

»Um die Quittungen zu suchen?«

»Nein, da war was anderes ...« Sie machte ein besorgtes Gesicht. Wie sollte es auch kein Grund zur Sorge sein? Es konnte sich ja um alles Mögliche handeln, sogar etwas entscheidend Wichtiges, oder?

»Macht nichts. Wenn es was Wichtiges war, fällt es dir bestimmt wieder ein«, sagte ich, eine glatte Lüge. Sie sah mich stirnrunzelnd an. Ihr Zustand bedrückte sie, und es wurde immer beschwerlicher. Aber über einen gewissen Punkt hinaus konnte sie von der Verschlimmerung eigentlich nichts merken, denn dazu müsste sie sich noch erinnern können, wie es am Vortag, in der vergangenen Woche oder im letzten Monat gewesen war. Vielleicht orientierte sie sich ja an meinem besorgten Gesicht.

»Sehe ich älter aus? Ich hab Geburtstag, Mama. Heute. Ich bin jetzt siebenundvierzig – in den mittleren Jahren.« Ich bekannte mich anderen gegenüber zu gern zu meinen mittleren Jahren. Es war so entsetzlich für mich, in den mittleren Jahren zu sein, es war so abgrundtief unvorstellbar, dass ich es ununterbrochen aussprechen wollte.

»Oh, alles Liebe zum Geburtstag, Süße. Du siehst entzückend aus.« Sie setzte sich zu mir auf die Couch. Der leere, unruhige Gesichtsausdruck verschwand.

»Du und Nicky müsst eure Torte aussuchen. Weißt du noch? Ich hatte doch dieses Heft mit Geburtstagstorten in lauter verrückten Formen zum Selberbacken. *Wiltons großes Buch der Geburtstagstorten.*« Sie zauberte dieses Buch einfach so aus irgendeiner tiptopp erhaltenen Hirnwindung.

»Stimmt! *Wiltons großes Buch der Geburtstagstorten*, das hatte ich total vergessen. Wie hab ich über dem gebrütet und Monate im Voraus meine Torten geplant. Die Raketen-Torte, die Raggedy-Ann-Torte, die Holly-Hobby-Torte.«

»Das waren aufwendige Torten, da musste man erst Blechkuchen backen und dann Schablonen aufmalen, damit man sie in die richtige Form schneiden konnte. Dann musste man sie auch noch auf die richtige Art dekorieren. Genau nach Anleitung.«

»Ja, das muss schrecklich viel Arbeit gewesen sein. Die waren toll, was haben wir die geliebt.«

»Irgendwann meintest du, du wärst jetzt zu alt für originelle Geburtstagstorten, weißt du noch? Das wär was für Babys, hast du gesagt. Aber ich wusste, dass du doch eine Torte wolltest, du konntest es nur nicht zugeben. Darum bin ich in dein Zimmer gegangen, wo ich dann dieses Bild an der Pinnwand gefunden habe –«

»*Aladdin Sane!* Natürlich! Wie konnte ich das nur vergessen? Du hast eine tolle Bowie-Geburtstagstorte gemacht! Die war unglaublich, mit diesem Blitz aus Zuckerguss über dem Gesicht. Hatte ich ja völlig vergessen. Die war sagenhaft!«

Wir freuten uns beide riesig, dass sie sich an etwas erinnerte, was ich vergessen hatte. Sie strahlte mich nickend an. Dann begann sie zu lachen und sah für einen Moment wieder wie meine voll wiederhergestellte, junge Mutter aus. Sie ergriff meine Hand und drückte sie. Ihre Hand fühlte sich kalt an. Ihre Haut sah alt aus, war jedoch zart und fein zu berühren. Sie war nicht glatt und prall wie die Haut eines Kindes, aber fast noch weicher.

»Ich muss zur Arbeit«, sagte ich. Ich hörte meine Stimme schwanken. Sonst fühlte ich mich wohl in Gegenwart meiner Mutter. Normalerweise weinte ich erst, wenn ich gegangen war, wenn ich im Wagen saß und losfuhr. Aber da saß ich nun und musste schlucken und schniefen. »Ich komm noch zu spät, Mama. Ich hab dich lieb.«

»Ich hab dich auch lieb«, sagte sie, und wir umarmten uns. Ich drückte sie noch einen Moment länger als sonst. Präg dir das ein. Feste drücken, es könnte eine der letzten Umarmungen sein. Diese Einstellung habe ich mir zugelegt, seit ich vierzig geworden bin. Meine Mutter war gar nicht so alt, aber sie hatte Diabetes. Sie hatte Übergewicht. Sie war nicht gut beisammen. Und selbst wenn sie nicht in den nächsten paar Jahren starb, baute ihr Verstand doch rapide ab. Vielleicht würde ich eines nicht so fernen Tages nicht meine Mutter drücken, sondern die leere Hülle ihres Körpers. Eines Tages wird sie mich umarmen und für jemand anderen halten, und die gegenwärtigen relativ lichten Momente bekamen so etwas Flüchtiges. Ich notierte es mir, machte einen Vermerk in meinem Gedächtnis. Vergiss nicht, wie es war, sie zu umarmen, als sie noch ganz da war, und lass es nicht von dem verdrängen, was kommen wird, viel zu früh, eine mit Sicherheit beeinträchtigte oder zumindest völlig veränderte Zukunft, denn ihr Arzt hatte durch die Blume gesagt, dass es ab jetzt nur bergab gehen würde.

Es hatte mich immer schon geschockt, wie schnell die Zeit vergeht, aber früher dachte ich dabei hauptsächlich an Ada. Ich ermahnte mich immer, kein Drama daraus zu machen, denn aus vier Jahren würden bald fünf werden, dann zehn, und dann wäre ihre Kindheit für immer vorbei. Ich weiß noch, wie ich fieberhaft nach den Grübchen auf dem Rücken ihrer Patschhändchen suchte und überzeugt war, ich würde todtraurig sein, wenn sie sich, was unausweichlich war, in Fingerknöchel verwandelten. Ich küsste diese Grübchen – und sosehr ich sie vermisse, liebe ich die schönen Hände, die daraus wurden. Die aktuelle Bilanzlegung mit meiner Mutter war jedoch so viel düsterer: Es würde immer mehr von ihr verschwinden, bis irgendwann gar nichts mehr blieb. Nur noch Erinnerung. Ada hatte sich vom sonnigen Baby zu einer jungen Frau entwickelt, und dieses Strahlen war geblieben, konnte sich jetzt erst ganz entfalten. Und wenn sich ihr Zustand verschlechterte, wenn sie langsam verfiel, würde ich es nicht mit ansehen müssen. Dieses Kreuz wird dann ihre Tochter tragen.

Leider wusste ich, dass ich mir etwas vormachte. Ich wusste, dass andere Schrecken bevorstanden. Ich wusste, genau wie ich vor den Augen meiner Mutter langsam aus dem Leim ging, genau wie ich wusste, dass meiner Mutter das deprimierende Gesicht meiner Lebensmitte nicht entging, ich würde selbst noch erleben, wie Ada zu altern begann. Schon jetzt sehe ich bei jeder Begegnung mit ihr die winzigen Ermüdungserscheinungen. Ich werde noch erleben, wie sie Krähenfüße, graues Haar und ädrige Hände bekommt. Ich werde sehen, wie sich ihr Hals und ihre

Füße verändern. Ich werde erleben, wie die Makellosigkeit ihres Körpers von der Zeit zerstört wird. Vielleicht erlebe ich sie sogar einsam, geschieden, unglücklich, und was es sonst an Enttäuschungen gibt. Die eigenen Kinder altern zu sehen ist etwas, das man nie in Betracht zieht und worauf man sich nie vorbereitet (als würde das etwas helfen). Mit einem langen Leben gesegnet zu sein bedeutet nur, dass man lang genug lebt, um zu sehen, wie das eigene, vollkommene Kind ebenfalls Raub der Zeit und des Alters wird.

Was also hielt an meinem siebenundvierzigsten Geburtstag – wenn er nun wirklich meine Lebensmitte markierte – die zweite Lebenshälfte noch für mich bereit? Ich würde meine Mutter und ihre Geschwister und Freunde sterben sehen, einen nach dem anderen, aber auch irgendwie schlagartig, eine Beerdigungswelle, und anschließend meinem Bruder und meinen Freunden zusehen, wie sie automatisch an deren Stelle unter den Hinfälligen nachrückten. Es ist der Lauf der Welt, das weiß doch jeder. Damit stehe ich schließlich nicht allein. Und nicht zu vergessen der Niedergang meiner eigenen Lebenskraft, den ich erleben darf, der sich innerhalb der nächsten fünfzehn Jahre bestimmt beschleunigen und seinen kritischen Punkt erreichen wird.

Ich stand auf der Türschwelle meiner Mutter und sah mich im Raum um. Sie würde bald aus dieser Wohnung ausziehen müssen. Die Stationen waren klar: erst häusliche Pflege, dann ins betreute Wohnen, ins Pflegeheim und schließlich ins Hospiz. Ich wartete nur darauf, dass die nächste Phase eintrat. Bei jedem Besuch spähte ich mit Adleraugen nach Anzeichen für eine weitere Verschlechterung. Trug sie noch nachmittags ihren Schlafanzug? Roch sie sauber? Ich erwartete vergammelte Lebensmittel im Kühlschrank, eine abgelaufene Tüte Milch, die im Küchenschrank gerann. Aber ihr Alltag – ich achtete sehr darauf, dass sich darin nichts für sie änderte – schien noch reibungslos zu funktionieren. An den meisten Tagen sah ich morgens nach ihr, und nachmittags kam die Pflegeschwester und half ihr beim Zubereiten des Abendessens. Einmal die Woche gingen wir gemeinsam Shoppen und zum Lunch. Sie schien an diesem Punkt zu stagnieren, aber ich konnte nicht bleiben, wo sie war – ich war innerlich schon bei dem, was als Nächstes kam.

Wahrscheinlich hatte ich immer irgendwie die Vorstellung, dass Nik nie ein fortgeschrittenes Alter erreichen würde. Das war undenkbar. Solche Fehler machte er nicht. Ich wusste, dass Rauchen und Trinken sein Tod sein würden, lange bevor ich an der Reihe war. Ich würde als tumbe Weiterlebende einem nach dem anderen beim Sterben zusehen. Die zweite Hälfte des Lebens war nichts weiter als die Rechnung für alles Schöne der ersten. Und Nik würde sich ums Bezahlen drücken.

Ich verließ ihre Wohnung schniefend und mit zugeschwollener Nase nach meiner kleinen Geburtstagspirouette rund um die Sterblichkeit. Eine sehr angemessene Geburtstagsstimmung, doch dann verbiss ich mich in den Gedanken, wie ich bloß die Geburtstagstorte damals hatte vergessen können. Ich merkte, dass sie als eigene Erinnerung in meinem Gedächtnis nicht vorkam. Präsent war mir nur das Foto, das wir von ihr gemacht hatten. Aber nicht der Geschmack der Glasur in Rosa und Weiß oder der große Schluck kalter Milch, den ich zweifellos nach ein paar Bissen getrunken habe. Sicher, ich konnte einen süßen Tortengeschmack heraufbeschwören, der aber immer bloß ein unspezifischer Platzhalter blieb, wie zum Spiel ausgedacht. Von der Torte ist nichts geblieben als ein Foto in irgendeinem Album. Ein Foto hilft dir auch nicht weiter. Ich glaube – ich bin mir sicher –, dass Fotos unsere Erinnerungen vernichtet haben. Wann immer wir ein Foto machen, vergessen wir, uns Dinge einzuprägen, in unsere eigenen, speziell dafür gedachten Hirnzellen. Fotografieren erspart uns gewissermaßen die lästige Aufgabe des Einprägens. Ich mache ein Foto, dann habe ich eine Erinnerung an den Moment. Doch in Wirklichkeit entlässt du das Erinnern aus der Zuständigkeit deines Gehirns und überantwortest es Polaroids, Kodakpapier, kleinen verblassenden Rechtecken, die man in Fotoalben klebt. Leicht zu verlieren oder ruinieren, wenn deine Garage mal unter Wasser steht. Oder du begräbst diese Momente in einem übervollen Ordner auf deinem Computer, wo sie dann darauf warten, irgendwann angeklickt zu werden. So hast du das Hinsehen, und damit auch das unmittelbare Erleben, auf später verschoben, bis schließlich nichts als diese blasse Kopie einer Erinnerung bleibt, die Erinnerung an ein Ereignis, die nur noch die Erinnerung an ein Foto von diesem Ereignis ist. Es ist keine echte, verinnerlichte Erinnerung. Es ist eine falsche, flüchtige Erinnerung, aber dein Gehirn erkennt nicht mal mehr den Unterschied.

Diese sehr unspektakulären Gedächtnisaussetzer hatten im Laufe der letzten Monate immer mehr Gewicht bekommen und sich zu einer stillen, aber verzweifelten Besessenheit entwickelt. Ich begann ihnen mehr Beachtung zu schenken, unmittelbar nachdem wir endlich Mutters offizielle Diagnose erfahren hatten.

Die offizielle Diagnose:

Ihr Arzt erklärte, es handle sich um einen altersbedingten Abbau der kognitiven Fähigkeiten, auch leichte kognitive Beeinträchtigung genannt, was durchaus typisch für einen Menschen in den Siebzigern sei, so etwas nenne man nicht mehr Senilität, weil es nur ein anderes Wort für Altsein sei. Irgendwann würde sich daraus wahrscheinlich erst eine leichte und dann eine voll ausgeprägte Demenz entwickeln, was sich möglicherweise unheimlich anhöre, aber einfach bedeute, dass das Gehirn sich verabschiede. Man müsse zwischen der altersbedingten Demenz und einer zum Beispiel durch Drogenkonsum bedingten Demenz unterscheiden. Meine Mutter zeige eindeutige Symptome einer altersbedingten Demenz im Anfangsstadium, einschließlich, wenn auch nicht darauf beschränkt, einer fortschreitenden Beeinträchtigung des episodischen Gedächtnisses sowie Desorientierung. Eine ganz alltägliche Sache, sagte er, was wohl als Trost gemeint war. Auf hartnäckige Nachfrage räumte er ein, dass der Verfall bei ihr definitiv progressiv war. Aber es sei natürlich alles progressiv, oder? Ob wir denn ernsthaft glaubten, unser Gedächtnis bleibe in einem statischen Zustand? Dass es nicht permanent abbaue?

Danach hatte ich aus den üblichen emotionalen Gründen in ihrer Gegenwart immer ein ungutes Gefühl, aber ich hatte auch zunehmend die Sorge, ihre Aussetzer könnten möglicherweise ansteckend sein. Es gab keinen rationalen Anlass für diese Befürchtung – unsere Gehirne existierten ja nun eindeutig unabhängig voneinander. Mir war auch klar, dass ich wahrscheinlich die weit erschreckendere Angst vor dem Tod durch eine ersetzte, mit der ich besser klarkam. Aber.

Der Stau hatte sich aufgelöst. Ich hatte immer noch eine fünfundvierzigminütige Fahrt zur Arbeit vor mir. Ich konnte mich nicht aufraffen, mir das Gedächtnisbuch, das Selbsthilfebuch anzuhören. Ich redete mir ein, ich hätte das dämliche Buch gekauft, um meiner Mutter zu helfen, aber ich wusste schon im Laden, dass ich es eigentlich kaufte, um meine paranoide Angst vor dem eigenen geistigen Verfall ruhigzustellen. Vielleicht genügte es ja, dass ich es hatte, und ich musste es mir gar nicht erst anhören.

Dann hatte ich aus heiterem Himmel eine unkontrollierte Erinnerungskrise, eine mentale Kernschmelze wegen eines im Grunde bedeutungslosen Informationsfetzchens, an das ich mich zu erinnern versuchte. Ich weiß nicht, was mich dazu trieb, in meinem Gedächtnis ausgerechnet nach diesem Stück Trivialwissen zu tauchen (weil ich mich nicht erinnere!), aber nun zermarterte ich mir beim Fahren das Gehirn, bis mir der Schweiß ausbrach, und kaute manisch auf einem Kaugummi herum, dessen Kräutergeschmack nicht lange vorhalten würde. Dass mir solche Dinge entfielen, war neuerdings nur zu typisch für mein Gehirn.

Manchmal versteckten sich Wörter eines vertrauten Grundwortschatzes hinter fehlenden Buchstaben. Dann ging ich das Alphabet durch, und hoffte, per Ausschlussverfahren auf den richtigen Klang zu stoßen. Noch häufiger fielen mir bekannte Namen nicht ein. Ich hatte ein ständiges Gefühl von Auf-der-Zunge-Liegen, Es-beinahe-vor-Augen-Haben, Ganz-nah-dran-Sein. Kein Nichterinnern an etwas, woran man sich erinnern wollte wie bei Mom, sondern ein Nichterinnern an etwas, das ich so gut wie *beinahe* präsent hatte. Es war eine kleine Betriebsstörung, ein Sprung in einer Schallplatte. Ich schlug mir gelegentlich sogar an den Kopf, damit die Nadel ein Stück weiter hüpfte. Irgendwoher wusste ich, dass es oft am besten ist, ein paar Schritte weiter zu gehen, um sich an etwas zu erinnern, das davor lag. Etwas direkt zu fixeren brachte gar nichts. Außerdem wusste ich, dass der Versuch, es zu erzwingen, nur zu stressbedingter Cortisolausschüttung führt, mein Hippocampus dichtmacht und mir den Zugang zu meinem Langzeitgedächtnis verwehrt. Aber trotzdem.

Diesmal versuchte ich mich an den Namen einer Filmschauspielerin zu erinnern. Mamie Van Doren fiel mir ein. Aber ich wusste, sie war nicht die, an die ich dachte. Ich hatte eine andere Blondine im Sinn, viel bekannter als Mamie Van Doren. Ich dachte an sie, an diese Schauspielerin mit dem unauffindbaren Namen, und dass sie bei einem tragischen Cadillac-Unfall enthauptet wurde. Ich dachte an den berühmten, nach ihren Wünschen gebauten herzförmigen Swimmingpool. Ja, spätestens jetzt hätte es jeder rausgehabt, aber nicht ich. Marilyn Monroe stand am anderen Ende des Sexbomben-Spektrums, die Schauspielerin, um die es ging, war die Marilyn für Arme, und Mamie Van Doren war die, die ich meinte, für Arme. Ich sah ihr Gesicht vor mir, ihre kleine Nase, ihre puderrosa Lippen, ihre enormen Brüste, (ein Atombusen im althergebrachten Sinne, fleischige Hügel, die den gesamten Brustkorb einnahmen, Anita-Ekberg-Wogen, in deren prallem Fleisch ein Mann ertrinken konnte, nicht diese modern vergrößerten, streng voneinander abgesetzten, viel zu hoch sitzenden Kugeln, zwischen denen ein weites einsames Tal liegt, gemeißelte Brüste, die beinahe in eine andere Welt zu gehören scheinen als der Körper, dem sie vorgebaut sind. Aber was wusste ich schon über die Vor- und Nachteile natürlicher beziehungsweise künstlicher Riesenbrüste? Vielleicht mögen Männer diese knochige Weite, vielleicht gefällt ihnen die saubere Kontur der künstlichen Brustimplantate). Und ich kam nicht auf ihren Namen.

Bei meiner Mutter erkannte man an dem abwesenden, nervösen Gesichtsausdruck, wenn sie nach etwas suchte, das nicht da war; dann vergaß sie, dass sie etwas vergessen hatte, und hakte es ab. Sie gab Dinge einfach kampflos auf, und war schon beim nächsten, das es zu vergessen gab. Das konnte ich nicht. Ich begann laut zu reden, ich brüllte: *Verdammt, wie heißt die?*, dass mir der mittlerweile geschmacksfreie Kaugummi aus dem Mund flog. Ich barg den Kaugummi mit einem Papiertaschentuch und versuchte dabei, das Fahrzeug ruhig zu halten. Und dann begann ich die Eckdaten der Erinnerung herunterzubeten, als wollte ich mich bei der Demenzpolizei aus der Affäre ziehen – ich kann keinen Gedächtnisschwund haben, denn mir fällt Mamie Van Doren ein, mir fallen die Brüste dieser armen, namenlosen Schauspielerin ein, mir fällt sogar ein, wie sie starb, Herrgott noch mal, mir fällt ein dummer Film ein, in dem sie neben Tom Ewell gespielt hat. Mir fällt Tom Ewell ein. Mein Gedächtnis ist ganz klar hervorragend, es war nur ein kleiner Aussetzer. Dann versuchte ich es mit einem Kurswechsel und wollte einfach an etwas anderes denken. Aber wirklich, zu etwas anderem übergehen, während du einen Teil deines Gehirns weiterhin mehr oder weniger auf diese nicht greifbare Erinnerung angesetzt hast – damit machst du keinem etwas vor. Ada hätte längst gesagt: »Guck doch einfach nach, Mom.« Leicht gesagt für sie mit ihrem jungen, dehnbaren, furchtlosen Gehirn. Ich wollte und konnte es nicht in der Internet Movie Database, bei Wikipedia oder sonst wo nachschauen.

Ada versteht nicht, warum ich jede noch so beliebige Nonsensinformation selbst erinnern muss – man könnte meinen, sie verlässt sich darauf, dass das Internet ihr als Gedächtnis dienen wird. Ich will sie warnen: Ich habe dieselbe Erfahrung mit Fotos gemacht, es ist einfach nicht dasselbe wie etwas Selbsterlebtes. Ich verstehe durchaus, wenn sie nichts davon hält, sich das Gehirn mit Trivialwissen zuzumüllen, das sich unschwer nachschlagen lässt, aber es gibt anderes, das ich in Erinnerung behalten muss. Dinge, die sich nicht bei Wikipedia finden. Ich will mich an meine Mutter vor ihrer Krankheit erinnern. Ich will mich erinnern, wie Ada roch, als sie ein Baby war, und ich will mich erinnern, wann mir zum ersten Mal der Verdacht kam, mit Nik könne etwas nicht in Ordnung sein. Ich will mein eigenes Verhalten zumindest ein wenig nachvollziehen können, und ich will ein wenig Klarheit für die Zukunft. Zu diesen Zwecken brauche ich mein Gedächtnis. Darum waren Vorkommnisse wie dieses so kritisch. Wenn ich nicht von selbst auf den Namen dieser Schauspielerin kam, blieb mir keine Hoffnung für den Rest. Ich griff also auf Calm Focus zurück (Merktechnik Nr. 5). Ich atmete bewusst ein und aus. Ich war so nah dran, ich spürte es, es war fast da. Es war wie ein Gehirnorgasmus, dieses kribbelnde Vorgefühl, eine Art Spannungsanstieg. Dann hatte ich Anna Nicole Smith und bekam sie nicht aus dem Kopf, ihre harten kleinen Augen, ihr Puppennäschen und den gleichen puderrosa Lippenstift, aber ich suchte natürlich nicht Anna Nicole Smith, und wieder kam ich nicht weiter, das zum Greifen Nahe entzog sich mir wieder. Ich hatte einen Namen, Mamie Van Doren, und ein Gesicht, das putzige Pekinesengesicht von Anna Nicole Smith, aber meiner Hollywoodgöttin war ich ferner denn je. Stattdessen musste ich all diese anderen Gestalten aus dem Kopf bekommen. Der einzige Weg aus dieser extrem frustrierenden Falle war, es nachzusehen. Kapitulation, ja, aber dafür Friede. Ich atmete noch einmal tief durch. Verdammt aber auch. Okay, gehen wir ein letztes Mal alles durch: Tom Ewell, Cadillac, enthauptet, Pool, Lippen, Brüste. Dann sah ich es, das Buch mit den Schwarzweißfotos, ja, das Foto von ihr und ihren Brüsten, ja, näher, nicht Mamie, nicht Marylin, nicht Anna, sondern Man… ja, ja, Man… Ichsahsogardieabgedecktebahreaufdenfotosvomunfallort …

Jayne Mansfield! Jayne Mansfield! Jane-verdammt-noch-mal-Mansfield!! Ja, ja. Ja.

Na bitte, Happy Birthday, es war irgendwie da drin gewesen, das Ganze. Erinnerung an ein Foto einer Frau, und, irgendwo abgelegt in Synapsen und Dendriten, ein Name.

10. Februar

Der Tag nach dem Geburtstagsabend. Den Abend hatte ich mit meinem Quasi-Freund Jay verbracht. Er kam vorbei, als ich von der Arbeit zurück war, und hatte etwas zu essen und einen Film dabei. Nachdem wir gegessen hatten, reichte er mir ein liebevoll in rotes Papier verpacktes Päckchen.

»Mensch, was mag da wohl drin sein?«, fragte ich, da ich wusste, was mich erwartete. Ich wickelte den Karton aus. Es war eine Thomas-Kinkade-Maler-des-Lichts-®Dorf-im-Laternenlicht-Spieluhr. Die Spieluhr hatte die Form einer Straßenlaterne im Stil des neunzehnten Jahrhunderts. Eine transparente, verschneite, von einem schauderhaft sakralen goldenen Leuchten erfüllte Winterszene zierte das Glas der Lampe. Ich lachte – es war unmöglich, nicht zu lachen.

»Wow, ist die scheußlich«, sagte ich.

»Warte, bis du die Musik gehört hast«, sagte Jay. Ich drehte sie um und zog das Laufwerk auf. Das Lied setzte ein, und die Winterszene wurde zusätzlich noch durch eine Glühbirne von innen illuminiert. Die Musik erkannte ich als »What the World Needs Now«. Na klar. Diese beleuchtete Spieluhr war nicht der erste Kinkade-Artikel, den Jay mir schenkte. Wir waren erst seit ein paar Monaten liiert, und er hatte mir, glaube ich, schon sechs Teile von Kinkade geschenkt: den Thomas-Kinkade-Maler-des-Lichts®-Landhäuser-Kaffeebecher (Landhäuser war eine der Serien und bezog sich wohl auf das schwer idyllische Cottage, das ins Porzellan eingraviert war), das Thomas-Kinkade-Maler-des-Lichts®-Weihnachtslichter-Dorf-der-Tiere-in-Weihnachtsbeleuchtung, den Thomas-Kinkade-Maler-des-Lichts®-Leuchtturm als Lampe, dazu mehrere Zierteller in limitierter Auflage sowie ein Print-»Gemälde«, in ebenfalls limitierter Auflage, bei dem zusätzlich goldfarbene Highlights auf den Druck getupft waren (wohl nicht von Thomas Kinkade Maler des Lichts® persönlich, sondern von geknechteten Zwergen und Wichteln, wie ich vermute). Das erste Kinkade-Geschenk machte Jay mir etwa eine Woche nach unserem ersten Date. Er überreichte mir das Päckchen ohne weitere Erklärungen. Ich packte es aus, und dieses abgrundtief scheußliche Objekt kam zum Vorschein. Er lachte nicht mal dabei. Stattdessen wies er mich auf das Echtheitszertifikat hin. Aus irgendeinem Grund fand ich es genial. Dabei habe ich für kitschigen Plunder eigentlich nichts übrig. Nach einer Kindheit in einem verwahrlosten Haus in Hollywood mochte ich Dinge, die tatsächlich durch und durch schön waren. Aber Jay unterrichtete Kunstgeschichte an der Wake School, einer ultra-elitären privaten Highschool mit künstlerischem Schwerpunkt in Westwood. Und Jay war Brite. Also hatte er irgendwie eine exzessive Vorliebe für Kinkade entwickelt. Als ich ihn fragte, wieso gerade Thomas Kinkade, sagte er bloß: »Na ja, er ist der erfolgreichste Künstler in den Staaten. Und außerdem noch gebürtiger Kalifornier.« Oder er sagte: »Verstehst du, sein Name ist ein eingetragenes Markenzeichen?«, und dabei zeigte er auf den Zusatz, der hinter dem Namen stand. Er war buchstäblich ein eingetragenes Warenzeichen, Thomas Kinkade Maler des Lichts®. Ich erinnerte mich, wie Nik früher immer penibel ein Copyright-Zeichen auf jedes seiner selbstgemalten Plattencover setzte. Wie immer die Plattenfirma hieß, die er sich für diese Gruppe oder jene Platte ausgedacht hatte, nie fehlte deren Urheberrechtszeichen. Jays unerklärliche Fixierung amüsierte mich, und seine Ausdauer und Hingabe machten Eindruck. Selbst der dümmste Witz kann durch ostentative Wiederholung lustig werden. Noch die sinnloseste Obsession kann etwas Tiefschürfendes hergeben, wenn man sie unermüdlich pflegt. Jay war absolut stur in seiner Manie. Er verzettelte sich nicht und sammelte plötzlich Ronald Reagan Lobby Cards, alte, sehr gesuchte Mammy-Salzstreuer oder unbespielte Dawn Dolls in Originalverpackung. Er schleppte ausschließlich Thomas Kinkade Maler des Lichts® an, und das war kein reiner Witz für ihn, er war von diesen Objekten wirklich fasziniert. Wahre Besessenheit ist nämlich keinesfalls beliebig, auch wenn es Außenstehenden so erscheinen mag. In solchen Fällen kann sogar den Betroffenen selbst rätselhaft sein, warum sie etwas so gepackt hat, und dieses Rätsel nährt noch die Besessenheit, schlägt sie umso stärker in ihren Bann. (Wenn du Besessene fragst, *warum* sie so empfinden, werden sie ins Stottern kommen, das Gefühl haben, dass du ihnen viel zu private Fragen stellst, und eine ganze Reihe von Gründen herunterrattern, aber erschöpfend erklären können sie es letztendlich nicht. Besessenheit hat einen irrationalen oder vorrationalen Kern. Ein bisschen wie Verliebtsein, könnte ich mir vorstellen.) Und für mich gibt es kaum etwas Schnöderes und Verlogeneres als eine gefakte Obsession. Die Welt ist voll von Besessenheit *light*, halbherziger Hingabe und Freizeitfanatismus. All diese affektierten, simulierten, aufgesetzten Leidenschaften. Jay war authentisch; Jay hatte Format.

Menschen mit fixen Ideen ziehen mich an. Ich selbst bin nicht so, also kann ich darüber nur spekulieren – na gut, ich habe auch meine fixen Ideen, aber die sind nutzlos und neurotisch. Ich spreche von ästhetisch motivierten, künstlerisch Besessenen. Auf jeden Fall bin ich von ihnen umgeben, Jay, Nik, selbst Ada auf ihre Weise.

Jay blieb über Nacht, wie er es mittlerweile so etwa einmal die Woche machte. Es hat sich so eingespielt und gewinnt oder verliert auch nicht an Intensität oder Häufigkeit. Es bleibt gleich. Wir hatten entspannten, wohltuenden Sex mit dezent erotischer Note. Wir waren nicht ineinander verliebt – wir bekamen beide schon bei der Vorstellung Zustände –, aber die körperliche Lust war echt, zuverlässig und willkommen.

Zu wissen, dass ich Jay einmal die Woche sah, trug außerdem dazu bei, dass ich ein bisschen auf mich achtete: Ich rasierte mir die Beine, ich manikürte mir die Nägel und machte (fast) regelmäßig die Übungen auf meiner Pilates-DVD. Kennengelernt habe ich ihn auf dem Farmers Market auf der Fairfax, ganz in der Nähe von da, wo ich als Sekretärin bei Greer Properties arbeite. Beziehungsweise Büroleiterin. Beziehungsweise Rechte Hand des Chefs.

Es war im Du-par's, einem alten Café, in dem ich mehrmals in der Woche Mittag mache. Ich hatte Jay dort schon vorher gelegentlich sitzen und lesen sehen. Eines Tages, als ich auf dem Weg nach draußen war, fragte er mich, ob er am nächsten Tag mit mir essen gehen dürfe. Jay war kein gutaussehender Mann. Er war Mitte fünfzig, hatte schütteres Haar und trug Pullover, die zu groß für ihn waren und ihn auf abschreckende, befremdliche Weise schrumpften. Aber dafür hatte er einen verblassten englischen Akzent. Ich sagte ja.

Wir verabredeten uns im selben Cafe. Ich hatte mich kaum hingesetzt, da bereute ich es schon. Die ganze Situation war ziemlich unentspannt, und nun würde dieses Café für immer vom Miasma des Misslingens verpestet sein. Ich würde woanders essen müssen. Wir bestellten und saßen dann in betretenem Schweigen da und lächelten. Mir wurde unangenehm bewusst, wie oft ich blinzeln musste. Ich trank zu viel Kaffee, und dann redete ich los und redete und redete, um die leere Luft auszufüllen.

»Haben Sie eigentlich diese globale SARS-Pandemie mitbekommen, akutes respiratorisches Syndrom, wissen Sie? Sie erinnern sich doch, dass es Anfang des Jahres ein

Dauerthema in den Medien war. Egal, wann man die Nachrichten anmachte, es ging immer um SARS. Den ganzen Winter wurden wir laufend informiert, wie es gerade stand und wo die Ursache liegen könnte. Man sah Leute an Sauerstoffgeräten im Krankenhaus liegen neben Fotos von ihnen, auf denen sie noch gesund und munter im Garten grillten. Interviews mit Angehörigen und Leuten vom Seuchenschutz. Wissen Sie noch? Und dann war's mit SARS ohne erkennbaren Grund vorbei. Wussten Sie, dass es mehr als siebentausend Fälle gab?«, fragte ich, mich vorbeugend.

Jay nickte höflich. Ich glaube, ich ließ auch noch »Coronarvirus«, »Etologie« und »Sterblichkeitsrate« einfließen und hörte nicht mehr auf. Ich war schon lange nicht mehr mit einem Mann ausgegangen, aber sogar ich wüsste, dass Infektionskrankheiten nicht das einnehmendste Thema für ein erstes Date waren. Irgendwann musste ich dann mal Atem holen, und er wirkte etwas betreten.

»Und was sind Sie von Beruf?«, fragte ich schließlich, mein ganzes Ich in müde Resignation zusammenfallend, als ich diese absurd langweilige Frage stellte. Genau darum hatte ich mir neue Männerbekanntschaften abgewöhnt. Genau darum war ich lieber bei meinem Mann geblieben, obwohl ich längst wusste, dass ich unglücklich war. Damit ich nie wieder diese Art von Fragen stellen oder beantworten musste.

»Ich unterrichte«, sagte er.

»Oh, interessant. Was unterrichten Sie denn?«, fragte ich. Diese Fragen zu stellen beziehungsweise zu beantworten implizierte für mich ein falsches Zukunftsversprechen. Die eigene Lebensgeschichte offenzulegen heißt ja nur, sie jemand anderem zur Begutachtung vorzuwerfen, und wie sollte ich da Grund zum Optimismus haben? Wie sollte mich irgendwer an diesem Punkt meines Lebens »kapieren?« Ich war nicht zu verstehen, schon gar nicht durch einfaches Abfragen.

»Ich unterrichte Kunstgeschichte. Und gelegentlich Film. An der Wake School. Kennen Sie die?«

Ich schüttelte den Kopf.

»Das ist eine private Highschool für Kinder reicher Unternehmer. Überwiegend jedenfalls. Sie vergeben auch ein paar Stipendien an begabte Kinder einkommensschwacher Eltern.«

Nun war ich dran, und ertappte mich dabei, wie ich im Stakkatostil über Ada und ihr Leben in New York quasselte. Ich wusste selbst, dass ich wie eine Frau klang, die nur durch ihre Tochter lebte, aber immerhin besser als die Frau von einer Minute früher, die so gerne über SARS redete. Ich wollte gerade mit einer langatmigen Schilderung meiner siechen Mutter, ihrer beginnenden Demenz und meiner eigenen Angst vor altersbedingtem Gedächtnisschwund loslegen, als ich mich unterbrach. Ich schnitt mir einfach das Wort ab. Ich trank einen Schluck Wasser, holte tief Luft und ließ das Schweigen stehen, wie es war. Ich hörte sogar auf zu lächeln.

Schließlich sagte er: »Sie haben wirklich bezaubernde Hände«, und legte seine Hand, oder nur die Finger seiner Hand ganz sanft auf die Finger meiner Hand. Ich spürte, wie meine Wangen glühten. Ich starrte tumb auf unsere Hände auf dem Tisch. Als ich endlich hochschaute, sah er mir direkt in die Augen. Ich zwang mich, diesem Blick eine Sekunde standzuhalten, und spürte unverkennbares Verlangen meine Hand und von dort aus meinen ganzen Körper durchströmen. Ich musste sogar ein bisschen auf dem Stuhl herumrutschen und war verblüfft, wie ein keineswegs sexy wirkender Mann so plötzlich eine brutal erotische Ausstrahlung gewinnen konnte, nur weil er sein

Verlangen offen zeigte. War das schon immer so gewesen? Das wagte ich zu bezweifeln. Ich glaube, es hatte eine Menge mit meinen vielen hoffnungslos vermurksten Dates zu tun, nachdem mich Will, mein zweiter Mann, verlassen hatte. (Ich bezeichne ihn immer als meinen zweiten Mann, aber da ich Adas Vater Chris nie geheiratet habe, ist Will eigentlich mein erster und einziger Ehemann, bzw. war es, bevor er mich verließ.) Damit, dass ich mich auf Verkupplungsversuche, verkrampfte Dinnerpartys und sogar eine Partnerbörse im Internet eingelassen habe. Mit der schwierigen und demütigenden Erfahrung, auf einen Mann nicht besonders attraktiv zu wirken. Es gab mal eine Zeit, in der man sexuelles Interesse bei Männern als gegeben voraussetzen konnte, aber diese Zeit war vorüber. Nach kaum einem Jahr gab ich meine Datingversuche auf. Und das war inzwischen ziemlich lange her. So dazusitzen, seine Hand auf meiner, während sein Blick mich dazu brachte, ihn zu begehren, fühlte sich gut an – auf stille, schwindelerregende Weise.

Ich wäre da und dort zu etwas bereit gewesen, aber. »Ich muss wieder ins Büro«, sagte ich. Ich entzog ihm sachte meine Hand. Er ließ sie los.

»Und wo arbeiten Sie?«

»Ich bin Privatsekretärin. Oder Assistentin. Office Managerin bei Greer Properties. Sozusagen die persönliche Assistentin für Jack Greer.« Die Familie Greer besaß überall in Los Angeles Immobilien. Sie hatten noch Grundbesitz aus der Prä-Hollywood-Ära, aus den Zeiten der Orangenhaine. Sie waren sogar über die Seite seiner Mutter mit Henry Gaylord Wilshire verwandt. Wilshire gehörte damals Grundbesitz von West Hollywood abwärts bis dahin, wo heute der Wilshire Boulevard verläuft, den er von einem kargen Feldweg zu einer vornehmen Straße, die seinen Namen trug, auszubauen plante. In den 1890ern schenkte er das Land dann der Stadt. Henry Gaylord Wilshire kandidierte als Sozialist mehrfach für den Kongress und verlor irgendwann alles; Jack verdankte sein Vermögen dem unsozialistischen Großvater seines Vaters, Lymon Greer.

Ich arbeite seit fünfzehn Jahren für Jack Greer. Ich regle alles für ihn, von Lunchterminen bis zum Abholen seiner Sachen aus der Reinigung. Ich beantworte Briefe und erledige Telefonate. Ich filtere die wichtigen Anfragen aus den lästigen oder unwichtigen heraus und lege sie Jack dann vor. Aber hauptsächlich habe ich dank langjähriger Erfahrung ein Gespür dafür, worüber er informiert sein möchte. Allerdings erfordert das Filtern und Vorlegen meine permanente Anwesenheit. Spontan verlängerte Lunchpausen waren bei mir nicht drin.

Jay lächelte und nickte. Mehr wollte er erst mal gar nicht hören, was mir nur recht war, denn mir ging es ähnlich.

An diesem Abend kam er zum Essen. Eine lange Fahrt für ihn. Ich wohnte auf der anderen Seite des Valley tief in den verschlafenen Wüstenanhöhen von Santa Clarita. Er wohnte in der Nähe des Farmers Market am Ogden Drive. Es konnte ja nichts werden mit uns bei dieser Distanz. Aber er beschwerte sich nicht und kam pünktlich. An diesem Abend brachte er mir keinen Thomas-Kinkade-Maler-des-Lichts®-Artikel mit. Das hob er sich fürs nächste Date auf. Wir aßen gegrillten Fisch mit Aioli und tranken einen stahligen, unsentimentalen Sommerwein. Wir sprachen über Nicholas Rays selten gezeigten Film *Eine Handvoll Hoffnung*, mit James Mason als Highschoollehrer, der das neumodische Allheilmittel Kortison nimmt, das ihn ganz kaputt, verschwitzt und psychotisch macht. Jay liebt Nicholas Ray, und ich liebe James Mason, daher hatten wir mit *Eine Handvoll Hoffnung* etwas Gemeinsames. Da der Film nie auf DVD erschienen war, genoss er unter Filmfans Kultstatus. Jay war – wen wundert's – leidenschaftlicher Filmfan, dem es besonders die amerikanischen Melodramen der Fünfziger angetan hatten. Als Jay aus seinem Wagen stieg, schwenkte er stolz eine alte Videokassette des Films, eine recht interessante Wahl für ein Date, wie ich fand. Obwohl ich nicht direkt Cineastin war, hatte ich *Eine Handvoll Hoffnung* vor Jahren im Nuart gesehen. Was immer die Leute in den Fünfzigern darin gesehen hatten oder er heutigen Fans bedeuten mag, ich interpretiere ihn als sehr aufrichtige Studie abgrundtiefer Depression in der Mittelschicht. Er hatte für mich nichts Albernes oder Manieriertes, so melodramatisch ich ihn fand. Er hat mich zutiefst aufgewühlt. Als Suchtporträt fand ich ihn sehr viel beklemmender als beispielsweise *Der Mann mit dem goldenen Arm*. Für mich erzählte er von der schleichenden Pervertierung des konventionellen Lebens; mit seinen immer verzerrter werdenden Nahaufnahmen, subjektiven Einstellungen, den schreienden Rottönen und der hysterischen Atmosphäre ein zutiefst erschütternder Film.

Wir schoben ihn in meinen alten Videorekorder. Diesmal fand ich ihn nicht verstörend, mir war, als hätte ich einen alten Freund zu Besuch. Mittlerweile liebte ich diesen eigenartigen, obskuren Film.

»Ist dir je aufgefallen, dass Männer in Filmen praktisch nie Highschoollehrer darstellen? Es sind immer Uniprofessoren. Ich glaube, wir sollen Mason für einen Versager halten, weil er an der Highschool unterrichtet«, sagte Jay.

»Und was ist mit *Junge Dornen*? Da ist die Hauptfigur Highschoollehrer«, erwiderte ich.

»Das war ein Erlösungsdrama – ein missionarischer Film. Gar nicht zu vergleichen.«

Er schenkte uns den Rest des Weins ein. Mason war im

Bad und schmiss mit schmerzverzerrtem Gesicht seine Pillen ein.

»Nicht in den Spiegel gucken! Guck bloß nicht in den Spiegel! Ooooh, er hat in den Spiegel geguckt«, sagte ich. Es gefiel mir, Jay zum Lachen zu bringen. Es ist schön, wenn man einen Film ein paarmal gesehen hat und ihn dann mit jemandem zusammen schaut, mit dem man darüber reden kann. In der Wiederholung verliert der Film etwas von seiner düsteren Wirkung, dafür gewinnt er aber auch etwas hinzu: Während er allmählich zu etwas Familiären wird, hinterlässt er einen tieferen Eindruck in deiner Wahrnehmung, in der Geschichte deiner ästhetischen Wahrnehmung. Er ist ein Objektiv, durch das du die Welt betrachtest, und das erfordert ein gewisses Maß an Kommunikation. Das liebe ich. Ich hasse es, wenn die Leute *pst, pst* machen, als wäre man in der Kirche. Einen guten Film will ich immer wieder sehen, mich so richtig mit meinen Freunden hineinversenken und dabei unterhalten. Jay *pst*-tete mich nicht an. Nicht ein Mal.

»Ein bisschen schwer zu glauben, dass Mason noch einen Nebenjob als Taxifahrer hat. Kommt mir sehr unwahrscheinlich vor. Aber er bringt diese ganze gärende Selbstverachtung und Selbsterniedrigung absolut überzeugend rüber«, sagte ich.

»Ist dir mal aufgefallen, dass James Mason in jedem seiner Filme eine Szene im Morgenmantel hat? In *Lolita*, in *Der Fall Cicero*, in *Ein neuer Stern am Himmel*. Und in *Der letzte Schleier*. Offenbar wurde das in jedem Film von Mason erwartet«, meinte Jay.

»Nicht in jedem. Nicht in *Rommel, der Wüstenfuchs*.«

»Auch im *Wüstenfuchs*.«

»Doch nicht im Ernst, oder? Eine Nazi-Hausjacke?«

»Ich fürchte doch. Einen ausgesprochen schicken Schlafrock, und ab und zu presst er sich ein dazu passendes

Taschentuch mit Monogramm an die Lippen. Weißt du nicht mehr, wie sie ihn vom Krankenbett zerren müssen, weil er der Einzige ist, der die Wüste wirklich versteht?«

»Hab ich ehrlich gesagt nie gesehen«, gestand ich. »Aber du bist da auf was gestoßen, er hat tatsächlich immer diese Morgenmantel-Szenen. Einen schick und adrett gebundenen Morgenmantel. Oder eben eine Hausjacke. Vielleicht weil Frauen ihn sich gern in so intimen Situationen vorstellen, aber gleichzeitig möchten, dass er immer eine beherrschte und elegante Erscheinung abgibt. Robert Mitchum oder Burt Lancaster durften schlampig mit nacktem Oberkörper rumlaufen. Aber James Mason in halbnackter Unbekümmertheit wäre der Untergang des Abendlandes.«

»Außer in *Age of Consent*. Ich sehe noch den knurrenden Mason, wie er sich nackt mit Helen Mirren herumwälzt«, sagte Jay. »Aber das waren die Sechziger ...«

»Meine Güte«, sagte ich. »Das war ja ...«

»Allerdings«, meinte Jay.

Nach dem Film gaben wir uns einen zarten, vorsichtigen Kuss. Ich nahm ihn bei der Hand und führte ihn in mein Schlafzimmer. Wir zogen uns im nachsichtigen Zwielicht aus. Schmächtig, mit ersten Anzeichen von Hautalterung, stand er nackt neben meinem Bett. Ein bisschen wie James Mason, dachte ich, mit Akzent und so.

Bei unserem nächsten Date brachte er *Der letzte Schleier* mit. Den Film kannte ich noch nicht. Darin gab's nicht nur einen jungen, streng aussehenden James Mason, der mysteriös und byronesk ein Bein nachzog, sondern auch eine Frau mit Erinnerungslücken, die die »Schleier« über ihrer obskuren Vergangenheit lüftet. Es war schwer, einen Mann nicht zu mögen, der mit so sicherem Gespür meine ausgefallenen Gelüste bediente.

Ab da trafen Jay und ich uns alle zwei Wochen. Es war

offenbar eine Affäre ohne wilde Leidenschaft oder weiterführende Absichten. Er brachte immer einen Film mit, den man selten zu sehen bekam. Den schauten wir, dann aßen wir zu Abend und schliefen miteinander. Am nächsten Morgen sagten wir uns Auf Wiedersehen. Aber wir waren nicht ineinander verliebt. Wir führten nicht dieselben ermüdenden Gespräche wie andere Verliebte. Wir redeten nicht über unsere gescheiterten Ehen, obwohl ich irgendwann erfuhr, dass er früher mit einer Amerikanerin verheiratet gewesen war. Die Lebensgeschichten sparten wir uns. Ich wusste nur das, was für die Gegenwart von Belang war – zum Beispiel, dass er irgendwann um die Feiertage einen Monat verreist sein würde, um seine Familie in England zu besuchen.

Nachdem er mir mein Geburtstagsgeschenk überreicht hatte, sahen wir uns *Der Außenseiter* an. Ich erzählte Jay nichts von meinen Geburtstagsängsten. Nicht, weil ich etwas verschweigen wollte. Ich spürte sie einfach nicht, wenn ich mit ihm zusammen war. Ich wollte nicht über mich reden; ich wollte über Filme reden. Irgendwann in der Zeit zwischen meiner Jugend und heute war meine Lebensgeschichte zu lang geworden, um sie noch herunterzubeten, zu ode und verwickelt. Mit achtzehn drängte es mich immer, meinen Partnern jeden einzelnen Moment, der mich an diesen mirakulösen Punkt geführt hatte, minutiös zu schildern. Ich glaubte, wenn sie mich erst verstünden, müssten sie mich einfach lieben. Aber jetzt, da ich älter war, und tatsächlich eine Lebensgeschichte vorzuweisen hatte, hatte ich kein Bedürfnis, sie zu erzählen oder zu hören. Ich wollte nur, dass er sich an mich presste, während wir uns behutsam mit unseren Körpern vertraut machten. Ich begriff, dass sie unsere Geschichte ohnehin besser erzählten.

Besuch von Ada. Es gibt für mich nichts Schöneres, als ab und zu ein Wochenende mit Ada zu verbringen. Als sie noch in LA lebte, kam sie bestimmt einmal in der Woche zum Abendessen. Aber seit sie in New York lebt, mache ich mir diese herrlichen Wochenenden mit ihr. Ich fliege rüber. Ich wohne in ihrem Studio-Apartment in Greenpoint. Sie stellt mich ihrem aktuellen Freund vor, und wir trinken ein Glas Wein in ihrer neuen Lieblingsbar. Wir unterhalten uns bis spät in die Nacht. Wir unterhalten uns sogar im Bett noch weiter (in ihrem Doppelbett unter ihrer zartrosa Seidendecke mit der Ziersteppung in Form großer zartrosa Art-déco-Wirbel). Worüber wir reden? Sie erzählt mir alles. Und ich höre zu. Wie unter Collegefreundinnen.

Diesmal kam sie für zwei Nächte nach LA. Sie hatte ein Dokumentarfilm-Projekt, für das sie Geld aufzutreiben versuchte. Ihre Mitproduzentin Lisa hatte ein paar Meetings bei Kabelsendern organisiert, die junge Filmemacher unterstützen. Wir saßen auf der Veranda, aßen Käse und tranken ihren Lieblings-Rosé-Champagner. Seit sie in ihrer Jugend in Nobelrestaurants gekellnert hatte, hatte sie Geschmack an kulinarischen Genüssen und teuren Weinen gefunden. Es war mir ein Vergnügen, ihr alles zu ermöglichen, und ich verwöhnte sie an den wenigen Wochenenden, die ich mit ihr hatte, nach Strich und Faden.

»Ich bin heute zu Nik rübergefahren«, sagte sie. »Ich hab ihn für heute Abend einladen, aber ihm war nicht danach.«

»Er ist so witzig – er hat mir die letzten Einträge in seinen Chroniken gezeigt und die Musik vorgespielt, die dazugehört.«

»Ich wette, das hat ihm Riesenspaß gemacht.«

Ada trank ein Schlückchen von ihrem rosa Wein. Sie zog an ihrer Zigarette. Ich weiß, es ist schrecklich, so etwas vom eigenen Kind zu sagen, aber die Zigarette stand ihr gut. Das dachte ich, obwohl ich mich nur zu gut erinnerte, wie mein Bruder sich jeden Morgen die Lunge aus dem Leib hustete. Und tagsüber die Lunge aus dem Leib hustete. Und jeden Winter eine Bronchitis. Aber wenn junge Menschen rauchen, ist es anders. Es unterstreicht nur ihre Lebensfülle. Es sieht ansprechend aus und man spürt dieses Grundgefühl, mehr Leben zu haben, als sie je verbrauchen könnten, derart in Lebenszeit zu schwimmen, dass sie sich Flirts mit todbringenden Suchtmitteln erlauben können. Sie haben ja später noch so viel Zeit, sich zu erholen und wieder ganz gesund zu werden. Eine junge Frau wie Ada würde all so was über kurz oder lang drangeben. Wenn man alt ist wie Nik, und nach jahrelanger Abhängigkeit, sieht Rauchen nur noch aus wie grob fahrlässige Selbsttäuschung. Für Ada aber war es ein schöner Luxus, ein Spaß unter vielen, ein weggekickter Schuh, ein Schlückchen rosa Champagner.

In jedem halbwegs konventionellen, vernünftigen Licht betrachtet, musste ich als beschissene Mutter dastehen. Ich hatte eine viel zu lockere Beziehung mit meiner Tochter. Dass Chris, ihr Vater, es so sah, war klar. Selbst Nik – *Nik*, Herrgott noch mal, sonst der letzte Mensch, der sich ein Urteil über andere anmaßte – fand, ich ließe Ada zu viel durchgehen. Stimmt auch alles. Trotzdem hat es Ada irgendwie geschafft, zu dieser reizenden, sensiblen jungen Frau heranzuwachsen.

»Ich glaub, ich würd gern einen Film über Nik machen«, sagte sie. »Weißt du, er ist echt so was wie ein Folk-Art-Genie. Nicht bloß seine Musik, auch das ganze Drumherum, diese ganze inszenierte lebenslange Dingsda. Er wär doch absolut der Stoff für so was. Meinst du nicht?«

Ich dachte darüber nach. Nik wäre durchaus einen eigenen Film wert gewesen. Er war so exzentrisch, so kompromisslos, arbeitete so hart. Aber ich dachte nicht gründlich genug darüber nach, vor allem nicht darüber, was es für das heikle Gleichgewicht eines Lebens im Verborgenen bedeuten konnte, verfilmt zu werden. Ich vergaß, vielleicht weil Ada beteiligt war, meine Fürsorgepflicht Nik gegenüber.

»Er wäre ideal für ein Filmporträt, und bestimmt hätte er Spaß daran. Andererseits wäre es auch möglich, dass er nicht ganz so empfänglich dafür ist. Nik wirkt vielleicht wie ein Aufmerksamkeitsjunkie, aber ich bin gar nicht sicher, ob er das ist. Zumindest jetzt nicht mehr. Außerdem kontrolliert er normalerweise als Einziger, was aus seiner Geschichte wird.«

Ada schaute mich an und nickte. Sie hatte kurze, glänzende schwarze Stirnfransen und an den Seiten und hinten langes, glattes schwarzes Haar. Ihre Augen waren stark umrandet, die hohen Bögen ihrer Brauen exakt nachgezogen. Ihre Augen sahen riesig aus, obwohl (oder weil) ihre Lider immer halb geschlossen wirkten, wenn sie dich direkt anschaute, die Schlafaugen eines Zelluloidbabys.

Ich goss mir Champagner nach. »Vielleicht müssen wir es ihm erst schmackhaft machen. Nik lebt in seiner eigenen Welt, und ich glaube nicht, dass er sich selbst überhaupt als ... Sagen wir's so: Ich glaube, sein ganzes Leben ist wie ein privater Scherz, den er niemandem erklären möchte.« Ich trank einen Schluck und spürte die Bläschen an den Seiten meiner Zunge prickeln, als ich schluckte. »Und ein Teil seines Vergnügens, seiner Freiheit, ist, glaube ich, dass er denkt, dass niemand es je sehen oder beurteilen wird.«

Ada knabberte an einem Cracker mit einem hauchfeinen Scheibchen Cheddar als Belag. Sie hatte die Essgewohnheiten eines kompromisslosen Magermodels.

»Ich weiß nicht. Es liegt natürlich bei ihm – er wird schon wissen, ob er will oder nicht.«

Ada nickte.

»Und was, wenn die Leute seine Musik nicht mögen?«, fragte ich, etwas, das mir noch nie in den Sinn gekommen war, weil es einfach nie darauf angekommen war. Ich hörte sie, und zwar aufmerksam, und erfreute mich an ihr.

Ada richtete sich auf und beugte sich über den Tisch zu mir rüber. »Du meinst, seine Musik ist, äh, nicht gut?«

»Ich finde nicht, dass seine Musik nicht gut ist, oder das, was wir gelegentlich als schlecht bezeichnen. Ich finde mit aller Gewissheit, mit der ich solche Dinge überhaupt bewerten kann, dass Niks Musik wirklich sehr, sehr gut ist.« Ich hatte das noch nie so deutlich ausgesprochen. Es klang sehr viel bestimmter, sobald ich mich selbst die Worte aussprechen hörte.

»Finde ich auch. Sie ist toll. Absolut grandios, komm schon«, sagte Ada.

»Und wir sind auch so objektiv, stimmt's?«, sagte ich. Ich musste lachen, und dann fand ich es traurig, zu lachen. Musste ich, sobald ich mal etwas von einer gewissen Tragweite sagte, unbedingt diese zynischen Relativierungen hinrotzen? Noch nicht mal Relativierungen, eher kleine sarkastische Ticks. Es fühlte sich weder gut noch besonders richtig an. Wir saßen eine Weile da, ohne zu reden. In den Häusern ringsum in den Hügeln gingen nach und nach die Lichter an. Als ich nach Santa Clarita zog, waren die Hügel hinter meinem Haus noch unbebaut. Nachts konnte ich die Kojoten heulen hören. Eigentlich müsste ich mich dafür schämen, aber die Erschließungsmaßnahmen störten mich ganz und gar nicht – nachts beruhigte es mich, die erleuchteten Fenster dieser Häuser zu sehen.

»Ich glaube, Rob hat was mit einer anderen Frau«, sagte Ada. »Wirklich.«

»Ist doch klar. Schließlich ist er verheiratet«, sagte ich.

»Nein, ich meine eine andere, nicht seine Frau, nicht mich.«

Ich seufzte. (Ich machte eigentlich diese Schnalz- oder Schnacklaute, die normalerweise tzz tzz oder so ähnlich geschrieben werden, aber darin erkenne ich sie nie wieder.) Ich mochte Rob. Ich war ihm nie begegnet und würde ihm wahrscheinlich auch nie begegnen. Aber davon ausgehend, was Ada mir erzählt hatte, war er geistreich und witzig. Er machte ihr nichts vor. Das war natürlich ein weiteres Beispiel für mein schlechtes mütterliches Vorbild. Ich hätte die Sache missbilligen müssen, aber Ada wirkte so verliebt, so glücklich auf mich. Adas Vater hatte, da möchte ich wetten, keinerlei Ahnung von Robs Existenz. Ich ganz allein war ihre verlässliche Vertraute.

Ada begann zu weinen.

»Ach, Herzchen, nicht doch.«

Ada schniefte, dann lächelte sie und drückte die Fingerknöchel unter die Augen, um den Maskara- und Tränenfluss zu stoppen. »Ist schon gut«, sagte sie. Ich legte ihr den Arm um die Schultern und drückte sie sanft an mich. Es war mehr eine aufmunternde Geste als ein echtes Drücken. Sie würde schon damit fertigwerden.

Aber ich hätte kommen sehen müssen, wie sehr der Film alles verkomplizieren würde.

Nik rief an, um mir zu sagen, dass sein alter Bandkollege Tommy Skate tot war. Herzinfarkt, was niemanden besonders überraschte.

Ein paar Monate zuvor hatte Nik mich überredet, ihn zu Tommy zu begleiten. Ich hatte ihn seit Jahren nicht gesehen. Er war der ursprüngliche Leadgitarrist der Demonics. Damals trug er karierte Hosen mit Creepers und ein Doppelripp-Unterhemd. Tommy rauchte Menthol-Marlboros, weil sein Atem dann gut roch. Zwischen 1980 und 1990 hatte er mich bestimmt fünfzigmal gefragt, ob ich seine Freundin sein wollte. Tommy spielte in Punkbands, in New-Wave-Bands, in Powerpop-Bands, in Grunge-Bands und so weiter und so fort, dann hörte er plötzlich auf. Später wurde er Buddhist (er ließ weiterhin keinen Exzess aus, belehrte einen aber, man müsse »loslassen« können), Leder-Fetischist, Ronald-Reagan-Befürworter und wusste alles über Martial-Arts-Filme. Er hatte jede Menge mieser Jobs, aber am besten erinnere ich mich an den in der Telefonzentrale eines Krankenhauses, weil er immer von den verrückten Anrufen um drei Uhr morgens erzählte, die er dort entgegennehmen müsste. Oh, und ich glaube, Tommy war mal mit einer Frau verheiratet, die ich nie kennengelernt habe und von der er ruck, zuck wieder geschieden war. Kinder hatte er nie bekommen.

Tommy war wieder zu seiner Mutter gezogen, als er krank wurde. Sie wohnten in einem Zwei-Zimmer-Haus im Valley. Es war ein in die Jahre gekommener Bungalow mit Sonnenblumentapete in der Küche und moosgrünmeliertem Teppichboden im Wohnzimmer. Tommy hatte sich auf den Sitzelementen vor einem Großbildfernseher geparkt, als wir ankamen.

Nik hatte während der ganzen Fahrt kein Wort gesagt. Er fuhr, rauchte und steuerte mit einer Hand. Es lief eine CD aus eigener Produktion – ich hatte nie verstanden, wie man sich seine eigenen CDs anhören konnte. Ist das nicht ein Unding? Oder gar ein Hinweis auf einen bösen Fall von Egomanie? Aber Nik hörte schon seit langem lieber seine Musik als irgendetwas anderes. Je älter er wurde, desto seltener hatte er überhaupt Lust, Musik zu hören. Es schien ihn zu nerven oder zu langweilen, aber wenn es eins seiner eigenen Alben war, ertrug er es gerade noch. Ich kann mir nichts Vergleichbares in meinem eigenen Leben vorstellen – auch darin waren wir so weit auseinandergedriftet. Abgesehen davon, dass ich mir ebenfalls Niks Musik anhörte; das war eine Gemeinsamkeit.

Eine prähistorische Klimaanlage blies brummend extrem kalte und extrem ungefilterte Luft in Tommys Haus. Der schal-süßliche Hauch hatte kaum eine Chance gegen den typisch-beißendenden, vergilbten Muff lebenslangen Qualmens. Ich hatte Nik nie gesagt, wie sehr mich dieser allem anhaftende Geruch in seiner Wohnung störte – er war ja daran gewöhnt. Tommy hatte die Füße auf ein Kissen hochgelegt. Fußgelenke und Füße waren so angeschwollen, dass er praktisch nicht mehr auftreten konnte. Seine Finger und Handgelenke wirkten aufgedunsen und unbeweglich. Er erklärte, er könne nicht mehr Gitarre spielen, aber Keyboard ginge noch. Er ging ins Detail – allein der Klang dieser Wörter, *Lungenödem*, flüsterte uns von unserer Zukunft. *Myopathie*, *Nekrose*, *Herzinfarkt* – diese schwerwiegenden Wörter, die ich nachts in Suchmaschinen eingab, um ihnen dabei zuzusehen, wie sie sich vermehrten.

Tommy drehte am Knopf seiner alten Stereoanlage, bis Richard Hell and the Voidoids aus den Boxen ballerte, in der erforderlichen Lautstärke für 78er Punk und kaputte alte Ohren. Hells höhnischer Gesang zerrte sofort an meinen Nerven. Zuerst dachte ich, Tommy hätte es ausgesucht, weil die Vitalität von Punkrock hier und jetzt so einen grausig-ironischen Effekt hatte. Aber als ich dann sah, wie seine Hände kraftlos zu dem sperrigen Gitarrensound mitruckten, sah ich, dass Tommy tatsächlich die Krachigkeit, die Verweigerung und sture Aggressivität liebte. Es war keine ironische, es war eine traurige und nostalgische Geste.

»Ich hasse dieses Album«, sagte Nik.

»Ja, aber die Gitarren«, meinte Tommy.

»Die Gitarren«, sagte Nik, ein Zugeständnis in einem Nicken und gekräuselten Lippen versteckt. Nik trug seine Sonnenbrille, aber von meiner Position aus konnte ich sehen, dass er den Raum musterte, Tommys geschwollene bleiche Füße und die Ansammlung von Tabletten auf dem Beistelltisch.

Tommys Gesicht – besonders seine Nase – hatte im Lauf der Jahre einen Wachsglanz angenommen. Ich versuchte mir ins Gedächtnis zu rufen, wie er in alten Tagen ausgesehen hatte. Ohne den Kopf zu bewegen, wanderte mein Blick an die Decke und dann nach innen, als würde mir das irgendwie helfen, in die Vergangenheit zu sehen. Vielleicht machen manche Menschen das mit den Augen, weil die Gegenwart sie zu sehr aus dem Konzept bringt. Ich hatte einen flüchtigen Eindruck von Tommy in Niks Bar, vielleicht fünfzehn Jahre zuvor. Es war scheußlich, sich zu vergegenwärtigen, wie stark die vergangenen fünfzehn Jahre ihn, eigentlich ja uns alle, mitgenommen hatten. Er war wirklich nicht wiederzuerkennen, nur noch eine klamme, entstellte Parodie seines jüngeren Gesichts.

Ich sagte nichts zu Tommy, während wir zusammensaßen, ich hörte nur auf die Musik – was auch sonst, bei der Lautstärke? Wir waren alle erleichtert, als endlich der »Hit« kam: »Blank Generation«.

I belong to the blank generation
I can take it or leave it each time

Der Nihilismus der Lyrics im Verbund mit dem legendären Stolperloch im Gitarrenriff und ein paar netten, schiefen *Uh-uuuhs*, machte uns alle für einen Moment glücklicher, obwohl keinem von uns entgangen sein konnte, wie unreif, wie absurd die Musik klang.

»Es sind bloß die –«, fing Tommy an und brach dann ab. Wir starrten ihn an. »Mist, ich komm nicht drauf, was ich sagen wollte. Das ist vielleicht ein seltsames Gefühl, wenn du was genau im Kopf hast, aber nicht draufkommst, wie es heißt. Wie kann man sich an was nicht erinnern, wenn man weiß, dass man es vergessen hat?«

»Das nennt man Aphasie. Dieses Gefühl – du erinnerst dich an die Sache, aber nicht an ihre Bezeichnung«, erklärte ich. »Nominale Aphasie ist, wenn man sich nicht an Namen erinnern kann.« Sie starrten mich an. »Passiert mir auch, andauernd.«

»Scheiß drauf, das kriegt jeder«, sagte Nik. Obwohl Nik für einen unverbesserlichen Alkoholiker ein hervorragendes Gedächtnis hatte. Er vergaß nie etwas.

»Kommt nicht mehr drauf an«, meinte Tommy, aber ich merkte, dass er immer noch in seinem Gedächtnis kramte. Nik packte seine Geschenke aus: seine neuste CD in der Limited-Edition-Hülle für Sammler und eine Literflasche edel aussehenden Scotch.

»Ich finde, wenn du schon nicht viel trinken kannst, sollte es wenigstens vom Feinsten sein«, sagte Nik.

»Danke, Alter.« Tommy sah sich die Flasche an. »Ich darf überhaupt nichts mehr trinken. Verträgt sich nicht mit den ganzen Medikamenten. Ich vertrag es gar nicht mehr. Aber es ist bestimmt schön, sich die Flasche anzuschauen. Willst du ein Glas?«

Das ärgerte mich maßlos. Die Vorstellung, dass Nik ein Glas davon trinken könnte, machte mich rasend. Hier vor dem aufgedunsenen Tommy am helllichten Morgen. Und es machte mich rasend, dass Nik viel Geld für eine teure Flasche Scotch ausgab, obwohl er kein Geld hatte. Und dann kapierte ich trotz meiner Scheißwut: Er hatte gewusst, dass Tommy nichts trinken durfte. Er hatte darauf spekuliert, dass er den Whisky am Schluss selber trinken würde.

Nik machte die Flasche auf und goss sich Whisky in ein Wasserglas. Er warf den Kopf in den Nacken und kippte ihn runter.

»Ist das die richtige Art, einen Scotch dieser Güte zu trinken?«, überbrüllte ich die Musik und hörte dabei die unnütze Giftigkeit in meiner lahmen rhetorischen Frage. Die beiden guckten mich nicht mal an, und welches Recht hatte ich schon, sie zu verurteilen. Es war ein besonderer Anlass, und ich war eine Pedantin. Nur dass garantiert noch ein weiteres Glas folgen würde und dann noch eins, und dann würden wir heimfahren, ich unter Todesängsten, nicht etwa vor einem Unfall – denn Alkohol schien auf Nik keine Wirkung zu haben –, sondern dass er angehalten werden könnte, und sie ihn wegen Alkohol am Steuer drankriegen würden. Wäre nicht sein erstes Mal. Vielleicht würden sie sogar seinen Führerschein kassieren, und dann könnte er nicht mehr zur Arbeit fahren. Zumindest riskierte er ein dickes Bußgeld, ganz zu schweigen von dem durchaus denkbaren Strafbefehl; gar nicht unwahrscheinlich bei so einem Wiederholungstäter. Vor fünfzehn Jahren hatte Nik tatsächlich mehrere Wochen im Gefängnis verbracht. Und das nur wegen nicht bezahlter Strafzettel. Im LA County Jail musste er Handschellen stanzen. Und Polizeiautos waschen. Ich glaube, zum Schlafen durfte er das Gefängnis verlassen. Ich erinnere mich nicht mehr. Danach riss er sich eine Weile ziemlich zusammen, nahm seine Strafzettel zur Kenntnis und bezahlte sie sogar. In den letzten Jahren war er wieder nachlässiger geworden. Nachlässiger oder schon unverantwortlich? Nichts davon schien Nik im Geringsten zu berühren, als er sein nächstes Glas kippte. Tommy wurde plötzlich von einem trockenen Husten geschüttelt, dann sahen wir zu, wie er langsam wieder zu Atem kam.

Kaum war Tommys Tür hinter uns zugefallen, nestelte Nik in seiner Jackentasche nach einer Zigarette. Während wir die Auffahrt hinuntergingen, zündete er sie an und nahm einen tiefen Zug. Er würde auf dem gesamten Heimweg Kette rauchen. Ich wusste, dass Tommy Nik aus der Fassung gebracht hatte, und ich wusste, dass der Scotch und die Zigaretten ihn beruhigten. Das war mir klar. Ich wusste aber auch, dass er selbst Hustenanfälle hatte wie den, den wir gerade bei Tommy mitbekommen hatten. Ich hatte nie auch nur versucht, Nik das Rauchen auszureden. Nicht ein Mal. Er hätte sowieso nicht aufgehört. Auf andere Dinge, Alkohol und Drogen, hatte ich ihn diverse Male angesprochen, wenn es kritisch wurde. Er hatte meine Sorgen, meine Berechnungen, meine Befürchtungen für die Zukunft nie ernst genommen. Er sagte mehr oder weniger immer: Diese Lebensweise hab ich mir ausgesucht, und wenn sich das irgendwann rächt, werd ich mich nicht beklagen. Und das stimmte, er beklagte sich nie. Er wäre nie bereit gewesen, sein Leben wegen irgendwelcher hypothetischen Konsequenzen zu beschneiden, Konsequenzen, die vielleicht niemals eintraten. Anders als die meisten normalen Menschen störten ihn seine schlechten Angewohnheiten nicht, und er tat nicht mal so, als dächte er daran, auch nur eine davon aufzugeben.

Ich müsste mittlerweile längst gewöhnt sein an seine – ja, wie soll ich es nennen? Bedürfnisse? Neigungen? Pläsierchen vielleicht? Er selbst hätte niemals von Sucht gesprochen. Er sprach von Balsam für die Seele. Solang ich zurückdenken kann, hat Nik alles konsumiert, was gerade zur Hand war, was immer er kriegen konnte – auf den Balsamtrip kam er erst später. Er wollte und musste sich einfach wegschießen, irgendwie ausklinken, dichtmachen, wegdriften, fliegen, schlafen, aufwachen, treiben. Als wir klein waren, packten wir einander an den Armen und wirbelten uns im Kreis, bis unser Gleichgewichtssinn total durcheinander war. Dann torkelten wir herum und sahen den Boden in gigantischen Wellen auf uns zu rollen, während wir hysterisch kicherten. Dieses komische Gefühl war herrlich, und es zu genießen nicht ungewöhnlich, oder? Nik verzwirbelte auch gern die beiden Ketten einer Schaukel bis ganz nach oben zu knarrenden Zöpfen, dann stieß er sich ab und wirbelte in engen Kreisen in die Gegenrichtung zurück, während die Ketten sich abwickelten, den Kopf zurückwerfend, um den Drehimpuls noch zu verstärken. Irgendwo habe ich gelesen, dass das Gehirn diese Desorientierung braucht, um sich entwickeln zu können. Dieses bei Kindern ausgeprägte Verlangen nach dem Schwindeligwerden hat etwas damit zu tun, das Zusammenspiel von Gleichgewichtsorgan und Kleinhirn beim Kind zu verbessern. Propriozeption ist das Vermögen, mit dem das Gehirn die äußere und die innere Welt in Einklang bringt. Wenn man sich schnell dreht, bringt das die Propriozeption aus dem Lot, und das Gehirn muss sich anstrengen, sie wiederherzustellen. Der Wunsch nach Schwindel ist also gesund, denke ich, denn so lernt das Gehirn, in jeder Lage eine stabile Position zur Welt einzunehmen. Aber Nik ist irgendwie darauf hängen geblieben und muss diese Dinge immer wieder tun. Der Kick durch das Schwindelgefühl war bloß der Anfang. Die Schaukel war seine Einstiegsdroge. Niks Gier war unersättlich, er brauchte immer eine Extraportion, und je größer er wurde, desto mehr hungerte er nach allen erdenklichen Arten der Alteration. Ich habe es beobachtet: Sein Anderssein, seine Versessenheit auf alles, was seinen Gleichgewichtssinn störte, war nicht zu übersehen.

In der dritten Klasse fing er an, Kaffee zu trinken. Instantkaffee mit reichlich Zucker, angerührt mit kaltem Leitungswasser. Oft blieb er die ganze Nacht auf (eine weitere kindgerechte und kostengünstige Möglichkeit, high zu werden – die ganze Nacht wach bleiben, bis einem schon vor Müdigkeit der Kopf schwirrt). Er schluckte jede erdenkliche Form von nicht verschreibungspflichtigen Medikamenten: Ephedrin zum Aufputschen, Hustensaft, um schlafen zu können. Ich könnte schwören, dass er immer schon Zigaretten geraucht hat, aber das kann unmöglich stimmen, es wird wohl mit zwölf oder so angefangen haben. In der Junior High nahm er jede Droge, die er in die Finger bekam, und er bekam viel in die Finger.

Wie die meisten seriösen Drogenfreaks hielt er sich ans *Physician's Desk Reference*, dieses zerfledderte Handbuch der verschreibungspflichtigen Medikamente, was seine ganzen Drogenexperimente rational und wohlüberlegt aussehen ließ. Bei seinen Freundinnen durchstöberte er die Medizinschränkchen der Mütter. Dann probierte er ein paar hiervon und ein paar davon. Das *PDR* verriet ihm, wofür oder wogegen das Medikament war, wie die Tablette aussah und wie es in Kombination mit anderen wirken würde. Er wusste, was er womit kombinieren durfte und was nicht. Aus Nik wurde der Typ, den man fragen konnte: *Wie viele soll ich davon nehmen?* Nik war derjenige, der auf Partys Jungen half, die blau anliefen und Mädchen, die im Bad kotzend über der Toilette hingen. Und sein gutgelaunter Appetit auf immer mehr Bewusstseinsveränderung nahm weder ab, noch entschuldigte er sich je dafür. In jungen Jahren sang er ein Loblied auf Theorien, die den Drogenrausch zu einem Grundbedürfnis oder sogar zur heiligen Pflicht erklärten. Er zitierte das übliche halluzinogene Pantheon, Huxley und so weiter. Er ließ keine Rationalisierung für seine Neigungen aus und berief sich auf das Peyote der Huichol-Indianer, Freuds Kokain, Learys LSD, Richard Harris' Scotch.

Während andere (ich zum Beispiel) es irgendwann leid wurden, Drogen zu nehmen oder mit ihnen zu »experimentieren«, hörte er nie damit auf. Er experimentierte nicht. Aber indem er länger und länger mit seinen alternden, knarzenden Abhängigkeiten lebte, ließ er es irgendwann sein, sie anderen (zumindest mir gegenüber) anzupreisen. Wenn zwischen uns überhaupt mal die Rede darauf kam, dann, weil ich mal wieder wollte, dass er sein Verhalten änderte, aus Gesundheits- oder bloßen Anstandsgründen – oder gar aus finanziellen Erwägungen (die Zigaretten, die ich nie erwähnte, kosteten mittlerweile sechs Dollar das Päckchen). Aber er entgegnete dann bloß, er bräuchte das als kleine Aufmunterung. Und was soll eine Schwester schon darauf antworten?

Auf der Rückfahrt von Tommy sagte keiner zum anderen ein Wort, bis Nik seinen Wagen in meine Garageneinfahrt ausrollen ließ. Bevor ich ausstieg, meinte er: »Danke, dass du mitgekommen bist.«

»Sieht wirklich schlimm aus«, sagte ich. Er nickte. Ich stieg aus dem Wagen und beugte mich dann durchs offene Wagenfenster, um ihm einen Abschiedskuss zu geben.

»Immerhin kann es nicht viel schlimmer werden«, meinte er mit einem breiten Lächeln. »Nein, wirklich nicht.«

Drei Monate später starb Tommy dann schließlich. An dem Tag, nachdem Nik es mir am Telefon gesagt hatte, fand ich in meiner Post die Todesanzeige, die Nik für seine Chroniken aufgesetzt hatte:

New York Times, 18. Februar 2004
Tot: Tommy Skate, 49
Gitarrist der Demonics

Tommy (Skate) Lester, der erste Gitarrist der legendären Garagenrockband The Demonics, wurde am 16. Februar 2004 leblos in seinem Haus in Reseda in Los Angeles, Kalifornien, aufgefunden.

Dr. Sam Wills vom Los Angeles County Coroner's Office erklärte Herzversagen zur Todesursache. Eine Autopsie soll nicht erfolgen. Lester hatte eine lange Vorgeschichte von Drogen- und Alkoholmissbrauch.

»Die Demonics kamen aus dem Nichts und krempelten die gesamte Musikszene in LA im Jahr 1979 um mit ihrem einzigartigen Sound, der so ganz anders war als kommerzieller Progrock und Punkrock«, erklärte Robert Hilburn, Musikkritiker der *Los Angeles Times*. Lester spielte auf den ersten beiden Alben der Demonics, *Waiting for the Game* von 1979 und *Sound Fantastique* von 1980. Trotz der düsteren Texte und Artrock-Dissonanzen machten die tödlichen Hooks und ausgefeilten Melodien *Sound Fantastique* nicht nur zu einem der erfolgreichsten, sondern auch bei der Kritik beliebtesten Alben des Jahres 1980. Nik Worth, Sänger und Songwriter der Demonics, erklärte einmal: »Eigentlich war es Tommy Skates wabernde Leadgitarre, die den unverkennbaren, intensiven Sound der Demonics ausmachte.« Die legendäre Band zerbrach zwar schon vor der Veröffentlichung ihrer zweiten Platte, doch ihr Einfluss reicht weit über ihre kurze gemeinsame Zeit hinaus. Der oft kolportierte Rock-'n'-Roll-Gemeinplatz über sie lautet, dass die Demonics zwar nur wenige Auftritte hatten, aber alle, die sie live gesehen hatten, danach eine eigene Band gründeten.

Thomas Lester wurde 1954 in Los Angeles geboren. Sein Vater arbeitete bei der Post, seine Mutter war Klavierlehrerin. Sie war es auch, die dem jungen Lester zum achten Geburtstag seine erste Gitarre schenkte. Er besuchte die Fairfax High School, wo er die anderen späteren Bandmitglieder der Demonics kennenlernte. Seine erste Band war die kurzlebige Proto-Glamrock-Band Sticky Baby mit dem damals sechzehnjährigen Nik Worth als Sänger. Sie spielten einen einfach gestrickten, harten Bluesboogie in Semi-Drag, das, was später von anderen Bands als »Raunch« aufgegriffen wurde. Als Worth und Lester Sticky Baby verließen, um die Demonics zu gründen, schworen sie dem Bluesrock endgültig ab.

Nach den glorreichen Zeiten mit den Demonics war Tommy Skate in einer Reihe nur mäßig interessanter und erfolgreicher Bands. Er legte sich einen härteren, schnelleren und weniger originellen Gitarrenstil zu. Er opferte (entgegen dem Rat seines Mentors Nik Worth) seine exzentrische Eigenart für einen Sound, den er für kommerziell vielversprechender hielt und gab es schließlich ganz auf, in Bands zu spielen. Das Geld, das ihm durch Tantiemen aus Stücken der Demonics zufloss, bei denen er als Koautor genannt ist, half ihm durch magere Zeiten, aber in den Achtzigern und Neunzigern musste er auch immer wieder Jobs in der Fischereiwirtschaft in Kanada, in einem Krankenhaus, als Totengräber und bei der Müllabfuhr annehmen.

Er hinterlässt seine Mutter, Glenda Lester, und einen Bruder, Jim Lester, beide wohnhaft in Los Angeles.

Richtigstellung 19. 2. 2004
Im Nachruf auf Tommy Skate am 18. Februar gab es eine Verwechslung bei der Highschool, an der die Demonics gegründet wurden. Nik Worth gründete die Demonics an der Hollywood High School, nicht der Fairfax High School. Erst nachdem Worth an die Fairfax High School gewechselt war, trat Tommy Skate der bereits bestehenden Band bei.

Nik hatte sich natürlich nicht verkneifen können, ein bisschen nachzutreten, aber er hatte den speziellen Tonfall eines Rock-'n'-Roll-Nachrufs genau getroffen, diese Art, noch dem fadesten Leben mit der tröstlichen Förmlichkeit eines Nachrufs Würze zu geben. Das kannte ich, weil ich eine treue Leserin von Nachrufen war. Bevor ich irgendetwas anderes las, überflog ich immer die Todesanzeigen. Das war nicht immer so gewesen, es war eine Angewohnheit meiner morbiden mittleren Jahre. Irgendwas zog mich einfach jeden Tag dorthin. Was wohl? Das ist nicht schwer zu erraten. Ich sah zuerst auf das Alter der Verstorbenen. Wenn sie unter sechzig waren, schaute ich nach der Todesursache, normalerweise diskret im zweiten oder dritten Absatz genannt. (Niks Nachruf auf Tommy war weniger diskret als üblich; normalerweise wird Drogenmissbrauch nicht erwähnt, sondern springt einen zwischen den Zeilen an, wenn bei einem Rockstar von »Herzversagen« die Rede ist.) Noch recht junge Menschen fallen für gewöhnlich einem Unfall zum Opfer. Die meisten von ihnen haben nicht lange genug gelebt, um irgendetwas Außergewöhnliches zustande zu bringen, daher bekommen sie selten ausführliche Nachrufe. Die traurigsten Nachrufe sind also häufig die von zu früh verstorbenen, mittelalten bis »jungen« Toten, so zwischen fünfunddreißig und fünfzig. Ja, auch solche Leute sterben, und ich nahm sie zur Kenntnis:

47, Eierstockkrebs
53, Herzversagen
58, Lungenentzündung
54, Brustkrebs
46, Selbst beigebrachte Schusswunde
59, Bauchspeicheldrüsenkrebs
38, Motorradunfall
48, Brustkrebs
58, Überdosis (»konnte noch nicht endgültig festgestellt werden«, »toxikologisches Gutachten« und »große Mengen verschreibungspflichtiger Medikamente«)
35, Ertrinken
46, Sturz mit Todesfolge
57, plötzlicher Herzinfarkt
50, mutmaßliche Herzschwäche
42, Herz- und Nierenversagen
45, Autounfall
59, Hirnblutung
49, Selbstmord durch Erhängen
59, Lungenkrebs
40, plötzliches Herzversagen
50, Eierstockkrebs

Ich denke, jetzt hat es soweit jeder kapiert: Friedliche, natürliche Todesursachen sind hier Fehlanzeige. Entweder war es Pech oder ungesunde Lebensweise beziehungsweise -einstellung (Selbstmord).

20. Februar

Nik hat mir seine neuste CD geschickt. Ich fand das Päckchen im Briefkasten (er schickt mir seine CDs immer per Post). Ich löste das schmucklose, sehr dezente braune Packpapier. *The Ontology of Worth, Volume 2* stand auf dem Rücken der CD-Hülle. Er zählte allerdings rückwärts, daher würde das nächste Album das erste – und voraussichtlich letzte – dieser langen Reihe werden. *The O.O.W.* war auf Pause Collective erschienen, dem Label für Experimentelles, das Nik Mitte der Neunziger gestartet hatte. Alle sechs bis zwölf Monate brachte er ein Album in dieser Reihe heraus. Jede CD hatte eine Limitierungsnummer. Meine war Nummer 2, das hieß, ich hatte gleich die nächste nach Niks eigenem Exemplar. Das war so üblich. Es gab eine Handvoll Fans (damit keine Missverständnisse aufkommen: abgesehen von Ada und mir ausschließlich Exfreundinnen oder Exbandmitglieder) auf der Verteilerliste, aber ich war immer Nummer zwei.

Nicht nur hatte jede CD ein handgemachtes Cover in limitierter Auflage (10? 12?), jedes der Cover war zudem Teil eines größeren Bilds. Ich wusste, dass dieses CD-Cover als Collage zusammen mit denen der achtzehn schon in dieser Reihe erschienenen CDs ein großes Selbstporträt von Nik ergeben würde. Jedes Cover funktionierte für sich allein, war aber auch Teil eines Riesenmosaiks. Schon die Tatsache, nun das vorletzte Steinchen in Händen zu halten, fühlte sich an, als ginge ein langer Feldzug bald siegreich zu Ende. Standen wir tatsächlich kurz davor, dieses epische, endlose Unterfangen zum Abschluss zu bringen, oder würde er den Plan ausweiten? Ich konnte mir nicht vorstellen, wie er die endliche Reihe, die er sich als Rahmen gesetzt hatte, sprengen wollte.

Zusätzlich zur CD sollte es auch eine Veröffentlichung

auf Vinyl geben (nur das 12″-Cover mit irgendeiner ausgemusterten Vinylscheibe, denn er hatte gar keine Möglichkeit, LPs pressen zu lassen. Aber das Label in der Mitte war dennoch immer mit einem liebevoll von Hand gemachten eigenen Label überklebt. Sein Sub-Label *Pause Collective* war ausschließlich abgedrehten und pop-fernen Sachen vorbehalten. Der aufwendige Labelaufkleber zeigte eine in Hunderten von Schraffuren getuschte Schlange von okkult-mittelalterlicher Anmutung. Das Wort *Pause* auf dem »Logo« versteckte sich in den komplizierten Schraffuren der Schlange. Der Albumtitel, das Copyright-Datum, die Katalognummer und der Name des Interpreten (äh, Nik Worth) waren in penibler, von Nik selbst passend gestalteten Typen mit Tusche auf die Fotokopie geschrieben. Auf dem Papprücken der LP standen in der Regel Linernotes in derselben Schrift. Eine Fotokopie der Linernotes, manchmal auch der abgetippte Text, wurde sorgfältig in die Chroniken eingeklebt. Eine weitere Kopie der Linernotes kam gefaltet in die CD-Hülle der digitalen Ausgabe und wurde in fotokopierter Form und kaum noch lesbarer Größe auf die Rückseite der CD-Hülle geklebt. Alles schön systematisch, eine unglaubliche Fleißarbeit. Ich liebte diese Detailversessenheit und verließ mich darauf. Wie enttäuscht ich wäre, wenn er mir irgendwann mal nichts als eine weiße Papierhülle mit schmuckloser CD drin gegeben hätte, auf die er mit Sharpie-Stift seinen Namen und den Titel geschrieben hätte. (Nik stellte auch ein paar Fake-Bootlegs her, die ein typisches Amateurfeeling kultivierten, aber Minimalistisches oder Hingeschludertes war nicht sein Geschmack. Selbst seine Bootlegs wirkten, als hätte sie ein Hardcore-Fan mit akutem Horror Vacui hergestellt.)

Ich faltete die Linernotes zu *The Ontology of Worth, Volume 2* auseinander und las:

Als ich Nik Worth 1978 zum ersten Mal begegnete, spielte er in zwei Bands und war noch kein Star. Er war Frontmann der Powerpop-Band The Fakes. 1980 würden sie mit drei Hits in den Top Ten stehen. Für mich zeichnete sich das schon damals ab. Einmal die makellosen, perfekt umgesetzten Songs über Liebeskummer und Jungsein. Die wunderbaren, kristallklaren Harmonien brachten ihnen Vergleiche mit den Beatles ein. Aber sie hatten zugleich auch etwas Minimalistisches, sie überluden ihre Songs nie mit Schwulst und Bombast. Sie hatten einen sparsamen, reduzierten, einfachen, kompakten Sound. Sie mieden die damals so zeittypische Überproduktion. (Erinnert ihr euch an Gated Reverb, das *Ding der Achtziger? Je wieder eine dieser Platten aufgelegt?). Sie verweigerten sich modischen Trends und erreichten dennoch – oder sollte ich sagen, gerade deswegen – Topseller-Status. Ein Erfolg, der jedem anderen genügt hätte. Wie wir wissen, sang Worth aber auch noch bei den Demonics, und jeder, dem die beiden brillanten Alben dieser Band vertraut sind, weiß, dass Worth schon hier Grenzen auslotete und sich auf neues Terrain wagte.*

Als er Anfang der Achtziger die Band auflöste, begann ein unglaublicher und beispielloser Prozess der Innovation und des Experimentierens. Er veröffentlichte jedes Jahr ein neues, brillantes Album mit den Fakes, allesamt Charterfolge. Aber zugleich wandte er sich neuen Gefilden zu und brachte zwei Soloalben unter seinem richtigen Namen, Nik Worth, heraus. Die Aufnahmen entstanden auf einem 4-Spur-Gerät im Wohnzimmer seines abgeschieden gelegenen Besitzes in den Hügeln von Topanga, Western Lights. Er tauchte für Monate unter, und Gerüchte über einen Autounfall oder Drogenprobleme machten die Runde. In Wahrheit hatte Worth gerade eine hässliche Scheidung von dem Model Alize Clement durchgemacht. Noch während die Scheidung lief, hatte er mit seinem Oldtimer-Motorrad einen schweren

Unfall auf dem Pacific Coast Highway. Niemand weiß Genaues über diesen Unfall, aber Worth zog sich zur Genesung in sein Haus in den Bergen zurück. Zu seinem Genesungsprozess gehörte unter anderem auch das Einspielen dieser Weltschmerz-Soloalben. Die Kritik war vom neuen Worth begeistert. Beide LPs genießen Kultstatus, schafften es aber nie in die Charts.

Dann herrschte vier Jahre lang Funkstille. Bis 1990 erschien von Worth nichts, abgesehen von dem neuen Fakes-Album HERE ARE YOUR FAKES, *einem Doppelalbum mit alten Hits und unveröffentlichtem Archivmaterial. Es war das erfolgreichste Album in den Charts 1989, und die Fans durchforsteten es nach Hinweisen auf die Zukunft von Nik Worth und den Fakes. Wie wir später erfuhren, lebte Nik Worth zu dieser Zeit als Mönch in einem buddhistischen Kloster in New Mexico. Er hatte sich zu strenger Klausur verpflichtet und den Dharma-Namen Jikan angenommen, was so viel wie »Stille« bedeutet. Würde er je wieder Platten aufnehmen? 1990 erhielten wir die Antwort. Worth trommelte die alte Besetzung der Fakes noch mal zusammen und nahm ein Studioalbum mit neuen Songs auf,* TAKE ME HOME AND MAKE ME FAKE IT. *Es gilt heute quasi als Nonplusultra des Powerpops der Neunziger. Dann, 1992, veröffentlichte Worth das Soloalbum* THE ONTOLOGY OF WORTH, VOLUME 20 *auf seinem eigenen, mysteriösem Label Sound Traces (aus dem später Pause Collective hervorging). Dieses Album war offenkundig das erste einer Reihe von zwanzig geplanten Alben, die bei zwanzig begann und dann rückwärts bis eins zählte. Kaum hat die Nadel aufgesetzt, wird einem das übergeordnete Thema der* Ontology *klar: Seite eins enthält sechs miteinander verwobene Stücke über eine Person namens Man Mose. Die berüchtigte zweite Seite besteht zur Gänze aus einem Stück, eine Kakophonie von Feedbacks, die irgendwie mit der Ge-*

schichte von Man Mose zu tun hat. Aus einem Gespinst kryptischer und hermetischer Anspielungen kristallisiert sich allmählich heraus, dass Man Mose in Tunneln unter den Straßen lebt und Geräusche durch den Erdboden wahrnimmt, während er von einem Ort zum anderen wandert. Offenbar macht er die ganze Zeit über Musik oder nimmt sie auf. Auf der B-Seite hört man die Musik, die MM hört (oder macht?). Wahrhaftige Underground-Musik also. Wer hätte gedacht, dass das, worauf wir alle gewartet haben, sich als Sammlung krachiger, atonaler, arhythmischer Kompositionen vermengt mit einer Erzählung aus Klangdichtungen entpuppen würde?

Unbeirrt durch die eher frostige Rezeption der Platte, produzierte Worth im Laufe der nächsten zwanzig Jahre achtzehn weitere dieser Konzeptalben, eines undergroundiger als das vorangegangene.

Was hat er uns über Worth verraten, dieser lange Trip durch barocken Noise, garagig-konkrete Musik, Beschwörungen indonesischer Gamelanmusik, Elektronika, akustische Low-Fi-Experimente im Wohnzimmer, Trance und Ramayana Monkey Chants, Soundcollagen, Narrative und Anti-Narrative, Soundtracks für ungedrehte Filme, dissonante und seltsame Slack-Key-Stimmungen, ametrische und polymetrische Komoso-Klänge, Tape-Loops und manipulierte Audiotapes, Dub und Sampling, präparierte Gitarre und Pianomodifikationen, Stille und seine sogenannte »klingende Stille«? Und ständig taucht irgendwo darin und dazwischen, wie verhuscht auch immer, Man Mose auf und verschwindet wieder, wie eine Trope, die nicht sterben will.

Spielt die mutwillig obskure und schwierige Musik gegen das Bedürfnis nach Sinnproduktion, nach Kongruenz an und fordert eben dadurch genau das ein, was Karl Popper als den »immanenten, unaufhörlichen Drang nach Kongruenz beschreibt«?

*Kritiker haben diese Arbeit als »naiv und peinlich« abgeurteilt (*Village Voice, *1992). Andere sahen in* The Ontology *»das prätentiöseste Werk, das je von einem Rockstar abgeliefert wurde« (*New Musical Express, *1995). Der* Rolling Stone *klassifizierte* Ontology, Volume 3 *als »Eine schmerzhafte Lektion über die Grenzen des Autodidaktentums« (2001). Aber für jene von uns, die ihm auf diesem Weg gefolgt sind, liegt eine unbestreitbare Kraft in diesen Materialbergen. Wer sich ihnen offenherzig und unvoreingenommen nähert (vielleicht gar mithilfe eines bewusstseinserweiternden Halluzinogens), und bereit ist, sich in der endlosen Auslaufrille der Obsessionen eines anderen einzurichten, den können diese Platten auf eine faszinierende Reise schicken. Ist* Volume 2 *tatsächlich das vorletzte Album? Kommt diese exzentrische, lange Freak-Reise an ihr Ende? Hört zu und urteilt selbst. Wie Worth schon gesagt hat, »es ist alles da ... es ist alles da«.*

Mickey Murray
Greil Marcus, Professor für Underground-, Alternative- und ungeliebte Musik
The New School for Social Research

Ich steckte mir die CD in die Handtasche, um sie mir auf der Fahrt zur Arbeit anzuhören. Dann setzte ich mich vor meinen Computer und schaute, wie immer, als Erstes auf Adas Blog. Wie ich sah, hatte auch sie Niks CD bekommen:

klein a
denkereien einer arbeitslosen, wenn auch brillanten filmemacherin
20. Februar

Wie meine treuen Leserinnen und Leser wissen, jogge ich fast täglich vom West Village zum Fluss. Aber der heutige Lauf war ein ganz besonderer. Ja, genau, ich habe eine neue Platte von meinem extremen Onkel Nik erhalten. (Alle von euch, die mit Verspätung zur klein-a-Party eingetroffen sind, finden hier, hier und hier, was ich früher über ihn gepostet habe). Während ich durch den schmalen Streifen des Westside-Parks joggte, den Hudson immer im Blick, hatte ich die neuste Veröffentlichung meines Onkels, The Ontology of Worth, Volume 2 *auf dem iPod. Diejenigen, die diese Seite regelmäßig besuchen, wissen, wie sehr ich auf die zahllosen selbstveröffentlichten Platten meines extremen Onkels stehe. Dann werdet ihr auch wissen, dass seine experimentellen Sachen es mir nicht gerade angetan haben, vor allem seine (ähm) breit angelegten experimentellen Sachen nicht. Mir sind seine Pop-Sachen lieber, seine Nebenprojekte, die kleinen Low-Fi-Songs. Er kann perfekte 3-Minuten-Popsongs schreiben, die dich sofort packen und dir nicht mehr aus dem Kopf gehen. Aber dieses ausladende »anspruchsvolle« Kunstgegreine der mehrteiligen Konzeptarbeiten? Nein danke. Diese Avantgarde- (würd ich sagen, allerdings Avantgarde ca. 1975) Noise/Song-Zyklen, die hermetischen Codes und Verweise, diese düstere Grundstimmung, die sich von Platte zu Platte zu verfinstern scheint? Nicht mein Ding, viel zu vergrübelt und verdichtet für meinen Geschmack. Das ist bestenfalls nervend, schlimmstenfalls verstörend (vielleicht auch andersrum). Aber da ich ja eure allem gegenüber aufgeschlossene klein a bin, drückte ich auf Play. Anfangs kam gar keine Musik, bloß Spoken Word. »Soundings«, wie er es nennt. Ich vergaß meine Erwartungen (dabei gehört dieses Spekulieren über das, was kommt, und die erfreute und überraschte oder gelangweilte und enttäuschte Reaktion im Anschluss doch mit zum Spaß am Musikhören) und ließ die »Soundings« über mich hinwegspülen, während ich meinen Laufrhythmus fand.*

Aber dann, wow, haute es mich um. Sound und Moment gingen die perfekte Verbindung ein. Und das brachte mich auf eine Idee. Bleibt in der Leitung, und ich verrate euch, welche.
a.

Ich hatte bislang noch nicht reingehört und empfand einen Stich des Bedauerns, dass ich Adas »Review« gelesen hatte. Oft besprach Nik selbst seine Platten für die Chroniken. Er bediente sich dazu einer Reihe von Rockjournalisten-Alter-Egos. Viele dieser Kritiken waren natürlich völlig überzogene Jubelarien, manche aber auch intelligente, analytische Mini-Essays, in Wirklichkeit faszinierende Exegesen vom Künstler selbst. Und ein paar wenige waren vernichtende, gemeine Verrisse oder von tödlicher Geringschätzung. Manchmal legte Nik Kopien dieser Kritiken dazu, wenn er mir eine CD schickte. Ich las sie extra nie, bevor ich mir die Platte selbst unvoreingenommen angehört hatte. Diesmal jedoch lag ihr ein »Clipping« bei, ein Interview, das Nik seinem fiktiven Fanzine *Butter Your Toast* gegeben hatte:

BUTTER YOUR TOAST

Unsere Miss Anna Conda hat den zurückgezogen lebenden Künstler Nik Worth getroffen ...

Western Lights, Topanga Canyon, Kalifornien

Heute, Freunde, ist der Tag gekommen. Volume 2 der *Ontology of Worth* ist in den Läden! Sieht aus, als wär das große Finale nicht mehr fern. Verpasst nicht den Silberling und das Gratis-Promoposter, und vergesst nicht, dass alle Cover der Limited Edition zusammen drei verschiedene einzigartige Bilder ergeben (Back Copies der vorangegangenen achtzehn Ausgaben gibt es noch, aber haut rein – sie sind in limitierter Auflage erschienen und erzielen bei eBay bereits horrende Preise). Wie wir aus vertraulicher Quelle wissen, wird nicht nachproduziert!

Nik Worth alias Nikki Trust, geb. Nikolas Kranis, das Pop-Wunderkind, das zum Underground-Magier wurde, hat sich bereit erklärt, mit uns über sein jüngstes Album zu sprechen:

Butter Your Toast: Was hat dich dazu bewogen, bei einigen dieser Tracks gar keine Musik zu verwenden?
Nik Worth: Warum nicht? Ich experimentiere gerne. Nenn es ein futuristisches Sound-Experiment oder Dada-Lautgedichte.
BYT: Na gut, okay, aber wann bekommen wir von dir wieder ein paar Popsongs zu hören?
Nik Worth: *Pause Collective* ist kein Pop-Label.
BYT: Wie sollen deiner Meinung nach deine Fans mit dieser Platte umgehen?
Nik Worth: Ich erwarte völlige und absolute Hingabe bei all meinen Werken. Ich möchte, dass meine Fans alles andere stehen und liegen lassen und sich dem total hingeben. Ich möchte, dass sie sich mit verzückter und absoluter Aufmerksamkeit erst die vorausgegangenen achtzehn Alben in der richtigen Reihenfolge anhören und dann auf den Knien und mit geschlossenen Augen die kompletten sechsundfünfzig Minuten dieser CD bei voller Lautstärke. Ich möchte, dass sie dieses konzentrierte Zuhören so lange wiederholen, bis sie die Muster, Themen und Ideen erkennen, die all diese neunzehn Folgen miteinander verknüpfen. Sie sollen begreifen, dass alle Schwächen in diesem Werk Teil seiner schrecklichen Schönheit sind. Sie sollen das

Mysterium und die Schönheit dieses Projekts in seiner Gesamtheit erfassen. Und dann sollen sie ihre Gedanken und Eindrücke festhalten und atemlos auf das Schlusskapitel warten – *Volume 1.* Das bald erscheinen wird. Mehr verlange ich gar nicht.
BYT: Und wann wird dieses letzte Kapitel erscheinen?
Nik Worth: Früher, als du glaubst. Noch in diesem Jahr. Ich hab's fast geschafft.
BYT: Und dann?
Nik Worth: Das kann niemals, ich wiederhole: niemals übertroffen werden. Es wird dann tatsächlich das letzte Album sein.

Ich weiß. Finaler geht es nicht. Aber um ehrlich zu sein, so was hörte ich seit Jahren von ihm.

21. Februar

Ich höre mir grundsätzlich alles im Auto an. Es ist das Einzige, was das Pendeln von und zur Arbeit erträglich macht. Ich stehe jeden Morgen früh auf, um den Berufsverkehr »auszutricksen«. Ich habe mir neuerdings angewöhnt, mein Haus schon im Dunkeln zu verlassen. Ich sah zu, wie das erste Tageslicht allmählich hinter den Bergen aufglomm; die Scheinwerfer der wenigen anderen Wagen gaben mir das Gefühl, einem geheimen Club wagemutiger Pendlerpioniere anzugehören. Ich schob Niks CD in den Player und tippte auf den Regler, bis die Lautstärke fast in den Ohren weh tat. Ich wollte die Musik nicht nur hören, sondern auch spüren. In den erwartungsvollen Sekunden bevor irgendetwas zu hören war, überkam mich kurz ein Gefühl von Verlust, von Glücksversprechen, etwa so wie die Aussicht auf eine Zigarette oder

Frühstückskaffee oder, hier vielleicht treffender, zu Beginn des letzten Kapitels in einem Buch, an dem man schon sehr lange liest. Für diese Sekunden machte ich mir Vorstellungen von der Welt, die gleich kommen würde. Dieser Moment der Ungewissheit kurz davor war ein effektiver Teil des Vergnügens: die von früher Gehörtem definierte Erwartungshaltung, der Reiz des Unbekannten, das ganz so unbekannt nicht ist, weil es aus wohlvertrauter Quelle kommt. Ich konnte mir in etwa denken, was mich erwarten würde. Schließlich hatte ich so viele von Niks CDs gehört – soll heißen, jede einzelne davon, was keine geringe Menge war –; sein Gesamtwerk, soweit ich wusste. Und zwar gründlich angehört, mit Hingabe und Aufmerksamkeit. Also sollte es mittlerweile vorhersehbar sein, was mich erwartet, oder?

Man hörte Niks Stimme. Er sang nicht, er sprach, und es kam keine Musik.

Ein Spoken-Word-Intro? Muss das sein? Doch dann hielt ich inne. Ich hörte hin. Ich wusste, wie ich ihn zu hören hatte. Er hatte sich das besondere Vertrauen verdient, das entsteht, wenn man das Werk und den Menschen dahinter kennt. Was er da sprach, waren keine Wörter, sondern eher rhythmische Laute. Wortähnliche Laute. Sie ergaben keinen Sinn, hatten aber eine unwiderstehlich suggestive Wirkung. Er gab einen Ton von sich und ließ ihn dann so stehen, ohne Eile. Ich verspürte eine Vorwärtsbewegung, als lehnte ich mich innerlich Richtung Zukunft. Ich nahm die CD-Hülle. Meine linke Hand packte fest das Lenkrad. Ich warf einen Blick auf den dichter werdenden Verkehr Richtung Süden auf der 170 und stellte, wie so oft, eine kleine Berechnung an: Wenn eine Person, die ein schnell (derzeit mit siebzig Meilen die Stunde) fahrendes Fahrzeug lenkt, für einen Moment den Blick von der Straße wendet und auf etwas Beschriftetes richtet, auf die Knöpfe des Autoradios oder das Keypad ihres Telefons, beträgt die Wahrscheinlichkeit, dass just in diesem Moment der Verkehr ihre volle Aufmerksamkeit fordert, in etwa ... okay, angesichts der Kürze dieser Blicke konnte man das Risiko eingehen, ohne schlimme Konsequenzen befürchten zu müssen. Auf der CD stand: »Track One: Soundings (32:10)«.

Schön, Nik hatte so seine Macken, und ich war froh zu wissen, dass sie kein bisschen störten. Und es kam auch nicht darauf an, ob er sich wiederholte oder unoriginell war. Es war auch egal, wenn er auf der falschen Spur war und in irgendeiner Experimentelle-Musik-trifft-Artrock-trifft-Folk-trifft-Akustik-Rock-'n'-Roll-Falle endete.

(Gab es eine solche Falle überhaupt? Vielleicht mal kurz um 1979 herum – denn das saugte ich mir natürlich alles aus den Fingern, ich konnte eigentlich nur raten. Ich hatte nicht die geringste Ahnung von irgendwelchen Vorläufern, und er höchstwahrscheinlich auch nicht. Aber selbst wenn, würde ihn das nicht abhalten. Nichts konnte ihn jemals abhalten.) Nik lag jeder Dialog mit früheren Werken anderer Künstler fern und erst recht der mit zeitgenössischen. Seine Kunst war seit Jahren sein Privatinteresse. Ich wusste, dass sein Solipsismus in gewisser Weise sein eigentliches Werk war. Keine einfache Vorstellung, aber ab einem gewissen Punkt wird die Unnachgiebigkeit, die Selbstversenkung und die schiere Masse selbst zum Werk. Wie immer ein solches Werk aussieht, es lässt sich schwer etwas dagegen sagen. Vielleicht. Ich bin da nicht ganz sicher. In diesem Fall, in Niks Fall, hieß das, er konnte machen, was er wollte. Jedenfalls konnte niemand – ich ganz bestimmt nicht – bestreiten, dass es sich um eine Form von Reinheit handelte.

Wie hatte mir diese Eskalation nur entgehen können? Sein Fuß war extrem angeschwollen, wodurch er kaum noch stehen konnte. Ich meinte, dass es sich um eine Art rheumatoide Arthritis handelte – das, was man früher Gicht nannte. Ich kam vorbei, um ihm ein paar verschreibungspflichtige entzündungshemmende Tabletten zu bringen, die mir mein Arzt gegen mein prämenstruelles Syndrom verschrieben hatte, das mittlerweile deprimierenderweise in perimenopausales Syndrom umbenannt worden war. Nik hatte mich angerufen und über grausame Schmerzen im Zeh geklagt. Ich hatte ihn zuerst nicht sehr ernst genommen, aber dann wurde schnell deutlich, dass er wirklich schreckliche Schmerzen hatte. Natürlich war er nicht krankenversichert, wie auch? Und es war ihm peinlich, wegen eines schmerzenden Zehs in die Notaufnahme zu gehen.

Ich legte den Hörer auf und ging direkt an die Arbeit. Ich erstellte meine Diagnose über das Internet. Ich verbrachte mehrere Stunden vorm Rechner (darunter blieb es nie, wenn ich versuchte, derartigen Dingen auf den Grund zu gehen). Ich tippte Symptome in die Suchmaschinen ein (entzündeter Zeh starke Schmerzen) und versuchte dann, der Flut von Informationen Herr zu werden, die solche Suchanfragen zeitigen. Nach dem Sichten der ersten Ergebnisse engte ich meine Suche ein und versuchte es erneut. Irgendwann stagnierten die Ergebnisse, dann wurden sie immer präziser und deckungsgleicher, was mir eine Hypothese ermöglichte. Ich dachte mir, wenn genügend Leute es oft genug sagten (beziehungsweise schrieben), musste was dran sein. So auch bei Niks Zeh. Ich tippte auf Gicht. Ich gab Gicht bei Wikipedia ein. Dort fand ich das Folgende:

> Akute Symptome der Gicht sind plötzliche starke Schmerzen in den Gelenken, ausgelöst durch die Ablagerung von Harnsäurekristallen in oder an den Gelenken. Sie führt schließlich zu einer chronischen Gicht-Arthritis mit massiver Ablagerung von Harnsäurekristallen in den Gelenken und andernorts, die letztlich zur Gelenkzerstörung und sogenannten Stanzdefekten führt. Gicht entsteht durch eine Kombination aus über längere Zeit erhöhtem Harnsäurespiegel und generell erhöhtem Säuregehalt im Blut. Allein für sich genommen führt keiner dieser beiden Faktoren zu Gicht.(1)
> In früheren Zeiten nannte man die Gicht auch »Krankheit der Könige«(2) oder »Krankheit der Reichen«.(3)

Über dem Ganzen stand die übliche standardisierte Absicherung von Wikipedia:

> Dieser Artikel oder nachfolgende Abschnitt ist nicht hinreichend mit Belegen (beispielsweise Einzelnachweisen) ausgestattet. Die fraglichen Angaben werden daher möglicherweise demnächst entfernt. Bitte hilf der Wikipedia, indem du die Angaben recherchierst und gute Belege einfügst. Näheres ist eventuell auf der Diskussionsseite oder in der Versionsgeschichte angegeben. Bitte entferne zuletzt diese Warnmarkierung. (Oktober 2003)

Ich war da notgedrungen weniger pedantisch als Wikipedia. Ich beschloss, dass der verschreibungspflichtige nonsteroidale Entzündungshemmer zusammen mit reichlich Hämorrhoiden-Gel Niks geschwollenem Zeh Linderung verschaffen würden.

Ich machte einen Abstecher zu Niks »Eremitei« alias Western Lights, wie sein Zuhause in den Chroniken heißt, in der Realität ein 75 Quadratmeter großes Apartment über einem baufälligen Garagenstudio. Ich mochte das letzte Stück der langen Fahrt von mir bis zu Niks Behausung: hoch hinauf und über die Serpentinen des Calabasas-Passes in die abgeschiedenen, vergessenen Ecken von Topanga Canyon, wo er seit über 20 Jahren lebte. Das Beste an dem Ding war, dass es etwas abseits der Straße lag, verborgen hinter knorrigen Canyon-Eichen und Bärentrauben-Büschen. Nik hatte das Obergeschoss durch den Einbau einer hölzernen Trennwand in zwei Räume geteilt. Der eine diente als Schlafzimmer, der andere als Wohnzimmer/Küche. Von einer Seite kam marmoriertes Licht durch eine Reihe von Fertigbau-Schiebefenstern mit Aluminiumrahmen rein, typisch für die leichte Warmwetterbauweise der Fünfziger und Sechziger, als Topanga noch ein ländliches Bohemeparadies von Künstlern und frustrierten Undergroundfilm-Darstellern war. Die Kante des gelbbraunen Linoleumbodens der Küche hatte sich an der Schwelle zum Wohnzimmer gewellt, so dass man darüber stolperte; die Resopal-Arbeitsfläche war rissig und löste sich, und an der Küchendecke sah man die hässlichen Kränze alter Wasserschäden. Aber verdreckt war es nicht; Nik hielt immer alles sauber und funktionstüchtig. Die Doppelgarage unten war Nik zur Nutzung überlassen, dadurch hatte er Platz für ein Aufnahmestudio und Stauraum. Nik verbrachte die meiste Zeit unten in seinem Garagenstudio oder an seinem Arbeitstisch. Die oberen Zimmer bezeugten, dass alle anderen Aspekte seines Lebens (Essen, Schlafen, Ficken) mit der Zeit immer rudimentärer geworden waren. Bis vor wenigen Jahren war er kaum länger als einen Monat Single gewesen. Seine letzte (mir bekannte) Freundin war Alize. Alize war im

Grunde ganz in Ordnung. Sie war eine ausgewaschene Blondine, sehr dünn und sehr reserviert. Nach ihrem ersten unzertrennlichen Jahr, in dem sie dauerschmusten, über für Außenstehende unverständliche Witze lachten, einer die Sätze des anderen beendete und dessen Zigaretten zu Ende rauchte, kamen sie überhaupt nicht mehr miteinander klar. Sie hielten mit Unterbrechungen noch ein paar Jahre durch; Alize kam so oft zurück, dass ich dachte, sie könnte die Frau seines Lebens sein. Doch vor zwei Jahren heiratete sie dann einen anderen. Ich war mir nicht absolut, aber doch ziemlich sicher, dass sie sich nicht mehr sahen. (Sie war immer noch auf der Liste der paar Leute, die CDs bekamen. Ich glaube, sie war auf Platz 3.) Ich bin mit Alize nie richtig warm geworden. Sie versuchte andauernd, mich für die emotionale Manipulation meines Bruders einzuspannen, den sie dazu bringen wollte, »endlich erwachsen zu werden«. Wirklich zum Lachen von einem Menschen, der Nik ein klein bisschen besser kannte. Einmal schlug sie mir eine sogenannte Intervention vor, bei der sich alle, die ein Mensch kennt und liebt, in gefühlloser, barbarischer Weise gegen ihn verbünden. Ich lehnte kategorisch ab.

»Wenn es je einen Menschen gab, der sich nie ändern wird, dann ihn. Eins garantiere ich dir, mehr als jetzt, wird er dir nie geben können«, erklärte ich ihr. Aber das wusste sie selbst. Wir wussten es alle. Es war nur alles schwer zu akzeptieren, seine obsessiven Arbeitsgewohnheiten, bei denen immer nur (zumindest schien es einem so) eigensinnig Esoterisches herauskam, in Kombination mit seinem wahrlich unstillbaren Suchtverhalten. Einen solchen Menschen auf Dauer so zu nehmen, wie er ist, ist selbst für eine Schwester nicht einfach, aber für eine Partnerin unerträglich. Vor allem als Nik älter wurde, erwies sich Niks Mittellosigkeit als das eigentliche Problem, auch wenn es niemand aussprach. Er besaß keinerlei finanzielle Absicherung, ein gealterter Kneipenangestellter ohne jede finanzielle Ambition. Nur wenige Frauen können so etwas akzeptieren. Früher fantasierte ich immer, er könnte einer schwerreichen Witwe mit künstlerischer Ader begegnen, die sich in ihn und seine Sachen verlieben würde. Sie würde ihn dann sponsern und versorgen. Ich weiß noch, dass ich darauf als ernsthafte Möglichkeit gebaut habe – viele Jahre machten ihn seine großen grauen Augen und ausgeprägten Wangenknochen zu einer echten Männerschönheit (eine von der seltsam-bizarren Sorte versteht sich) – aber die reiche Gönnerin ließ sich nie blicken. Nicht mal von Ferne.

Die Tür stand offen, als ich ankam. Ich fand ihn verschwitzt und rot im Gesicht vor Schmerz auf dem Sofa liegend. Ich roch, dass er getrunken hatte (gegen den Schmerz natürlich). Er konnte keinen Strumpf und erst recht keinen Schuh überziehen.

»Damit musst du zum Arzt.«

Er lachte.

»Was denn?«

»Ich bin momentan echt blank. Ich musste schon eine Woche bei der Arbeit absagen.« Ich nickte. Ich versuchte, etwas von dem Hämorrhoiden-Gel auf seinen geschwollenen dicken Zeh zu schmieren. Er schrie auf. Ich ließ es sein.

»Vielleicht solltest du in die Notaufnahme«, schlug ich vor. »Da musst du nichts bezahlen. Ich kann dich hinfahren.« Er wischte diesen Vorschlag beiseite. Er nahm einen Schluck aus einem Glas, das bis zum Rand mit einer karamellfarbenen Flüssigkeit und ein paar halbgeschmolzenen Eiswürfeln gefüllt war. Als er schluckte, schloss er die Augen und holte dann tief Luft.

»Trinken macht das nur noch schlimmer.«

Er nickte, als wolle er sagen: *Zweifelsohne.*

»Besonders Bier. Das Biertrinken kannst du doch wohl bleiben lassen, oder? Muss ich dir erst etwas über Gichtknoten erzählen, und was zu viel Harnsäure anrichten kann?« Was ich auch wusste, aber nicht erwähnte, war, dass sich eine Gicht-Arthritis oft zusammen mit einer viel folgenschwereren Erkrankung entwickelt, ein Merkmal, das die reizende Bezeichnung Komorbidität trug. Weil ich ihn nicht in Panik versetzen wollte, erwähnte ich nicht die lange Liste an Möglichkeiten, die mir bei meinem unterschieds- und ziellosen Herumsuchen im Internet vorgeschlagen worden waren. Aber der gigantische Umfang sich wiederholender medizinischer Daten, Mutmaßungen von Laien neben wissenschaftlichen Abhandlungen, die Selbsthilfe-Enzyklopädien der kostenpflichtigen medizinischen Ratgeberseiten, die automatischen Diagnose-Tools mit Weiterleitung zu schlecht designten Verkaufsseiten für ganzheitliche Heilmittel – all das – war in Wirklichkeit gar nicht so willkürlich und ziellos. Sie alle führten zurück zu mir und meiner einsamen, deprimierenden kleinen Suchanfrage. Jede Entscheidung, die ich traf, jeder Klick oder Go-to-Button, jede weitere Suchanfrage und jedes neu angelegte Lesezeichen, das alles war Ausdruck meines verzweifelten, absurden Versuches, diese Informationen in irgendeine ordnende, eingrenzende Logik zu zwingen, wie falsch sie auch sein mochte. Das Ganze hat mich völlig erschöpft, denn ich hatte mich in endlosen Informationsfluten verloren, aber dabei unaufhörlich versucht, irgendeinen Zugang dazu zu finden, sie wenigstens ansatzweise zu verarbeiten. Es war ein gottverdammter Krieg und nichts anderes.

Er legte sich zwei der weißglänzenden Tabletten des leberschädlichen nicht steroidalen Entzündungshemmers auf die Zunge und spülte sie mit einem Schluck Bourbon runter.

»Damit wird es dir gleich bessergehen.«

Er schwieg, hielt sich die Hand vor den Mund, als käme ihm etwas Ekliges hoch, schluckte dann und nickte.

Denise legte ihren Stift hin, verschränkte ihre Finger und streckte die Arme zur Decke. Sie schüttelte den Kopf und gähnte. Zwei Uhr mittags. Sie müsste irgendjemanden anrufen. Sie müsste wirklich ein paar Telefonate führen. Sie ging in Niks Badezimmer und wusch sich das Gesicht. Sie überlegte, die Zahnbürste zu benutzen, die Nik zurückgelassen hatte, gurgelte dann aber lieber mit grünem Mundwasser.

Sie rief ihre Mutter an, um ihr zu sagen, dass sie es heute nicht schaffte, aber keine Sorge, die Pflegekraft würde bald da sein. Dann rief Denise noch ihren Chef an. Sie hörte sich selbst etwas von »krank« sagen. Und das war's dann. Nicht die Polizei, nicht Ada, noch nicht. Sie wollte einfach noch etwas Zeit. Sie ging zurück zum Schreibtisch mit den Unterlagen, die sie durchgesehen hatte. Sie war noch nicht bereit, sich davon zu lösen.

Sie nahm eine angebrochene Schachtel Zigaretten, die am Rande des Schreibtischs lag, gerade in Griffweite. Sie nahm Niks Zippo und zündete sich eine davon an.

Der Rauch kräuselte sich zur Decke. Sie griff nach der Flasche Evan Williams und goss sich Bourbon in das Glas auf dem Schreibtisch. Es war im Grunde alles recht angenehm, ganz tröstlich für sie. Sie hatte weder gegessen noch geschlafen und spürte es sofort, als sie einen großen wärmenden Schluck nahm, adstringierend und süß. Der Bourbon und der Zigarettenrauch – fast meinte sie ihren Bruder zu riechen.

Sie zog einen neuen Bleistift aus dem Becher mit penibel angespitzten Bleistiften. Der Stuhl war gepolstert, und sie konnte ihn höher stellen. Er hatte alles gut eingerichtet. Die kleine Welt innerhalb der großen Welt. Die Welt in der Welt.

Jetzt zu dem, was sie nicht tat: Sie zog nicht seine Kleidung an. Sie spielte nicht auf seiner Gitarre. Sie schob sich nicht die Haare auf seine Art aus dem Gesicht. Sie stellte sich nicht vor, sie wäre in die Haut ihres Bruders geschlüpft. Sie ließ sich auf keine unheimliche Wandlung ein wie in diesem verrückten Polanski-Film. Sie hatte den Titel vergessen. *Der Mieter*. Die Zigarette machte sie nach nur ein paar Zügen wieder aus. Das musste reichen. Lächerlich. Denise lachte in den leeren Raum. Sie nippte noch einmal kurz am Bourbon.

Sie nahm *The Ontology of Worth, Volume 1* aus ihrer Handtasche und legte sie in den CD-Player, der aus ihrer gegenwärtigen Sitzposition bequem zu erreichen war. Sie drückte PLAY. Sie hörte seine Stimme, dann machte sie die CD wieder aus.

Sie ging alles völlig falsch an – sequenziell, linear, chronologisch. Von Tag zu Tag. Es gab andere Arten der Darstellung, wohlmöglich tiefer gehende Zusammenhänge, andere Wege des Ordnens und Überdenkens, des Klärens und Erklärens.

~~Meine dünnhäutigen Momente~~

Hüllenbrüche

Ich bekenne.

Wenn ich ehrlich bin. Wenn ich absolut ehrlich sein kann. Die Erinnerung steckt nicht in Daten.

Erinnerung steckt in dem, was dir auffällt, was du fühlst, was sich im Gehirn festsetzt. Und was ich vom letzten Jahr am besten in Erinnerung habe, sind nicht die Gespräche mit Ada, Treffen mit Jay oder Hilfsaktionen für Nik. Alle diese Dinge verschwimmen ineinander. Am deutlichsten in Erinnerung habe ich Erfahrungen, die überhaupt nicht meine eigenen sind. Es sind vielmehr meine »dünnhäutigen Momente«. »Breaking News« im wahrsten Sinne des Wortes. Derart durchschlagende Ereignisse, dass sie die Grenzen meiner Person verletzt haben. Nennen wir sie Hüllenbrüche. Das Brüchigwerden der Außengrenzen. Es sind Vorfälle, die eine Bresche in mein Bewusstsein schlugen, mit denen das Außen ins Innere einsickern konnte.

Na schön. Seit meine Mutter krank geworden ist, beziehungsweise seit ich vermuten muss, dass mit meinem Bruder irgendwas nicht stimmt, beziehungsweise seit Ada weggezogen ist, beziehungsweise was weiß ich, fällt es mir manchmal schwer, zwischen mir und der Welt um mich herum eine scharfe Trennlinie zu ziehen. Damit meine ich nicht einfach Empathie oder übertriebenes Entgegenkommen oder Distanzlosigkeit. Ein Beispiel: Als ich da an Neujahr auf der Website, die ich jeden Tag besuche, von der Frau las, die in dieser Kneipe aufgegriffen wurde, da reagierte ich nicht mit der gesunden Indifferenz eines normalen Menschen. Ich ließ mich völlig davon vereinnahmen. Ich wurde fanatisch. Ich grübelte mich fest. Ich recherchierte. Ich entwickelte ein krankhaft korrelierendes Mit-Leiden. Ich entwickelte ein geradezu paralysierendes Mitgefühl, manchmal ausgerechnet für diejenigen, die selbst nicht die Mitfühlendsten waren.

Okay. Ich sehe unglaublich viel fern, hauptsächlich Nachrichtensender. Darüber hinaus verbringe ich Stunden im Internet. Und ich lese Zeitung. Es gibt immer genug extrem aufgeblasene und ausgeschlachtete News-Events. Die meisten berühren mich eher peripher, aber manche packen und überwältigen mich völlig. Ich hatte einfach keine brauchbaren Abwehrmechanismen mehr.

SARS war möglicherweise der Anfang. Meine übermäßige Beschäftigung mit und Sorge wegen SARS waren eigentlich die völlig normale zeitgemäße Hysterie, nichts, was die durchschnittliche narzisstische Hypochondrie und Paranoia nicht allein zustande brächten, solange man einen guten Schuss überzogene Panikmache in den Medien dazugab. Aber die Dinge verlagerten sich bald auf eine andere Ebene, drangen in eine tiefer gehende, persönlichere Ebene durch. Und es waren nicht nur die Großthemen – nein, auch kleine, unbedeutende Meldungen machten mir zu schaffen. Zum Beispiel fiel mir in der Zeitung das Foto eines stämmigen Manns in mittleren Jahren auf. Er trug einen orangen Overall und diese grässlichen Hand- und Fußfesseln, die Strafgefangenen angelegt werden. Sein Gesicht verriet keinerlei Emotion, aber bei genauem Hinschauen konnte man auf seinen Wangen Tränenspuren sehen. Ich kämpfte sofort selbst mit den Tränen; als ich mehr über ihn las, wurde daraus ein Schluchzen. Er kam nach siebenundzwanzig Jahren im Gefängnis auf freien Fuß, weil ihn eine DNS-Analyse endlich entlastet hatte. Sein stoischer Gesichtsausdruck, durch die Tränen Lügen gestraft, sein langes Leiden, ich fühlte es, und auch das Elend, Tag für Tag dieser siebenundzwanzig Jahre ein solches Leben zu leben, alles was er dachte oder anfing, um sich darüber hinweg zu trösten, die Ungerechtigkeit, mit der er jeden Tag zu leben hatte – wie konnte mich das unberührt lassen? Aber dann konnte ich kein Ende finden. Ich weinte und weinte. Ich schnitt mir das Foto aus. Ich las alles über seinen Fall und sein Leben, was ich in die Finger bekam. Ich war untröstlich. Über etwas, das in meinem eigenen Leben passiert war, hatte ich noch nie derart geweint. Und gerade das ist mein Problem. Darauf wollte ich hinaus. Meine lebhafte Erinnerung an diese scheinbar willkürlichen Ereignisse aus den Nachrichten. Und andererseits die verschwommenen, verblassenden Erinnerungen an Ereignisse aus meinem wirklichen Leben.

Wie können diese invasiven, überwältigenden externen Ereignisse zu meiner Erinnerung werden? Meine Erinnerung orientiert sich zumindest stückweise an Nachrichtenzyklen. Im Ernst. *Es war nach der Anthrax-Hysterie, aber vor dem Anschlag auf Daniel Pearl.* (Und nicht nur Dinge von gesamtgesellschaftlichem Merkwert. Also etwa, *Es passierte um die Zeit, als Laci Peterson verschwand.*) Das ist also das Problem, meine Schande: Meine Erinnerung ist von Dingen beherrscht, die mit meinem eigenen Leben nichts zu tun haben. Diese Ereignisse bleiben, aus welchen Gründen auch immer, haften und werden zu Passiverinnerungen. Aber auch wenn mir diese Erlebnisse nicht persönlich widerfahren sind, war sie zu sehen, darüber zu lesen und darauf zu reagieren ja dann doch auch etwas Selbsterlebtes. Es klingt so dürftig in meiner Beschreibung, weil das Gefühl, das es schließlich in Erinnerung ruft, so intensiv es war, ebenfalls dürftig ist.

Es ist ähnlich wie mit Filmen einer bestimmten Sorte. Ich meine nicht tiefschürfende, eindrucksvolle Filme wie *Fahrraddiebe* oder *Begegnung*, die einen nachhaltig bewegen. Auch nicht sentimentale Klassiker wie *Karussell* oder *Ist das Leben nicht schön?* Ich meine eher fürs Fernsehen gedrehte Menopause-Dramen, in die man mitten in der Nacht reinzappt. So peinlich manipulative Geschichten für die Östradiol-Zielgruppe mit vorhersehbaren, wenn auch abstrusen Tragödien; so mit Kindern, Ehebruch und viel Selbstmitleid. Total kitschiger Müll, aber es packt dich doch. Es packt dich total, und dann lässt du alles raus. Wenn es vorbei ist, hast du das Gefühl, alles selbst durchlebt zu haben. Aber was hast du tatsächlich durchlebt? Einen anstrengenden und einsamen Moment, den Moment, in dem der miese Film endet und du dich mies und leer fühlst. So ähnlich geht es mir jetzt. Eine kleine, dürftige Erfahrung, die dich viel mehr kostet, als sie wert ist.

Nicht von ungefähr erinnert mich dieses schale Gefühl auch an das Gefühl, das ich habe, wenn ich drei Stunden lang im Internet gesurft und nach Informationen über, sagen wir, Depressionen, Eileiterzysten oder Halitosis gesucht habe und am Schluss gar nicht mehr weiß, worum es ursprünglich ging oder wie spät es ist. Bis ich dann schließlich den Computer ausmache und begreife, dass ich weiter nichts erreicht habe als sinnlose Zeitvernichtung.

Es ist ein Gefühl, als hätte dein Leben gerade den Raum verlassen

Zwischen dem Neujahrsvorfall und meiner letzten Krise mit Nik gab es vier solcher ultradurchlässigen Momente. Ich liste sie nach Intensitätsstufen auf, mit der niedrigsten beginnend bis zur höchsten.

Hüllenbruch Nr. 1

Das betrunkene, hochrote Gesicht der Frau mit dem Neugeborenen, die an Silvester in einer Abschusskneipe in Gewahrsam genommen wird (hier meine Schilderung vom 1. Januar 2004 einfügen, aber Datum streichen.)

Hüllenbruch Nr. 2

Zuerst war ich mir nicht sicher, was ich im Crawl unten auf dem Bildschirm aufgeschnappt hatte. Während der Nachrichtensprecher einen Experten zu einem gänzlich anderen Thema befragte, sagte der unten durchlaufende Text: Breaking News ... Garret Wayne, Star aus *K.O.* und späterer Moderator von *Make Me An Offer* erschießt Frau und Sohn und begeht anschließend Selbstmord ...

Nichts weiter. Die Leute oben auf dem Bildschirm unterhielten sich weiter über irgendeine Überschwemmung im Mittleren Westen. Dann wechselte der Crawl: Schiitenführer Ayatollah Sistani schlägt Treffen mit Vertretern der USA aus ... NASDAQ schließt bei starken Tagesumsätzen unter 2000 ...

Ich schaltete auf einen anderen Sender. Da hatten wir's, Privataufnahmen von Garret Wayne in seinem Garten. Er planscht mit seinem süßen fünfjährigen Sohn und seiner großen blonden Frau im Swimmingpool. Sie lachen und winken. Garret ist braun gebrannt und glänzt im Sonnenlicht; sein Oberkörper ist gut definiert und seine Bauchmuskulatur zeigt keine Anzeichen von Karrieretieferscheinungen. Mein einziger Gedanke: Wie glücklich, zufrieden und attraktiv diese Familie doch aussieht.

Dann musste ich weinen, was sich lächerlich anfühlte, weil ich Garret Wayne, seine blonde Frau und seinen hübschen Jungen gar nicht kannte. Aber es war ein langer Tag gewesen, ich war müde, und es gab kein Halten. Die Leute, die sich dazu äußerten, verfügten über keinerlei Informationen, hatten keine Erklärung, aber sie redeten trotzdem immer weiter. Sie sprachen über den Druck, ein Star zu sein, beziehungsweise den Druck, wenn dieser Starruhm verblasst. Aber dann zeigten sie ein Foto von Garret Wayne als Teeniestar. Seine Haare waren frisch geföhnt, und er sah sehr jung aus. Genau so hatte ich ihn in Erinnerung. Ich war mit elf für kurze Zeit in ihn verschossen gewesen. Bevor ich mich entschied, cool zu sein und nur noch David Bowie zu lieben. Bevor ich cool war, war ich elf und liebte Garret Wayne. Ich mochte sein mädchenhaftes Aussehen und seine schlanke Schwimmerfigur. Ich mochte sein schüchtern-verstecktes Lächeln. Bevor ich den bleichen, drogengezeichneten Ennui der Rock-Jungs liebte, hatte ich Garret Wayne, den All-American-Boy, geliebt. Darum weinte ich.

Wieder zeigten sie Garret am Pool. Er winkt, macht einen Kopfsprung und taucht, die nassen Haare zurückwerfend, grinsend wieder auf. Er streckt die Arme nach seinem Sohn aus. Seine Frau hilft dem Jungen, in die Arme seines Vaters zu hopsen. Dann strahlen alle und winken noch einmal. Mir wurde klar, dass es wahrscheinlich das einzige Filmmaterial mit der ganzen Familie war, das sie hatten, und das nun wieder und wieder gezeigt werden würde. Sie schnitten zu ein paar Leuten im Gespräch, ließen diese Privataufnahme aber in einem kleinen Fenster in der Ecke des Bildschirms in Endlosschleife laufen. Über dem Crawl, der mit Überschwemmungen, Kriegen und Börsenkursen weitermachte. Dann kam ein Werbespot.

Ich schaltete auf einen anderen Sender. Meine ultraemotionale Reaktion begann mich anzukotzen. Ich war in mittleren Jahren zu einem Menschen geworden, der seine emotional bewegendsten Momente aus zweiter Hand bezog. Was mich erneut an meine Kindheit erinnerte. Wie ich auch damals durch andere gelebt hatte, wie mich Fantasien beherrschten. Mein emotionales Leben bestand aus nichts als dem, was ich ersehnte. Und ich erinnerte mich meiner Gefühle, sexuell, sicher, aber prä-sexuell beschreibt es wohl genauer. Ich malte mir aus, einfach mit Garret Wayne Händchen zu halten, einfach seine Freundin zu sein, ihn einfach nur in seinem Haus in Hollywood zu besuchen. Dieses Händchenhalten war erotisch und körperlich, aber vieles an der Fantasie war materialistisch: Ich malte mir aus, in seinem großen Haus zu wohnen und von ihm hübschen Schmuck zu bekommen. Oh Gott. Ich hatte mit elf wahrlich nicht viel Charakter. Es brachte mich zum Heulen, was für eine abgrundtief peinliche Person ich war. Wie kann mich etwas derart Banales, derart Abgeschmacktes so mitnehmen? Dagegen anzukämpfen hatte mich erschöpft, und ich ergab mich dem Schluchzen; einem fetten, hörbaren, verrotzten Schluchzen.

Ich weinte noch bitterlicher, als ich mir auf einem anderen Sender eine blöde, hastig zusammengeschusterte Montage von Garrets Karrierestationen ansah. Hier sieht man ihn in der Fernsehserie *The K.O. Show*, mit der er in den Siebzigern zum Star wurde. Darin spielte er den Sohn eines Ex-Polizisten, der gezwungenermaßen auf Privatdetektiv und einsamer Rächer umgesattelt hatte. Garret war immer mit seinem Dad zusammen, anfangs vom dauerzwinkernden Scott Glenn, später vom dauerzwinkernden nicht minder augenschlitzigen Jan-Michael Vincent gespielt. In ihrem Pontiac GTO kurvten sie über staubige Highways und entzogen sich den Nachstellungen eines ominösen, allmächtigen Syndikats von Regierungsagenten und dem organisierten Verbrechen, während sie gleichzeitig überall in den Staaten dankbaren Durchschnittsbürgern zur Seite standen, meistens allerdings irgendwo im Westen, wo die Straßen schön staubig waren. Am Ende jeder Folge zogen sie weiter, was unvermeidlich war, denn sie wurden ja verfolgt, nur mussten sie oft eine wunderbar geeignete Frau zurücklassen, nicht selten noch mit einer wunderbar geeigneten Tochter ausgestattet, die vielsagende Blicke mit dem jungen Garret Wayne wechselte. Die Serie war langlebig, aber ich guckte sie eigentlich nur die ersten drei Jahre. In der fünften Staffel stand der mittlerweile neunzehnjährige Garret allein da, sein Vater vom Syndikat und dessen gigantischer Schattenarmee feiger Mörder gekillt. Nach der schwächelnden, überflüssigen sechsten Staffel wurde die Serie abgesetzt.

Ich war mir des Automatismus bewusst, die seelische Last unseres eigenen Gefühlshaushalts in äußere Geschehnisse auszulagern, um etwas fühlen zu können, ohne es wirklich zu verstehen. Wir fühlen etwas für die falschen Dinge und die falschen Menschen und können so nie damit abschließen. Aber das hinderte mich nicht; es gab meiner Überreaktion bloß so ein zusätzliches kleines Zwicken von Selbstverachtung, ein leise nagendes Schuldbewusstsein.

Dann zeigten sie wieder den Clip mit Garret in seinem Garten. Er war neunundvierzig Jahre alt, sah aber bedeutend jünger aus. Er sah sogar bedeutend jünger aus als ich, und ich war – großer Gott – siebenundvierzig. Er hatte sich erstaunlichen schönheitschirurgischen Eingriffen unterzogen, solchen, die unsichtbar bleiben, die dich einfach wie die optimale Version deines Jahrgangs aussehen lassen. Wie absolut erbärmlich, wie schändlich, von einer Tragödie zu erfahren, und sie unter dem Aspekt meiner eigenen Eitelkeit und Angst vor dem Altern zu betrachten. Ich war so mit Selbstvorwürfen und Selbstekel beschäftigt, dass ich gar nicht mehr auf den Fernseher achtete und plötzlich merkte, dass ich einen Werbeblock guckte. Ich nahm die Fernbedienung und schaltete um.

Sie zeigten Garret in seinem Garten. Er musste irgendwo in Beverly Hills sein. Seine Frau hieß Elaine. Sie war vierunddreißig. Sie lebten getrennt. Es hieß, sie litte an Depressionen. Es hieß, er hätte ein Problem mit Medikamentenmissbrauch. Jetzt redeten sie über Gig Young, der sich und seine Frau in den Siebzigern erschossen hatte. Einer sagt, das jetzt wäre aber schlimmer, weil Gig Young nicht auch noch seinen fünfjährigen Sohn erschossen hätte. Dann sagte ein anderer, stimmt nicht, denn Gig Young hätte immerhin einen Oscar gewonnen, während Garret Wayne nur ein abgehalfterter Fernsehschauspieler war – sie sprachen es nicht aus, aber sie meinten es so.

Er lächelt in die Kamera, er lächelt seiner Frau zu. Sie reflektiert das Sonnenlicht, ihre Beine sind lang und verjüngen sich in perfekter Linie zu ihren Knien hin. Sie ist wie poliert, und er ist wie poliert, und er macht seinen Kopfsprung. Sie hilft dem lachenden kleinen Jungen, vom Beckenrand in die ausgestreckten Arme des Vaters zu hopsen. Seine ausgestreckten Arme. Ich habe mir die Choreographie dieses Familienmoments eingeprägt. Er war klischeehaft, vorhersehbar und unverkennbar inszeniert. Es war von unerträglicher, sinnloser Traurigkeit. Ich weinte. Wie hätte ich nicht weinen können?

Ich machte den Fernseher aus und ging statt ins Bett an meinen Computer. Ich checkte meine Mails. Ich checkte Adas Blog. Seit Anfang der Woche keine Updates mehr. Ich schickte ihr eine Mail, nur um hallo zu sagen. Dann tat ich es: Ich tippte Garrets Namen in die Suchmaske ein. Tausende von Treffern erschienen. Und ich tauchte ein, klickte von einer Seite zur nächsten und immer wieder zurück zu den Suchergebnissen, damit ich nichts übersah.

Ich fand nicht viel, das ich nicht bereits wusste. Er hatte eine eigene Website, also klickte ich auch die an, aber sie ließ sich nicht öffnen, weil sie zu viele Hits hatte. Ich begriff, dass ich nur eine unter Zehntausenden war, die diesen Links folgten, diese Websites besuchten und erschöpft vor ihren Computern hockten. Ich landete schließlich auf einer hastig zusammengestellten Tribute-Site und sah mir Ausschnitte mit Garret aus *The K.O. Show* an. Tonnen von Kommentaren, viele aus der letzten Stunde. Ja, obwohl die Seite erst an diesem Tag eingerichtet worden war, hatte sie bereits Tausende von Besuchern. Ich war allein und doch mitten unter Tausenden von anderen Menschen. Alle vereint in unserer unreifen, sensationsgeilen Nostalgie und doch jeder für sich allein. Im Grunde war es nicht tröstlich, sondern machte es nur noch schlimmer. In der nächsten Woche – spätestens – würde alles hier totenstill und verlassen sein. Eine verwaiste Website, ein Datenfriedhof.

Ich ging zu Bett, erschöpft und deprimiert.

Noch tagelang kehrte ich immer wieder zur Garret-Story zurück. Ich checkte die Tribute-Site, aber nach einer Woche gab es keine neuen Kommentare mehr. Die Story versendete sich, nur noch der Autopsiebericht wurde nachgereicht mit der Liste der diversen Substanzen, die in seinem Blut gefunden worden waren. Wie die Bestandteile deines Blutes zur allgemein zugänglichen öffentlichen Information werden konnten, das interessierte mich nicht. Ich dachte nur an eins und konnte nicht mehr damit aufhören, nämlich wie Garrets letzter Tag ausgesehen haben mochte. War er aufgestanden und hatte sich gesagt: Das wird der letzte Tag meines Lebens? Oder hatte er einen plötzlichen Wutanfall bekommen, einen Wutanfall von so alles vernichtender Intensität, dass er sich nicht mehr in den Griff bekam? Lag die Waffe in einer Schublade bereit, nur so für den Fall? Ich starrte auf das Porträtfoto seiner Frau, ebenfalls Schauspielerin, das einen mittlerweile von überall anstarrte. Hatte sie geahnt, was sie erwartete? Wenn nicht, wie konnte das sein? Ich starrte in die kunstvoll ausgeleuchteten Augen dieses schönen, durchschnittlichen Mädchens und versuchte zu erkennen, ob ihr die Zukunft ins Gesicht geschrieben stand.

Wir alle sehnen uns danach, unserer eigenen Subjektivität zu entkommen. Das ist es, was Kunst vermag, sie kann uns einen kurzen Blick auf uns selbst gewähren, wie wir mit allen anderen Menschen jetzt und zukünftig verbunden sind, so dass wir unserer einsamen, isolierten Existenz für einen Augenblick entkommen. Sie bietet den Trost der Erkenntnis; keine geringe Sache. Aber was das mediale Dauerbombardement mit Gewaltszenen mit mir machte, war etwas völlig anderes. Ich überwand dadurch nicht meine Vereinzelung, sondern es dehnte meine Person so weit aus, dass sie die ganze Welt in sich hineinließ, dehnte sie bis zum Zerreißen. Ich wurde durchlässig, brüchig, genichtet. Ja, genau danach fühlte sie sich an, diese lähmende emotionale Anteilnahme – nach Auslöschung, nicht nach Bestätigung.

Irgendwann schickte ich mich dann endlich ins Bett.

Hüllenbruch Nr. 3

Es passierte, als ich vorm Fernseher zu Abend aß. Ich weiß, ich habe es damit selbst herausgefordert, aber Menschen, die allein leben, machen es oft so. Ich war so müde, dass mich das Zeitunglesen überforderte. Mich für einen Film zu entscheiden überforderte mich ebenfalls. In solchen Fällen machte ich meistens die Nachrichten an.

Es war wohl irgendwo etwas passiert. Was genau wusste

niemand. Dennoch gab es wie immer Meldungen, die nicht warten konnten, die Sendung unterbrachen, durchbrachen, über mich hereinbrachen. Breaking News. Es war von einem vermissten Kind die Rede. Seit ich hereingezappt hatte, tat man alles dafür, mich in kürzester Zeit umfassend auf Stand zu bringen. Es ging hier nicht um ein typisches Vorstadtkind, das aus dem elterlichen Garten in Kalifornien entführt worden war. Nein, es ging um ein dreizehnjähriges Amish-Mädchen aus einer Gemeinde im Norden des Staates New York. Ein Fensterchen in der Ecke des Bildschirms zeigte Livebilder von einer leeren, staubigen Straße und Hügel mit einem Patchwork von Feldern im Hintergrund. Als sie die Aufnahme bilschirmfüllend hochzogen für das Reporter-Update, konnte ich mit Mühe einen Kirchturm vor den Bergen in der Ferne erkennen. Das Update war: bisher nichts Neues. Aber das sagen sie nie. Stattdessen interviewten sie wahllos irgendwelche nichtamischen Ortsansässigen.

Niemand wusste irgendetwas, so viel war klar. Dann gab es ein Gespräch mit einer Amish-Expertin. Während sie sprach, wurde Archivmaterial von einer Kutsche mit einem fluoreszierenden orangen Warndreieck eingeblendet, solange die Professorin die religiösen Vorstellungen der Altamischen darlegte. Welche der modernen Technologien sie ablehnen. Warum sie sich nicht vor der Kamera interviewen ließen. Außerdem holten sie einen Experten für vermisste Kinder dazu, und beleuchteten dann mit vereinten Kräften minutenlang die vollkommene Abwesenheit greifbarer Informationen. Was all die Informationen über das Fehlen von Informationen übertraf und überdeutlich zeigte, warum wir so tief betroffen waren, war jedoch das, was sie tatsächlich hatten: ein Foto von ihr – dem vermissten Mädchen. Ein einziges, hinreißendes Foto, offenkundig aus einem Artikel in einem wertigen

Magazin, für den der Fotograf eindrucksvolle Porträtaufnahmen von Menschen im ländlichen Amerika gemacht hatte, vornehmlich Amischen und Mennoniten. Amische lassen sich normalerweise nicht fotografieren (erklärte die Expertin – die Headline dazu lautete: »Ein Leben in Bescheidenheit«). Amische sind der Überzeugung, Fotografien verführten zur Eitelkeit.

Ja, ja. Ich schaufelte mir ein paar Gabeln braunen Reis in den Mund. Das war eindeutig einer der vielen Risikofaktoren des Fotografiertwerdens; und doch hatten wir hier dieses außergewöhnliche Foto des Mädchens. Eine ganz natürliche Aufnahme, überhaupt nicht peinlich oder gestellt. Sie trägt einen Eimer vor dem Körper, unter dessen Gewicht ihre Arme nach unten, zur Kamera gezogen werden. Sie trägt eine schneeweiße Haube, deren gelöste Bänder wie Haarsträhnen um ihr Gesicht wehen. Ein paar Strähnen blonden Haares sind der Haube entschlüpft und mildern die Konturen ihrer Wangen. Ihre Augen stehen weit auseinander, licht und klar. Aber es existiert die winzige Andeutung von etwas schwer Greifbarem in ihrer Miene – ein subtiler Hauch von Geheimnis, als wären ihre filigranen Lippen im Begriff zu lächeln. Sie wirkte weder kindlich noch besonders hübsch. Sie begegnete einfach dem Moment – dem Kameramoment – auf eine Art, die sie ungemein »da« erscheinen ließ. Sie wirkte wie eine singuläre Person, nicht wie ein »vermisstes Amisch-Mädchen«, wie der Text unter dem Foto sie bezeichnete.

Ich versuchte, den Newsticker unten drunter zu ignorieren: ARNOLD PALMER VERABSCHIEDET SICH AUS MASTERS ... NBA HORNETS@HEAT 7:00 ... St JOSEPH'S SCHEITERT GEGEN XAVIER ... Aber mein Blick glitt immer wieder nach unten, schnappte etwas auf, bis die Buchstaben schließlich links aus dem Bild wanderten: KE

TYSON KEHRT NICHT ZURÜCK IN DEN RING: »ZU ALT, ZU MÜDE« ...

Es war eine Live-Schaltung in die Pressekonferenz des Sheriffs von Montgomery County angekündigt. Nur die Werbespots retteten mich vor dem grotesken Hin und Her zwischen dem Tickertext unten und den inkongruenten, etwas ganz anderes erzählenden Bildern darüber. Offenbar eine Strategie, nie etwas auszulassen. Vielleicht sollte es das Gefühl vermitteln, dass man ruhig weiter auf diesem Sender bleiben konnte, ohne fürchten zu müssen, irgendetwas zu verpassen. Du brauchst gar nicht selbst zu zappen, das machen wir schon für dich. Und wenn wir noch so endlos und erschöpfend über etwas berichten, wir lassen nichts anderes aus. Trotzdem hat man das Gefühl, mehr und mehr zu verpassen. Diese Unaufhörlichkeit des Ganzen, die Informationsflut und das hektische Tempo: Das alles bedeutete für mich Dauerstress. Warum passiert andauernd so viel? Warum kann ich es nicht anhalten und in Ruhe lesen? Warum tut ihr nicht mal so, als wäre immer nur eine Sache zur Zeit wichtig, warum helft ihr mir nicht, Ordnung in das alles zu bringen? Mit diesen Newstickern haben sie an 9/11 angefangen, für Notfallmeldungen. Wie so viele Notfallmaßnahmen ist es zur Dauereinrichtung geworden. Und störte meine Konzentration auf eine Weise, die mir gar nicht behagte.

Das Foto faszinierte mich, aber die Story an sich nicht, noch nicht. Die Leute im Fernsehen redeten weiter über die Amischen, und ein Fensterchen zeigte nun das leere Podium, auf dem bald der Sheriff erscheinen sollte. Während wir darauf warteten, schalteten sie zu einem Reporter, der einen weiteren nicht amischen Mitbürger aus Montgomery County interviewte. Amische sind nette Leute ... MOKTADA AL-SADAR ... BUSH 180 MILLIONEN DOLLAR, KERRY 79 MILLIONEN DOLLAR IM FUND-

RAISING-REPORT DES ERSTEN QUARTALS ... sie halten nichts von unseren modernen Annehmlichkeiten, aber ... OPRAH DANKT TEAM ... hilfsbereit zu den Nachbarn ... GIBSONS »PASSION« MIT GROSSEM OSTER-BO ... Die Amischen sind Fremden gegenüber etwas misstrauisch ... ARBEITER KLAGEN GEGEN LUXUS-SPA ... ihre Kinder spielen genauso wie nicht amische Kinder, die bei ihnen »Englische« heißen ... WEISSES HAUS WARNT IN MEMO VOR ANSCHLAG »IN DEN VEREINIGTEN STAATEN« ... G.E. BESTÄTIGT WACHSTUMSPROGNOSE FÜRS ERSTE QUARTAL ANGESICHTS WELTWEITER NACHFRAGE NACH TECHNISCHEN GERÄTEN, SILIKON UND SICHERHEITSTECHNOLOGIE ... *Guten Tag* –

Endlich sprach der Sheriff nun LIVE. Und niemand wusste oder sagte irgendwas Neues. Allein schon Amische von hinten oder weitem gefilmt zu sehen, während in den Kabelnachrichten über sie geredet wurde, erschöpfte mich, aber der Einbruch, das endgültige Überschreiten der Belastungsgrenze kam für mich erst am nächsten Abend.

Als ich von der Arbeit kam, erschien mir das Haus so still. Ich machte die Nachrichten an, und da saßen sie alle, als hätten sie sich seit gestern Abend nicht wegbewegt. Sie machten genauso weiter, weil bislang noch immer keine nennenswerte Story vorzuweisen war. Keine Leiche, kein Verbrechen, noch nicht. Tatsächlich aber machten sie weiter, weil sie doch etwas Neues hatten, und damit war die Belastungsgrenze erreicht: Sie hatten die Mutter des Mädchens zu einem Interview überredet. Nun wusste ich (dank all der Experten, denen ich gestern zugehört hatte), dass Amische nicht ins Fernsehen gehen. Sie verstieß damit gegen die *Ordnung*, die Demut gebot, wofür sie gemaßregelt oder sozial geächtet werden konnte. Während wir auf das Exklusivinterview warteten, zeigten sie unerklärlicherweise in dem kleinen Fenster in der Ecke die Scheunenbau-Szene aus dem Film *Der einzige Zeuge*. Als Nächstes füllte eine detaillierte Karte des Entführungsschauplatzes den gesamten Bildschirm, dazu in einem Fensterchen das Foto des Amischmädchens und die Kurzwahl 800 für sachdienliche Hinweise im Ticker.

Dann erschien die Mutter in dunkelblauer Haube und dunkelblauem Kleid mit passendem Überwurf. Sie stand neben dem Reporter, und der Sheriff stand hinter ihr. Der Reporter fragte, warum sie vor die Kameras trete, und nach einer langen Pause antwortete sie. Sie wolle mithelfen, ihre Tochter Annie zu finden. Annie sei dreizehn, etwa eins achtundfünfzig und wiege 45 Kilo. Dass sie ein graues Kleid mit einer weißen Schürze getragen habe. Die Frau sprach mit einem eigenartigen deutschen Zungenschlag, die Wörter klangen abgehackt. Sie war nicht schön. Sie war nicht das Abbild amischer Seligkeit. Sie zitterte. Sie schlug den Blick nieder, sie wirkte verschüchtert. Ihre Stimme zitterte, und dann konnte sie nicht weitersprechen. Sie hob ein letztes Mal kurz den Blick und schüttelte kaum merklich ihren kleinen Kopf, als sie in die Kamera schaute. Sie hatte die gleichen Augen wie ihre Tochter, sah ich, doch ihre waren rot und verquollen. Ich versuchte mir vorzustellen, was sie sah, was in ihrer Vorstellung die Welt sah. Wie dachte sie sich die Welt hinter der Kamera und jenseits ihres Dorfes? Der Journalist, der sie interviewte, hätte die Frau beinahe festgehalten, als sie zurückwich, ein befremdlicher, rüder Moment. Ihre verzweifelte Unterwerfung unter das harte Kalkül der Welt der »Englischen«, die ihr Kind verschlungen hatte, würde in unendlicher Wiederholung laufen. Es würde immer und immer wieder gezeigt werden, wie sie sich gegen das gottgewollte Gebot der Demut aufgelehnt hatte. Dann war Schluss damit, und es ging wieder um die Tausenden von Freiwilligen, die die kahlen spätwinterlichen Hügel durchkämmten. Den verdächtigen Nachbarn. Die bescheidene Lebensart dieser friedliebenden Menschen. Amische Mädchen sind nur selten unbeaufsichtigt ... KERRY PRÜFT MÖGLICHE KANDIDATEN FÜR VIZEPRÄSIDENTSCHAFT.

Das würden sie nicht so bald ruhen lassen. Sie hatten das Foto des Mädchens (nun für immer in mein Gehirn eingebrannt). Sie hatten das Interview mit der Mutter. Noch mal und noch mal, aber irgendwann würde man nahtlos zu etwas anderem übergehen. Obwohl »übergehen« wohl das falsche Wort war – eigentlich geht es von omnipräsent auf einen Schlag in die Versenkung ... Es sei denn, es tauchte eine Leiche auf, oder das verschwundene Mädchen wurde lebend gefunden. Morgen Abend würde alles vorbei sein.

Ich ging nicht an meinen Computer. Dafür war später noch Zeit. Ich ließ mir das heißeste Bad ein, das ich aushalten konnte. Ich streckte mich aus, bis mir das Wasser bis zum Kinn stand. Ich lehnte meinen Kopf gegen das Porzellan. Ich weinte, bis mir die Augen zuquollen und mein Gesicht schmerzte. Ich weinte schon die ganze Zeit; seit die Frau zu sprechen begonnen hatte, waren mir die Tränen übers Gesicht gelaufen. Meine Augen waren überanstrengt und verschwollen. Das heiße Wasser war eine Wohltat. Ich presste mir einen Waschlappen gegen die Augen.

Jay rief an. Ich ging nicht ans Telefon. Ich wusste, wie lächerlich es klingen würde, wenn ich versuchte, irgendwem – ob Ada, Nik oder Jay – zu erklären, warum ich so traurig war. Niemand tröstet dich wegen irgendwas in den Nachrichten.

Halt, stopp. Es gab noch zahllose weitere, alle sehr signifikant, aber diese Aufzählung verfehlt ihren Zweck. Sie verfälscht das Gesamtbild, weil sie spezielle Momente aus der Zeit dazwischen herausreißt. Und dadurch wirken sie entweder putzig-kurios oder zynisch.

Denise nahm die Brille ab und drückte ihre Handflächen vor die Augen. Nein, Dinge geschahen nicht isoliert. Chronologisch zu ordnen ist besser, als Ereignisse nach Rubriken zu ordnen. Dinge geschehen in einem Kontext, oder? Dass gerade diese Ereignisse den Schutzschild durchschlagen hatten, lag (möglicherweise) an den Begleitumständen. Es waren ja nicht alle Ereignisse, es waren eine Handvoll Ereignisse. Und vielleicht lag das Warum nicht in den Ereignissen selbst, sondern in ihr. Wie dann das alles erfassen? Collage? Pasticcio? Eine Liste? Rhetorische Fragen? Oder eine Geschichte erzählen?

Sie musste irgendetwas essen. Es war zugig. Sie zog einen von Niks schwarzen Pullovern an. Er trug ausschließlich Schwarz. Viel anzuziehen hatte er nicht, zumindest nicht hier in seinem Büro. Er besaß eine Menge Konserven. Bio-Chili. Er kaufte sich Bio-Essen in Dosen? Das war nicht gerade die Tollkühnheit, die man von einem rauchenden, trinkenden, Pillen schmeißenden Rock 'n' Roller erwartete. Sie lachte, denn sie fühlte sich danach: aufgedreht, high, kurz davor, zu weinen oder zu lachen. Eine Verrückte. Sie wärmte das Essen auf und aß dann schnell im Stehen. Sie hatte es eilig. Es zog sie unwiderstehlich zum Schreiben zurück. Sie hatte nur den einen Wunsch: weiterschreiben. Sie überließ sich ihrer Manie, ihrer momentanen Hypergraphie, und konnte sich nicht zwingen, aufzuhören, bevor sie fertig war.

2.–14. April, 2004

Zurück zum Kalender linearer Ereignisse. Es lässt sich schwerlich etwas gegen den Vorteil eines einheitlichen Maßes zur Strukturierung der Vergangenheit sagen. Ich weiß zum Beispiel, was zwischen dem 1. April, dem Aprilscherztag, und dem 15. April, dem Einkommensteuererklärungstag, passiert ist. Jetzt bedauere ich, wozu es an diesem Tag kam, aber ich denke, es gab da spezielle Umstände. Ich suchte meine Unterlagen für die Steuererklärung zusammen. Dafür, dass er mir erlaubt, meine Arbeitszeit selbst zu bestimmen, werde ich von meinem äußerst solventen Chef als selbstständige Beraterin auf Pauschalhonorarbasis bezahlt, was bedeutet, dass ich meine Steuererklärung selbst mache und alles Mögliche belegen muss. Ich hockte im Schneidersitz inmitten kleiner Stapel von Quittungen, Kontoauszügen, Strom-, Gas- und Wasserrechnungen, Darlehenskontoauszügen, Versicherungsbelegen und Kreditkartenbelegen auf dem Fußboden. Ich sortierte und ergab mich in das abgrundtief deprimierende Gefühl, längst ausgegebenes Geld zusammenzuzählen. Das Telefon klingelte.

»Ah, super, du bist zu Haus. Ich bin ganz in der Nähe; kann ich kurz vorbeikommen?«

»Ja, aber ich bin gerade dabei, mich durch meine Steuerquittungen zu wühlen.«

Nik konnte unmöglich zufällig in der Gegend sein; ich wohnte vierzig Meilen nordöstlich von ihm, vierzig Meilen Verkehrsstaus in einem Bauträger-Niemandsland wuchernder Vororte. Es gab keinerlei Grund hier zu sein, es sei denn, man wohnte hier, es sei denn, man hatte beschlossen, erst ein bisschen auf einem verstopften Freeway herumzufahren, um dann bei *Best Buy* oder *Bed Bath & Beyond* einzukaufen, statt die Shopping-Mall im eigenen Viertel aufzusuchen und dort bei *Best Buy* oder *Bed Bath & Beyond* einzukaufen.

Nik ging mit leichtem Hinken durch mein mit Unterlagen übersätes Wohnzimmer. Er machte die gläserne Schiebetür zur Terrasse auf und zündete sich eine Zigarette an. Er beäugte die Papiere auf dem Fußboden. Er setzte die Sonnenbrille ab und fuhr sich mit der Hand über Augen und Kinn. Ich sah, dass er sich länger nicht rasiert hatte. Sein Bartwuchs war nicht besonders stark, er musste das Rasieren schon mehrere Tage auslassen, damit man überhaupt etwas bemerkte.

Ich stand aus meinem Nest von Quittungen auf und ging in die Küche. Das ebenerdige Haus war in horizontaler Linienführung nach Südosten ausgerichtet. Die Küche öffnete sich zum Esszimmer hin, das sich wiederum L-förmig zum Wohnzimmer öffnete. Es war ein klassisches kalifornisches Vororthaus, für den optimistischen Schönwetter-Mittelschichtskomfort gebaut. Die bescheidene Quadratmeterzahl wirkte gar nicht so klein, weil die beiden vom Flur abgehenden Schlafzimmer und der Hauptwohnbereich zur Terrasse öffneten und durch gläserne Schiebetüren zu betreten waren. Die Ausrichtung auf die Terrassentüren und die Welt draußen hinter dem Glas erzeugte den Eindruck, es gäbe keine voneinander getrennten Bereiche, so dass ich in der Küche Kaffee machen und gleichzeitig mit Nik an der Verandatür reden konnte. Er griff in seinen Mantel und holte einen dicken braunen Umschlag hervor.

Ich wusste, was nun kam, ich kannte das schon. Ich war nicht dazu aufgelegt, es ihm leichtzumachen.

»Was macht dein Fuß?«, fragte ich.

»Ach, schon viel besser. Besten Dank.«

»Warst du bei Dr. Fillmore?«

»Ja. Du hattest recht, es ist eine Art Arthritis. Er hat mir was verschrieben.«

Ich nickte, während ich mir eine Tasse Kaffee einschenkte, noch bevor die Maschine durchgelaufen war. Der Kaffee tropfte aus dem Filter auf die heiße Warmhalteplatte, zischte und roch sofort verbrannt. Das würde nun schon meine dritte Tasse Kaffee an diesem Nachmittag sein.

»Gut«, sagte ich. Ich hatte Nik die hundertfünfzig Dollar für den Arzt gegeben. Ich wusste, dass er auch noch die Rechnung von der Notaufnahme über 975 Dollar hatte. Die würde er einfach ignorieren.

»Wie war die Arbeit?«, fragte er. Ich starrte ihn bloß an.

»Wie war deine Arbeit?«, fragte ich zurück.

»Großartig – sieh selbst«, sagte er und hielt mir den braunen Umschlag hin.

»Ich meinte deinen Job, hast du –«

»Ich musste fast zwei Wochen aussetzen. Ich kann immer noch nicht viel machen. Ich kann nicht lange stehen.«

Ich seufzte.

»Aber Dave ist da sehr korrekt, er lässt mich die meiste Zeit im Sitzen arbeiten.«

Ich tat Milch in meinen Kaffee und rührte um. Ich sah ihn nicht an.

»Ich bin selbst zurzeit ziemlich pleite«, sagte ich, stirnrunzelnd, umrührend. »Wirklich. Es ist einfach nicht drin.«

»Klar, verstehe«, sagte er. »Weiß ich doch. Ich will auch gar nichts.«

Er machte seine Zigarette aus. Er lächelte, öffnete den Umschlag, den er mir hingehalten hatte, und zog eine CD hervor. »Und siehe da, das, worauf du so lange gewartet und gehofft hast – ein neues Fakes-Bootleg. Extrem selten. Ich hatte viel Zeit zum Arbeiten, darum habe ich es diese

Woche fertiggemacht. Die unveröffentlichten 2004er-Sessions, exklusiv für dich.« Er überreichte sie mir.

»Wie viel brauchst du denn?«, fragte ich, die CD ignorierend.

Er zuckte die Schultern und wackelte mit den Händen. »So tausend.«

»Die komplette Miete, Nik? Du selbst hast gar nichts?«

»Das ist nicht die komplette Miete. Meine Miete ist tausendzweihundert.« Er fischte eine neue Zigarette aus seiner Jackentasche. »Du musst dir keine Sorgen machen. Ich habe was am Laufen«, sagte er.

»Ich dachte, du hättest ein paar Mal Theke gemacht«, sagte ich.

Er stieß den Rauch aus. »Ich musste ja auch Essen und Benzin bezahlen.« Und Zigaretten und Scotch, dachte ich. Wenigstens sprach ich es nicht aus. Ich öffnete eine Schublade. Ich wühlte in den Papieren herum, bis ich ein Kreditkartenlockangebot gefunden hatte, das auch ein paar zinsgünstige Barschecks beinhaltete, die an ein Stück Papier geheftet waren, auf dem in dieser typischen winzigen, kaum lesbaren Kreditkartenschrift jede Menge Einschränkungen, Sternchen, Warnungen und Zusatzbestimmungen (die irgendwo die astronomischen Risiken enthalten mussten) standen. Wenn man dieses Kleingedruckte zum ersten Mal tatsächlich las, konnte man spüren, wie die letzte Verbindung zur eigenen Kindheit starb. Ich stellte einen Scheck über tausend Dollar aus. Gab ihn Nik. Er faltete den Scheck und steckte ihn in seine Brieftasche.

»Das ist nett, wär aber wirklich nicht nötig gewesen.«

»Jetzt ist endgültig Schluss. Du musst dir irgendwas einfallen lassen. Ich stecke bis zum Hals in Schulden. Von denen komme ich nie wieder runter.« Das war die nackte Wahrheit.

Er senkte den Blick und nickte.

»Du musst was unternehmen, Antrag auf Erwerbsunfähigkeit stellen, *irgendwas.*«

»Ich krieg ja gerade mal Mindestlohn, da würde Erwerbsunfähigkeit auch nicht viel weiterhelfen.«

»Gut, aber wir müssen uns trotzdem bald etwas einfallen lassen.«

Nachdem Nik weg war, legte ich sein gefaktes Bootleg ein. Er hatte ein fantastisches kleines Papp-Digipak für die CD gebastelt. Es war absichtlich etwas primitiv geraten, damit es auch wie ein echtes Bootleg wirkte. Er besaß mehrere »unautorisierte« Fake-Label; dies hier war eine Veröffentlichung von Mountebank Industries, was bedeutete, dass es Akustik-Demos waren, kein Live-Bootleg, denn das wäre, falls es sich um die Fakes und nicht die Demonics handelte (und schon gar nicht Nik Worth solo, denn der trat nie live auf), auf Cold Slice erschienen. Nik sagte, er müsse diese illegalen Produkte tolerieren, denn die Fans verlangten nun mal mehr, als die Bands an offiziellen Alben stemmen könnten.

Die Musik ist bittersüßer, schwärmerischer Pop, die CD heißt *Breakfast at Kingdom Come.* Einfach nur Nik und ein Klavier oder eine Gitarre. Keine Overdubs. Seine Stimme, absolut nackt und um eine schlichte Melodie gewoben, klingt zugleich vertraut und fremd. Seine frappierenden Texte steigern sich immer an den Rand des Surrealen, ohne völlig abzukippen. Sie sind gerade versponnen genug für eine nicht alltägliche Aussage. Das ist Nik – die Songs klingen leicht daneben und unerwartet, aber nach dem zweiten Hören bist du ihnen verfallen und süchtig nach den delikaten Kapriolen, den kleinen Repetitionen und versteckten Brüchen.

Ich ließ meine Unterlagen auf dem Fußboden liegen und ging ins Bett. Ich konnte nicht einschlafen; so viel Kaffee war eine selten blöde Idee gewesen. Ich lag da, schloss die Augen und versuchte, mich zumindest in einen Ruhezustand zu zwingen. Meine eher ungeeignete Einschlafmethode bestand darin, im Geiste zusammenzurechnen, was Nik über die Jahre alles von mir bekommen hatte. Hauptsächlich während der letzten zehn Jahre. Die extravaganten Geschenke wie der Canon-Farbkopierer. (Ich hatte gerade einen langfristigen Kredit auf mein Haus aufgenommen, mit dem ich mein Auto und meine Kreditkartenschulden bezahlte. Das restliche Geld investierte ich in eine professionelle Digitalkamera für Ada und einen erstklassigen Farbkopierer für Nik. Natürlich sind beide Teile heute mehr oder weniger veraltet. Die erheblichen Kreditkartenschulden liefen erneut auf.) Geld für die Miete hatte ich ihm unzählige Male geliehen. Ich habe ihm Geld für Arztkosten gegeben. Ich habe ihm Geld für Reparaturen an seinem Auto gegeben (äh, Nik, deine Reifen sehen langsam gefährlich aus). Früher hatte er es immer zurückgezahlt, aber irgendwann hielten wir es gar nicht mehr nach. Schließlich bezahlte mein Chef mich gut, in dicken Pauschalhonoraren, die sich so leicht wieder ausgaben. Meiner Mutter habe ich auch immer unter die Arme gegriffen. Zumindest musste ich ihr inzwischen keine Finanzspritzen mehr geben. Ihre bescheidene Rente, ihr Alter und ihr gänzlicher Mangel an Vermögen machte alles viel einfacher. Ich musste zwar ihretwegen stundenlang mit Ämtern telefonieren und Papierkram ausfüllen, aber am Schluss hatte ich ihr sogar über den staatlichen Pflegedienst und Medi-Cal eine Pflegehilfe organisiert, die für sie einkaufen ging und einmal am Tag nach ihr sah. Und Adas Vater übernahm einen großen Anteil von Adas Ausgaben. Warum sollte ich Nik also nicht unterstützen? Warum gab ich ihm Geld, um das er nicht mal bat, und machte ihm das dann zum Vorwurf? Was war ich für ein schrecklicher, selbstsüchtiger Mensch. Wie konnte ich mein Geld für Champagner mit Ada verschwenden, während mein Bruder Geld zum Leben brauchte. Was stimmte nicht mit mir – musste ich immer so egozentrisch und verschwenderisch sein? Aber immerhin war es keine reine Verschwendungssucht, ich hatte schließlich eine Riesenhypothek am Hals (und wohnte trotzdem noch mindestens eine Fahrstunde entfernt von allem). Eine Menge von dem Geld ging für Versicherungen, für Benzin und normale Lebenshaltungskosten drauf. Außerdem musste ich zum Beispiel Einkommenssteuer und Grundbesitzabgaben zahlen – ich war nicht besonders gut organisiert, und es traf mich immer unvorbereitet. Keine Frage, ich lebte über meine Verhältnisse, aber das war auch nicht schwer. Wenn Nik Geld brauchte, was machte es da für einen Unterschied, ob ich weitere tausend ausgab oder nicht? Diese Denkweise erklärte, wie ich im Laufe der letzten acht Jahre einen riesigen Schuldenberg anhäufen konnte. Meine monatlichen Ausgaben erreichten schnell ein nicht mehr zu stemmendes Niveau. Irgendwie lief dieser ganze Riesenschlamassel immer weiter. Ich würde nie in der Lage sein, alles abzubezahlen, außer ich verkaufte mein Haus und zog nach Alabama oder Bakersfield oder sonst wohin, wo ich mir mit dem kümmerlichen Rest, der mir dann verbliebe, möglicherweise ein Häuschen leisten könnte. Aber das konnte ich nicht machen. Oder ich würde mein Haus verkaufen müssen, meine Schulden bezahlen und mir dann etwas mieten müssen. Aber ich näherte mich dem Punkt, an dem mein Eigenkapital sich so dezimiert hatte, dass ich möglicherweise nicht mal plus/minus null rauskäme, wenn ich mein Haus verkaufte.

Ich brauchte dringend Schlaf. Und dann stürzte ich mich noch tiefer hinein – seht mich an, ich kann's nicht lassen.

Ich könnte Privatinsolvenz anmelden. Und dann Restschuldbefreiung, auf irgend so was musste ich doch Anspruch haben. Aber bislang kam ich noch hinterher. Ich versuchte mich selbst mit Optionen zu trösten, alles mit ein wenig Abstand zu betrachten. Ich gab meinen Gedanken eine andere Richtung, konzentrierte mich auf meine Atmung. Um etwas zur Ruhe zu kommen. Dann gab ich auf und nahm eine blaue, ovale Tablette – ein schnellwirkendes, nicht benzodiapoezinhaltiges, nicht suchterzeugendes Hypnotikum. Was wir früher Schlaftablette nannten, aber heute nicht mehr, weil das zu melodramatisch klingt.

20. April

Jay und ich sahen uns einen frühen Peter-Sellers-Film an. Die James-Mason-Filme hatte er aufgegeben, als ich gerade einen Weg suchte, ihm beizubringen, wie satt ich diese James-Mason-Filme mittlerweile hatte. Wie es aussah, hatte James Mason Hunderte von Filmen gedreht, und es waren wahrlich nicht alle *Lolita*. Die Idee, sich jeden einzelnen davon anzusehen, mochte ja als dummer Kunstgriff in einem Roman funktionieren oder als Fimmel eines Filmdozenten, aber in der Realität, in der Praxis, wird so eine fixe Idee bald langweilig. Das Erlebnis wird durch Wiederholung oder schiere Häufung nicht gesteigert. Das sture Beharren vertieft deine Wertschatzung für James Mason nicht. Stattdessen schürt es Unduldsamkeit und Unwillen. Du beginnst, alle Filme mit James Mason zu hassen, sogar die guten.

Jay muss meine zunehmend gemischten Gefühle gespürt haben und war heute auf Peter Sellers umgestiegen, ohne ein Wort über diese Programmänderung zu verlieren. Wir sahen uns *Ladykillers* an, den Jay brüllend komisch fand. Wir aßen Sushi dabei. Dazu tranken wir Sapporo-Bier. Von dieser Kombination hatten wir nachher einen komischen Geschmack im Mund. Wir vermieden es, uns zu küssen.

Er brachte mir aber weiterhin Thomas-Kinkade-Maler-des-Lichts®-Geschenke. Diese Manie war nicht verhandelbar. Sie türmten sich bereits in meiner Garage.

Immer noch 20. April

Als Jay aufstand, um ins Bad zu gehen, schaute ich in meine E-Mails. Ich wusste aus Adas Blog, dass sie mit ihrer geplanten Dokumentation über Nik Fortschritte machte. Ich war anfangs Feuer und Flamme, hatte dann aber aus irgendeinem Grund begonnen, es zu ignorieren, fast schon zu sabotieren.

hey ma,
ich überlege, nächsten monat runterzukommen und mit dem dreh zu beginnen. ich weiß, das ist früher, als ich gesagt habe, aber ich habe ein paar investoren gefunden, – ich erklär dir alles, wenn ich da bin. Dad besorgt mir ein ticket mit seinen vielfliegermeilen. natürlich würde ich bei dir wohnen, wenn es praktikabel wäre, aber du bist so weit weg von allem. Ich werde in Mikes Haus in Runyon Canyon übernachten – du weißt ja, ich will einen teil des films dort drehen. Mit nik hab ich noch nicht über details gesprochen. Hattest du schon Gelegenheit, ihn darauf anzusprechen und zu hören, was er dazu meint? Würdest du? Dich müsste ich auch interviewen, geht das?
Ich freu mich total!
Xoxoxoxo
a.

Ich klickte auf ALS UNGELESEN MARKIEREN und sah zu, wie die Mail wieder zur neuen, fett geschriebenen Nachricht im Posteingang wurde. Ich würde sie morgen früh beantworten. Ich würde mit Nik reden müssen. Nik hatte keinen Mail-Account. Er hatte meinen alten Computer und Drucker bekommen, ging aber nicht ins Internet. Da war er stur. Letztes Jahr hatte Ada ihm zu Weihnachten eine MySpace-Seite eingerichtet. Man hörte einen von Niks Fakes-Klassikern, »Sugar Caves«, sobald sich die Seite öffnete. Die Seite war in allen Einzelheiten eine Fortführung der fiktiven Chroniken, zumindest so weit Ada das hinbekam. Nik schien gerührt zu sein, wies aber schnell auf die Ungenauigkeiten hin. (Was die Stimmigkeit seiner Fiktion anging, war er ein Pedant. Keine Continuity-Fehler, keine Schludrigkeiten. Etwas später gab er ihr eine handgetippte Liste mit Errata, die sie am Rand der Seite platzieren sollte.)

»Weißt du, du könntest dein komplettes Projekt ins Netz stellen. Es ist einfach ideal dafür, es komplett mehrdimensional anzulegen und immer wieder upzudaten. Du könntest sogar deine ganze Musik als MP3 einstellen, ein ganz neues Publikum erreichen. Ich könnte dir dabei helfen.«

Nik starrte auf ihren Laptop. Er las laut vor: »Über dreißig Solo-Alben mit allen zusätzlichen Veröffentlichungen der beiden wichtigsten Bands plus der Nebenprojekte.« Er gluckste.

»Ich finde, es sieht toll aus«, sagte ich. Aber in Wirklichkeit war es sonderbar, Nik so in der realen Welt angekommen zu sehen – der realen Welt des Internets. Ich hatte ein banges Gefühl dabei, ihn so entblößt zu sehen.

Ada lächelte und klickte das nächste Stück an, »Somersault« von den Demonics.

»Dann müsstest du schon eine extra Seite für die Demonics einrichten, eine für die Fakes, eine für Nik Worth und sogar noch welche für Nebenprojekte wie die Pearl Poets und Lozenge. Und die dann alle verlinken«, meinte Nik. Lozenge war Niks kurzlebige Electroboogie-One-Man-Band.

»Ganz genau!«, erklärte Ada. »Wenn du es möchtest, mach ich das.«

Nik lächelte sie an. »Nee, danke, muss nicht sein.«

»Warum nicht?«

»Mach nicht so ein trauriges Gesicht. Ich bin einfach eher der Typ für Papier und Prittstift.«

»Ein Typ für Leim und Lametta«, sagte ich.

»Ja, dafür auch.«

Ich war nicht sicher, ob Nik wollte, dass man einen Dokumentarfilm über ihn machte. Aber wer weiß, vielleicht stieg er darauf ein. Er hatte über die Jahre jede Menge Filme und Videos gedreht. (Anfangs mit der Super-8-Kamera unserer Mutter. Dann mit einem Betamax-Camcorder, den ich ihm 1985 zu Weihnachten geschenkt habe. Zuletzt mit einem Sony MiniDV, den er zum Geburtstag bekommen hatte.) Er hatte Musikvideos gedreht und ein paar Clips, in denen er sich selbst interviewte. Das alles stand Ada zur Verfügung, wenn sie wollte. Ich wusste nicht mal, ob sie überhaupt alles kannte, was Nik im Laufe der Jahre fabriziert hatte. Sogar ich kannte nicht alles.

Ada mailte mir, dass Nik bereit sei, sich interviewen zu lassen. Er gewährte ihr auch Zugriff auf seine Archive. Was immer sie wollte.

24. April

Es waren siebenundzwanzig Grad, und die Mittagssonne brannte durch die dünne Außenhaut meiner Kleidung.

Trotz Sonnenbrille zeichnete das grelle Licht bei jedem Blinzeln Phantomsonnenflecken auf meine Augen. Ich half ihr in den Beifahrersitz und die erdrückend stickige Gluthitze meines Wagens.

»Gleich wird's besser.« Der Motor war an und die Klimaanlage lief, aber es war trotzdem, als würde die Luft nur zu einem hochgewälzt, um sich dort heiß und dick festzusetzen. Ich wusste, dass irgendwo neue Autos existierten, die diesen Luftaustausch sehr viel besser meisterten. Aber meine Mutter schien nichts von alldem zu bemerken. Sie saß da und starrte stur geradeaus. Ich fuhr aus der Ausfahrt ihres Wohnblocks und zur Highwayauffahrt. Wir wollten zum Ralphs-Supermarkt. Leslie, die Pflegekraft meiner Mutter, kaufte auch für sie ein. Aber manchmal fuhr ich selbst hin, dann nahm ich sie mit. Es war mal was anderes, eine Beschäftigung. Manchmal fuhren wir zum Wal-Mart, manchmal zu Ralphs.

Ich schob den Einkaufswagen. Ich hatte meine kurze Liste, es war angenehm kühl in den Gängen, und wir hatten keine Eile. Sie nahm sich Kekse. Und dann noch Pop Tarts.

»Ma, du weißt doch, dass du nicht zu viel Süßes essen darfst. Diabetes, du weißt doch.« Sie sah mich an und seufzte. Dann stellte sie die Pop Tarts wieder zurück, quetschte sie ins falsche Regal.

Als ich noch klein war, hatte ich genau das Gleiche gemacht, wenn ich mit meiner Mutter einkaufen war. Ich versuchte immer, Süßigkeiten in unseren Einkaufskorb zu schmuggeln. Wir hatten immer so viele Lebensmittel im Einkaufswagen, dass es ab und zu funktionierte und nicht mal an der Kasse auffiel. Ich fand es schön mit ihr im Supermarkt. Ich saß dann immer unter dem Drahtkorb des Einkaufswagens auf der Ablage gleich über den Rädern, die Beine vor mir ausgestreckt. Sie schob den Wagen vielleicht einen Gang weit, dann blockierten die Reifen und sie sagte mir, ich solle aussteigen und laufen, es wäre ihr zu schwer. Ich stromerte dann allein los und verlor sie aus den Augen. Ich bemühte mich gar nicht, sie im Blick zu behalten, weil ich ein System hatte, um sie wiederzufinden. Ich lief einmal den ganzen Quergang runter und schaute in jede Seitenreihe, bis ich sie gefunden hatte. Manchmal erreichte ich allerdings das Ende des Ladens, ohne sie gefunden zu haben. Dann wurde ich ein klein bisschen panisch und rannte von Gang zu Gang, und wenn sie nicht da war, bekam ich tatsächlich Panik, lief zu einer Kassiererin und ließ meine Mutter ausrufen.

An diese Kindheitspanik wurde ich erinnert, als ich zu lange auf eine Cornflakespackung gestarrt hatte. Ich las das Kleingedruckte, um mich zu vergewissern, ob sie für ihre Diabetes-Diät geeignet waren. Als ich aufsah, war sie verschwunden. Ich ließ den Einkaufswagen stehen und ging ans Ende des Gangs. Ich sah nach rechts und links – ich hielt Ausschau nach ihrem taubenblauen Trainingsanzug und ihrem kurzen grauen Haarschopf. Ich konnte sie nirgendwo sehen. Ich ging weiter und schaute zwischen alle Regalreihen. Immer noch nichts. Ich spürte, wie mich Panik überkam. Ich wusste, dass »Herumwandern« zu den typischen Symptomen der Demenz gehörte. Sie konnte nach draußen auf die Straße spazieren und spurlos verschwinden. So was passiert alten Menschen immer wieder. Sie verletzen sich, verirren sich, werden von Autos angefahren. Ich war schon den Tränen nah, als ich ein weiteres Mal an sämtlichen Gängen entlangeilte. So schlimm war es bei ihr doch noch gar nicht, völlig desorientiert war sie noch nicht.

Da sah ich sie.

Sie stand am Eingang des Supermarkts, schon jenseits der Kassen. Ein Polizist war bei ihr. Ich rannte hin und winkte ihnen mit beiden Armen. Ich sah, dass sie in Handschellen war. Meine Mutter in Handschellen.

»Was ist hier los?«, fragte ich, immer noch den Tränen nah, und legte den Arm um meine Mutter. Sie sah mich völlig verwirrt an.

»Sind Sie ihre Tochter?«, fragte mich der Polizist, der, wie ich jetzt sah, ein simpler Wachmann war.

»Ja, das bin ich. Was ist passiert?«

»Ihre Mutter hat Ladendiebstahl begangen. Als ein Verkäufer sie aufhalten wollte, hat sie sich gewehrt und ihn rassistisch beschimpft.«

»Meine Mutter verwendet keine rassistischen Beleidigungen. Und sie klaut auch nicht. Sie hat wahrscheinlich nur vergessen zu bezahlen. Sie ist alt, verstehen Sie?«

Der Wachmann löste die Handschellen. Er rechtfertigte sich, er habe sie nur etwas erschrecken wollen. Indem er sie vor der Kassenreihe in Handschellen legte? Sie hatte sich ein paar Joghurtbecher in die Taschen gestopft. Und zwei Schokoriegel in die Ärmel. Meine Mutter hatte das Namensschildchen des Geschäftsführers gelesen und ihn als Itaker beschimpft. Sie hatte keine Erklärung für ihr Verhalten. Man verzichtete auf eine Anzeige. Man sagte mir, ich dürfe meine Mutter nicht mehr mit in den Supermarkt bringen. Auf der Fahrt nach Hause grummelte sie vor sich hin.

»Was hast du dir nur dabei gedacht?«, fragte ich, eigentlich eher rhetorisch. Sie machte eine wegwerfende Handbewegung und ein mürrisches Gesicht.

»Ich hab das da schon oft gemacht«, erklärte sie. »Der versucht immer, mich hoppzunehmen.« Ich schaute sie an. In letzter Zeit hatte sie häufig Déjà-vus. Allerdings handelte es sich bei dem, was sie erlebte, wie ich unter SymptomSolve.com erfahren hatte, in Wirklichkeit um sogenannte Déjà-vécus. Dinge kommen dir fälschlicherweise vertraut vor. Du interpretierst neue Erfahrungen als Erinnerungen, die du noch einmal durchlebst. Und die Täuschung wird dir niemals bewusst. Eine gefälschte Erinnerung. Als ich den Begriff in die Suchmaschine gab, tauchte er unter diversen Formen von Demenz, Epilepsie und anderen Erkrankungen des Präfrontalen Cortex auf. Aber dieses Verhalten beschränkte sich nicht auf ein Déjà-vécu. »Was meinst du damit, er will dich ›hoppnehmen‹?«

»Der sollte nicht immer wieder versuchen, mich für dumm zu verkaufen.«

»Nein, das sollte er wirklich nicht. Das tut mir leid.«

»Das klappt sowieso nicht, weil mir egal ist, was die Leute denken. Besonders so ein dreckiger Ire.«

Mir blieb die Spucke weg. Mein Leben lang hatte ich von meiner Mutter nicht eine rassistische Bemerkung oder Schmähung oder auch nur ein gängiges Stereotyp gehört. Dreckiger Ire? Itaker? Woher hatte sie diese Ausdrücke? Man könnte meinen, meine Mutter wäre unter Schlägern und Rohlingen aus der Bowery aufgewachsen, nicht als Tochter eines Ladenmädchens aus Reseda.

»Die sind schon eine Weile hinter mir her. Mir kann man da nichts vormachen. Du weißt gar nicht, was die sich schon geleistet haben. Weil du ja mit deinen Gedanken sonst wo bist.«

Aus welchem Winkel ihres Gehirn kam das? Der Arzt konnte zur Art ihrer Demenz und wie schnell sie voranschreiten würde, nichts Genaues sagen. Bei ihm hieß es nur ›wahrscheinlich Alzheimer‹. Er konnte mir nicht sagen, was auf mich zukam. Alles war typisch. Alles war möglich. Anfangs hielt ich es auch für unerheblich – alle Formen waren unheilbar. Was machte es dann, ob es an diesem oder jenem Teil des Frontallappens lag? Aber auf dieses jüngste Zeichen des Verfalls war ich nicht wirklich vorbereitet. Es war ja nicht nur, dass sie Vergangenes vergaß oder irgendetwas ständig wiederholte. Nein, sie wurde vollständig neu verkabelt. Es war ein Nachfolgemodell meiner Mutter, ihre Persönlichkeitsstruktur wurde von Grund auf umgebaut. Sie verlor nicht nur ihre sozialen Hemmungen, so harmlos war es nicht. Sie begann paranoid zu werden, und das machte sie zu einem anderen Menschen, einem Menschen, der bösartig werden konnte. Das war einfach unfair.

An jenem Abend verbrachte ich Stunden im Internet und las alles über frontotemporale Demenz. Das führte dann zu kortikaler und subkortikaler Demenz. Und vaskulärer Demenz und den stillen Hirninfarkten, die sie auslösen können, was mich dann zu den TIA führte, den transitorischen ischämischen Attacken oder Ministrokes. Dann las ich alles über Hirninfarkte. *Infarkt* klang wie die perfekte Bezeichnung für das, was ich gerade miterlebt hatte. Und die richtige Bezeichnung zu finden – hieß das nicht, dass ich etwas erreicht hatte? Aber dann begann ich zu grübeln – hieß das, dass wir einen Infarkt übersehen hatten? Hätte ich sie ins Krankenhaus bringen müssen? Nach vierundzwanzig Stunden sind die neurologischen Schäden irreversibel. Aber als ich dann weiterlas, ging mir auf, dass ihre Symptome eigentlich doch nicht zu einem Hirninfarkt oder einer TIA passten, obwohl sie so passend klangen. Ich landete schließlich wieder dort, wo ich angefangen hatte: bei der frontotemporalen Demenz. Ich drehte mich im Kreise. Auf der Seite mit den Suchergebnissen erschienen neben den farbig hervorgehobenen jetzt klitzekleine Zahlen, die anzeigten, wann ich auf diesen Seiten gewesen war. 1:35. 1:58. Hatte es etwas zu bedeuten, dass ich wieder am Ausgangspunkt gelandet war? Ich klickte und druckte, aber beides führte nicht dazu, dass ich mich besser oder schlechter fühlte. Es machte mich nur müde.

In den kommenden Wochen schien meine Mutter fast wieder die Alte zu sein. Erschöpfung verstärkte ihre Symptome. Aber es bestand kein Zweifel, dass die Entwicklung nur in eine Richtung ging. Ihr Arzt war dafür, sie in das nahe (bei mir) gelegene Pflegeheim (das auch von der Basiskrankenversicherung gedeckt ist) zu verlegen. Ich musste wohl den Papierkram ausfüllen und sie auf die Warteliste setzen lassen.

Manchmal druckte ich mir Sachen aus, um sie später zu lesen, und kam dann nie dazu. Bei anderen Gelegenheiten las ich das, was ich am Vorabend oder eine Woche zuvor ausgedruckt hatte. Diesmal las ich, während ich meinen Morgenkaffee trank und meinen Vollkorntoast aß. Die frontotemporale Demenz oder FTD, deren Symptome sie aufwies, war natürlich ausgerechnet die Spielart von Demenz, die am deutlichsten erblich bedingte Ursachen hatte. Sie äußerte sich unter anderem als Aphasie – eine weitere Unterkategorie, die es zu erforschen galt. *Aphasie*, dieses säusel-sanfte Wort stammt aus dem Griechischen und bedeutet, sich von der Rede ab- und zum Verstummen hinzuwenden. Ein anscheinend seliges Schweigen, könnte man meinen. Aber in Wirklichkeit bedeutet Aphasie das Vergessen von Sprache, den kompletten Verlust der Fähigkeit, Sprache zu benutzen oder zu verstehen, seien es bestimmte Wörter oder die Syntax oder beides – und kann bei der Patientin bereits in den Vierzigern auftreten.

Errata

Ich habe etwas unterschlagen, und an dieser Stelle scheint es mir relevant, es für die Aufzeichnung richtigzustellen. Ich nehme ihre Tabletten. ICH NEHME DIE TABLETTEN MEINER MUTTER. Nein, ich nehme sie ihr nicht weg: *Ich nehme sie ebenfalls. Sie hat einen riesigen Sechs-Monats-Vorrat an Glutamin, ihren quasi-wirksamen Anti-Alzheimer-Pillen, für die sie ein Dauerrezept hat. Was schadet es also? Warum sollte ich nicht prophylaktisch auch ein paar davon nehmen? Ich fülle immer ihren Plastikdosierer, der für jeden Tag der Woche ein kleines Fach hat. Sie hat einen Satz für morgens und einen für abends. Irgendwann, noch gar nicht so lange her, kam mir beim Auffüllen dieser Gedanke: Warum nimmst du sie nicht selbst? Es kann ja nicht schaden. Jede Woche verteilte ich Unmengen dieses Nahrungsergänzungsmittels und füllte die Fächer bis zum Rand. Zusätzlich zu dem vom Arzt verschriebenem Glutamin gab ich ihr noch Piracetam, Cholin, Alpha-Liponsäure und Vinpocetin. Ich durchkämmte das Internet nach weiteren potentiellen Wirkstoffen. Ich kaufte sie in Großpackungen zum Rabattpreis, und trotzdem waren sie immer noch fette Posten auf meiner Kreditkartenabrechnung. Ich hasste die Namen, die auf meinen Belegen auftauchten: MemExtend, Nusmart, BrainTonics, Mindroids, Movita. Als träfe das Zusammenziehen von Wörtern und Eliminieren sämtlicher Zungenbrechersilben automatisch den richtigen verheißungsvollen Ton.*

Sie vergaß oft, sie auch zu nehmen. Mangelnde Kooperationsbereitschaft. Tja, natürlich kooperierte sie nicht. Wie sollte sie sich daran erinnern, die Tabletten gegen ihre Vergesslichkeit zu nehmen? Ich hingegen war unglaublich kooperationsbereit. Ich hielt mich an denselben Behandlungsplan, den ich für sie zusammengeschustert hatte. Ich kam mir dumm dabei vor; was genau wollte ich so versessen bewahren? Warum wollte ich nicht einsehen, dass sie befreit und gelassen nur für den Moment leben könnte? Ich hatte keine friedlichen Momente mehr, mir blieb nur dieses verzweifelte Haschen nach Vergangenem.

Das ich alles aufschrieb, aber wozu eigentlich?

25. April

klein a:
tägliche denkereien einer arbeitslosen, wenn auch genialen filmemacherin

Okay, ich bin auf dem Weg nach LA, um meinen Dokumentarfilm zu drehen. Garageland. Garageland *handelt von einem Leben, das sich ganz der Musik und Kunst abseits des Mainstreams verschrieben hat. Weit abseits. Der Film würdigt einen leidenschaftlichen, unverbesserlichen Exzentriker. Er handelt vom Ausleben einer geheimen, selbsterschaffenen Fantasieexistenz. Braucht man ein Publikum, um ein Werk hervorzubringen, oder befreit es im Gegenteil, kein Publikum zu haben, und macht einen damit erst zum wahren Künstler? Und letztlich wird* Garageland *die Frage stellen, was einen Menschen trotz absoluter Anonymität weiterhin kreativ sein lässt. Unser Startbudget haben wir zusammen. Wir werden Material für zwanzig Minuten drehen, um damit dann weitere Investoren und, hoffentlich, einen Vertrieb zu finden. Wenn ihr gern Investor werden möchtet (ja, auch ihr könnt Filme produzieren!), schließt euch unserer DIY-Aktion an. Ihr könnt über unseren Paypal-Account hier investieren.*
a

Er würde interviewt werden und ihr seine Archive öffnen. Es sah aus, als sei er willig oder zumindest desinteressiert genug, um mitzuspielen. Nik sagte fast nie nein zu etwas, er stahl sich einfach davon. Und überhaupt waren die Chancen minimal, dass sie genug Geld für einen abendfüllenden Film aufbringen würde, was konnte es also schaden, ihn von ihr filmen zu lassen? Ich verkannte einfach das brisante alchemistische Potential filmischer Beachtung. Beziehungsweise von Aufmerksamkeit jedweder

Form. Aber vielleicht wusste ein Teil von mir es auch besser.

Ada hatte ihren Vater angehauen, Chris. Er war zumindest für ein bisschen Startkapital gut. Ich wusste, dass er ihr helfen würde – Chris ist einfach so. Chris war von Beruf IT-Systemmanager und lebte in einem Split-Level-Bungalow in Huntington Beach mit seiner Frau und zwei kleinen Kindern. Chris führte ein Leben, wie man es sich normaler nicht vorstellen konnte. Natürlich weiß man es nie, aber er wirkte zufrieden, und was konnte ich ihm anderes wünschen? Wir waren schon so lange Geschichte, als hätte es nie ein uns gegeben, wäre da nicht Ada, in der sich unsere besten genetischen Attribute vereint hatten. Und ein neuer Mensch ist keine Kleinigkeit für den Status Quo zwischen zwei Menschen. Hier waren wir also, Chris und ich, sahen uns nie und gehörten doch untrennbar zum Leben des anderen.

Als ich ihn kennenlernte, war Chris Bassist bei der Eyeliner-Band Ether. (Später stiegen sie von New Wave auf Goth um und änderten ihren Namen in Select, und noch später, nach Chris' Ausstieg, zu Crown of Thorns. Danach verwarfen sie Goth zugunsten von Bright Wave, orientierten sich Richtung Romantic Metal und nannten sich Leviathan, bis sie sich dann schließlich auflösten oder einfach die Tätigkeit einstellten oder still bei irgendwem in der Garage weitermachten).

Man konnte sie vergessen.

Er spielte Bass und sang in einem unangenehmen nasalen Tenor. Sein Gesangsstil passte gar nicht zu ihm – er hätte klein und dünn sein müssen, Zahnlücken, ein dreckiger Mohairpullover, das hätte gepasst. Er sah viel zu gut aus für seine Stimme, für seine Band und erst recht für diese Szene. 1980 gab es ein kleines Zeitfenster, in dem hübsche Jungs suspekt waren. Chris war eher zum Schauspieler als zum Sänger geeignet. Er lächelte zum Beispiel ständig, und seine großen braunen Augen waren immer präsent, auch unter dem braunen Haarvorhang, den er sich halb übers Gesicht kämmte. Er schmierte sich balkendick Kajal um die Augen und trug Ohrringe und sogar Federn, eine äußerst unglückliche Mischung aus Pirat und Indianer.

Trotz seiner zahllosen Fehlgriffe, sah er toll aus.

Ich war eins dieser Mädchen, die Jungs liebten, die wie Mädchen aussahen. Je schwuler ein Junge aussah, desto toller fand ich das. Für mich konnte ein Junge gar nicht schwul genug aussehen. Schwul, schwul, schwul. Ich schätze, es war meine Version von Anti-Sex, mich in schwule Jungs zu vergucken. Aber ich liebte und wollte sie wirklich. Zwischen sechzehn und neunzehn hatte ich jede Menge Sex. Größtenteils untoll. Ich erinnere mich nicht mal an alle Männer, mit denen ich damals Sex hatte. Früher schämte ich mich dafür, aber heute blicke ich mit einem gewissen Stolz auf meine Phase schamloser Promiskuität zurück. Ich ging abends weg, gab mir die Kante und wartete dann einfach, dass mich einer anmachte. In der Regel konnte ich unter mehreren aussuchen, aber ich war ziemlich überkonfessionell in meiner Wahl. Ich ging entweder mit zu ihnen, oder wir machten es in ihren Autos, muss ich gestehen. Wenn mir der Sex gefiel, gab ich den Jungs durchaus eine zweite Chance. Bei manchen, zum Beispiel einem anfangs so süß wirkenden Brad, verloren sich die Gefühle füreinander nach dem Sex. Er fragte, ob ich mit zu ihm käme, nachdem wir uns bei Bourbon und raumerschütterndem Bass eine Stunde lang gegenseitig ins Ohr gebrüllt hatten. Wir verständigten uns, dass die Band toll und/oder grausam und/oder langweilig war. Wir machten auf dem Parkplatz hinter dem Club rum – ich glaube es war das Starlight oder Van's, vielleicht auch das Velvet Pony. Er fuhr uns zu seinem Einzimmerapartment in Silver Lake. Im Licht der Küche wirkte er jünger. Wir rauchten einen Joint. Wir hatten innigen Fremd-auf-Fremd-Sex, bei dem seine große Hand sanft meinen Unterleib führte. Ein Stöhnen an meinem Ohr. Und ich erinnere mich, dass bei uns alles passte, nichts von dem üblichen Gehampel neuer, schlecht angepasster Körper. Danach – unmittelbar danach – pellte er sich von mir ab, setzte sich auf und zündete sich eine Zigarette an. Er sprach und guckte mich nicht an, bis ich ging. Ich musste Nik anrufen, damit er mich abholte.

Bei anderen, zum Beispiel dem Mann, an dessen Namen ich mich nicht erinnern will, fing es im Bett eher schweinisch an – er flüsterte alles, was ihm Pornöses einfiel, während er mich auf die Matratze presste. Natürlich stellte ich dann fest, dass er zu den Typen gehörte, die dir am Ende total verfallen: Er rief ständig an, lief mir nach, schrieb mir erst Nachrichten, dann lange Briefe, bis ich mich schließlich richtig vor ihm verstecken musste.

Mein Sexleben empfand ich oft als kompliziert und unerfreulich. Dann, nach dem einem postkoitalen Verzweiflungsanfall zu viel, änderte ich meine Präferenzen. Ich wurde das, was manche Leute als Fag Hag bezeichnen.

Ich dachte immer, ich hätte schwule Männer so gern, weil ich bei ihnen so wohltuend unbegehrt blieb. Ich wollte Sex aus dem Weg gehen. Das war *ein* Aspekt. Aber wie ich jetzt weiß, lag es auch daran, dass ich Männer zu sehr mochte. Ich stellte mich gern zu ihnen, bevor ihre Band auf die Bühne ging und danach, ich alberte gern mit ihnen rum und nahm gern Drogen mit ihnen. Ich fand es süß, dass sie auf Musik und auf Pool standen und insgeheim trotzdem Ambitionen hegten. Ich liebte ihre größeren Hände und – ehrlich – ich mochte an ihnen, dass sie alle ständig Sex wollten. Irgendwie (zu Unrecht vielleicht) kam das bei mir nie penetrant und aufdringlich an; ich fand sie in ihrem ewigen Verlangen zuwendungsbedürftig und verletzlich. Fast taten sie mir leid. Nach ein paar Jahren als kompromisslos freies Mädchen lernte ich, dass ich Sex mit Typen, die ich wirklich mochte, unbedingt vermeiden musste. Sonst wollte einer von uns (wer, war vorher schwer zu sagen) danach garantiert mehr als der andere. Es ist bizarr, aber auch bezaubernd, wie Sex alles auf eine Weise verändert, dass es absolut unvorhersehbar ist, wie es weitergeht, bis du mit zerkauten Lippen neben jemandem liegst und deine Unterwäsche aus dem verwühlten Bettzeug fischst. Nur eins ist vorhersehbar: dass die Freundschaft danach vorbei ist. Extrem unwahrscheinlich, dass es sich für euch beide gleich anfühlte. Wenn ich einen Mann also wirklich mochte, konnte mit ihm zu schlafen nur bewirken, dass er sich nicht lange in meinem Leben halten würde.

Und warum blieb ich dann nicht einfach mit Heteromännern befreundet, statt mit ihnen zu schlafen? Weil dir selbst wenn du nicht mit ihnen schläfst, der Sex dazwischen kommt. Ich wollte zum Beispiel nicht mit meinem Freund James schlafen: Er war mein bester Freund, er brachte mich zum Lachen, wir hatten ganz ähnlich gestrickte Befindlichkeiten, wir konnten die ganze Nacht lang aufbleiben und quatschen und machten es auch. Wir sahen uns am Telefon gemeinsam Filme an und kommentierten sie dabei. Doch wie immer kam dann irgendwann der Moment. Er hatte ein bisschen was getrunken. Er packte meine Hand. Ich wusste, was kam. Ich fühlte schon, wie er mir nicht vergab. Er dachte, ich schliefe nicht mit ihm, weil ich oberflächlich war und bloß unnahbaren, unerreichbaren Männern nachlief. Ich konnte fühlen und an seinem Gesicht sehen, wie sein Verlangen schnell in Verbitterung umschlug. Jetzt benutzte ich ihn nur, erschlich mir seine Gesellschaft und er bekam einen Scheiß dafür. Dann kam, dass ich ihn bloß aufgeilen, aber nie ranlassen würde, und am Schluss war ich natürlich die Zicke.

Mit schwulen Männern war alles ganz anders. Die versuchten nicht, mit dir irgendwas anzufangen, sie dachten gar nicht daran. Und genauso wenig du mit ihnen. Du wolltest sie auch nicht »umdrehen«. Kein Bisschen. Schwule Männer konntest du ohne Bedenken lieben, ohne die Freundschaft zu gefährden, ohne falsche Vorspiegelungen. Irgendwie empfinde ich es immer noch so. Gut, richtiger Sex ging mit ihnen nicht, aber ich konnte mit ihnen tanzen gehen, mich an sie lehnen, mit ihnen Händchen halten und manchmal ließ mich sogar einer auf seinem Schoß sitzen. Wir konnten ironisch das Hetero-Paar spielen. Ich konnte mich immer noch an großen Händen sattsehen, an einer Schulterlinie oder dem Anblick eines Männerrückens in einem T-Shirt. Ganz entgegen des Fag-Hag Klischees lästerten wir auch nicht bloß über die körperlichen Vorzüge männlicher Filmschauspieler. Wir teilten vielleicht die Vorliebe für den männlichen Körper, aber das machte nur einen kleinen Teil aus. Es ging um die reine Männerfreundschaft, etwas, das ich weder bei Heteromännern noch bei Frauen jedweder Präferenz finden konnte. Wer weiß, was sie selbst davon hatten (vielleicht eine unkomplizierte Freundschaft und ein bisschen Zuspruch), aber schwule Männer wurden in diesen Tagen zu meinen Favoriten per se. Abgesehen von meinem Bruder waren sie die einzigen Männer, über deren sexuelle Wünsche ich mir keine Gedanken machen musste.

Für mich stand sofort fest, dass Chris schwul war. So kokett, wie er sich mit dem Rücken an die Theke lehnte und dabei die offenen Manschetten seines weißen Kunstseidenhemdes hochschob. Eigentlich war es eher eine Bluse als ein Hemd. Er schnorrte mich um eine Zigarette an. Ich beobachtete, wie er sie sich anzündete und einen Zug nahm. Ich konnte ein Dreieck seines straffen Bauchs sehen, wo sein halb in der Hose steckendes Hemd über dem Gürtel offen stand; bei jeder seiner Bewegungen streichelte die Kunstseide verführerisch darüber. Obwohl er schlank war, wirkte er muskulöser als die meisten Rockmusiker – wahrscheinlich machte er jeden Tag Liegestütze (SCHWUL). Er balancierte auf seinem Stiefelabsatz und hatte so eine schläfrig-schluffige, leicht gekippte Haltung. Er sah mit einem kurzen Blick, wie ich ihn anstarrte, und lächelte dann breit, ein richtig dreckiges Grinsen. Ich trug ein langärmliges T-Shirt, Jeans und Stiefel und hatte über das Ganze ein altmodisches Kreppkleid gezogen. Im Gegensatz zu ihm zeigte ich keinen Zentimeter nackter Haut oder Figur zwischen meinem Make-up und meinen Klamotten. Mir gefiel das: Ich bedeckt und entsexualisiert, er nackte Haut und Grinsen. Er stand nah genug bei mir, dass ich Sandelholz wahrnehmen konnte und darunter schwach den Duft von Seife. Wieder so ein wahnsinnig süßer schwuler Junge. Er war sogar sanft gebräunt, was die Hetero-Rock-Jungs absolut degoutant fanden. Aber vor allem las ich sein Schwulsein aus seiner gekonnten Selbstinszenierung heraus, seinem schamlosen, extravaganten Posertum.

Ich musste noch denken, wie schwul er war, als ich lachend auf seinem Bett lag und er mir Jeans und Höschen runterzerrte. Meine Hand war in seinem Haar, als sein Mund drängte und leckte, gleichermaßen sanft wie fordernd, und ich dachte: *Das ist sicher die Art, wie Schwule Mädchen ficken, was?* Obwohl es so offensichtlich unwahrscheinlich war. Ich hielt ihn noch für schwul, als wir uns jeden Abend trafen und immer völlig enthemmt knutschten, in irgendeiner Ecke, in einem Auto, auf einem Parkplatz, während seine Hände sich einen Weg durch die Bastion meiner Kleidung suchten. Er lächelte mich kokett an, als er meine Hand nahm und mich zu seinem Wagen zog. Chris hatte (und hat) keine Haken, er war immer unkompliziert und vergnügt. Und wirklich nicht schwul, wie ich irgendwann kapierte.

Nik hielt Chris für einen unterbelichteten Schönling, aber das stimmte nicht. Er war klug, hatte nur eben keine Abgründe. Er kam aus einer bürgerlichen Familie aus dem Valley und war auf einer Privatschule gewesen. Trotzdem betrachtete er sich selbst als arm. Bei den meisten anderen Menschen hätte ich das unerträglich gefunden, doch bei Chris hatte es etwas Unschuldiges. Er war so rundum abgesichert un-arm, dass er seine Verhältnisse als Normalfall betrachtete und uns alle in einem Boot wähnte. Er wusste ganz einfach nicht, was es hieß, wenn man niemanden hatte, der einem Geld lieh, wenn man es wirklich brauchte. Er wusste nicht, wie es war, wenn man keine Rücklagen und nichts zu erwarten hatte, und begriff nie, wie sehr uns das unterschied. Klar war er immer pleite, aber das war eine Phase. Er hatte ein gutes Auto (einen 1980er Honda Accord), und seine Familie zahlte die Versicherung. »Das ist aber auch alles«, sagte er immer. Er hatte die Uni abgeschlossen und keinerlei Schulden. Er war versichert und besaß ein sicher angelegtes Sümmchen für die künftige Anzahlung auf ein Haus. Und das war alles!

Zuerst wollte Chris Ada nicht. Unser Verknalltsein verlor sich bereits – wir waren noch nicht getrennt, aber auf dem besten Weg dazu. Ich hatte schon auf der Highschool einmal abgetrieben. Ich war zweiundzwanzig und ziemlich sicher, dass ich es wieder so machen würde. Aber irgendwie wollte ich nicht so richtig. Diese Schwangerschaft fühlte sich anders an. Ich wusste (ja, so wie Frauen immer behaupten, Dinge einfach zu wissen und damit die Männer zum Wahnsinn treiben), dass ich auf dieses Baby nicht verzichten konnte. Ich wusste es. Irgendwie wusste ich, dass es meine einzige Chance auf ein Kind war, dass es keine weitere geben würde. Ich hatte diese Gewissheit; vielleicht waren es die Hormone oder bloß Wunschdenken, um so aus meinem sich im Kreis drehenden Leben zu entkommen. Wir heirateten nicht, wir blieben nicht mal zusammen, aber Chris akzeptierte meinen Entschluss. Er traf Vorkehrungen. Er gab mir jeden Monat Geld, bis Ada achtzehn wurde. Er besuchte sie regelmäßig und verliebte sich in sie. Ich glaube, er spielte gern Vater, wenn es nicht dauernd sein musste. Ein Dann-und-wann-mal-Dad. Ada himmelte ihn natürlich an. Das störte mich nicht. Sie mochte ihn mehr als jeden sonst auf der Welt verehren, aber ich war die Luft, die Sonne und das Meer. Ich war die Welt.

27. April

»Ich bin ein PAEOF. Ein *Päof*«, erklärte Nik.

»Ein was?«

»Prinzipiell Arbeitsfähiger Erwachsener ohne Familienanhang. Bei PAEOFs sind sie nicht sehr freigiebig. Sie haben meine Fingerabdrücke genommen und mir eine Digitale Berechtigtenkarte für Transferleistungen ausgestellt.«

Nik hatte schließlich doch Hilfe zum Lebensunterhalt beantragt. Er erhielt monatlich 108 Dollar, was auch nicht ansatzweise die ausgefallenen Arbeitszeiten ausglich. Er reichte mir die glänzende Beihilfe-Scheckkarte. Man sah darauf das Bild eines unberührten Küstenstreifens am

Pazifik. Er nahm sie zurück und steckte sie in seine Brieftasche.

»Besser als nichts.«

»In der Tat.«

Ich erinnere mich noch genau an den Moment, in dem mir aufging, dass Nik und ich schwere Fehler gemacht hatten. Nik war Anfang dreißig oder gerade dreißig geworden. Es waren die Jahre, in denen mein Leben durch Ada strukturiert war, die pannenreiche und ernste Sorge für Ada. Ich erinnere mich, wie ich mit tiefem Bedauern feststellte, dass wir von einem gerade noch gangbaren Weg abgekommen waren, dass unser beider Leben in die falsche Richtung lief. Ich dachte sogar wörtlich: *Wie weit sind wir vom Weg abgekommen*, aber ich weiß nicht, ob man das so sagen konnte. Das hätte vorausgesetzt, dass wir irgendwann mal auf dem richtigen Kurs waren.

Wir gaben eine Pool-Party. Die Maltman-Avenue-Wohnanlage, in der ich damals lebte, verfügte über einen knallblauen, nierenförmigen Swimmingpool. Mein Apartment dort war in jeder Hinsicht der Horror – ausschließlich dünnste Rigipswände, fimschige Wabentüren. Nachts konnte ich aus allen Richtungen Streitereien und Fickgeräusche hören. Das ist so etwas, das Menschen nie in den Kopf bekommen, außer sie haben selbst mal so gelebt: Die kleinen Demütigungen einer erbärmlichen, billigen Wohnung trüben deinen gesamten Alltag. Wenn ich in der Küche stand, konnte ich nicht mal die Kühlschranktür ganz öffnen, weil sie an die Herdkante stieß. Die Plastikwände der Dusche hatten permanente Kalkablagerungen vom harten Wasser und gaben nach, wenn ich dagegen kam. Und dann dieser unfarbene Teppichboden mit seinem komischen Paraffingeruch. Die in »Echtholzoptik« melaminbeschichteten Lamellenschiebetüren des Wandschranks, die jedes Mal aus ihren Schienen sprangen, wenn ich sie aufmachen wollte. Die Rauputz-Decke, die ich jede Nacht anstarren durfte, und der seltsame Zuschnitt der Wohnung, der keiner Zweckmäßigkeit diente, sondern dazu gedacht war, möglichst viel in möglichst wenig zu quetschen. Es war etwas ganz anderes, als in einem heruntergekommenen Altbau zu leben. Diese Wohnung war alt in neu, und brandneu zu sein war das Einzige, das irgendwann mal für sie gesprochen hatte. Als Ada und ich in diese Einzimmerwohnung zogen, erschien sie uns mit ihren niedrigen Decken, dem dunklen Flur und der Billigbauweise alt und verwohnt, womöglich erst vor fünf Jahren gebaut und trotzdem schon verwohnt. Ich ertrug es, weil ich glaubte, es wäre vorübergehend. So wie alle dort. Niemand wollte sich vorstellen, das ganze Leben in einem solchen Loch zu verbringen.

Einen unbestreitbaren Pluspunkt hatte der Maltman-Avenue-Wohnkomplex dennoch: den Gemeinschafts-Pool im Innenhof. Er war sehr gepflegt, sauber und gechlort. Und niemand machte so richtig Gebrauch davon. An heißen Nachmittagen, von denen es viele gab, hatten Ada und ich den Pool für uns allein. Ich brachte ihr dort das Schwimmen bei, und das entschädigte für vieles.

Wir gaben also eine Pool-Party. Ich ging damals mit einem Typen namens Bill. Er war um einiges älter als ich. Er verdiente ganz gutes Geld als Lichttechniker, er war gewerkschaftlich organisiert. Eigentlich war er gar nicht mein Typ, aber er hatte mich mal zu einem Date eingeladen, und dann waren wir fast zwei Jahre zusammen. Er mochte mein Aussehen – ich glaube, das war es in erster Linie – und unsere zahllosen Wesensunterschiede schien er charmant zu finden, zumindest am Anfang. Ich hielt mich für durchaus lebenstüchtig, aber er sagte mir gern, was ich zu tun hatte. Nach ein paar Glas zu viel demonstrierte er seinen geistigen Tiefgang mit Feststellungen wie: »Du hälst dich auch für eine ganz Schlaue, was?« Sein schäbiger Sarkasmus tat mir nicht weh, ich fühlte mich dann nur stumpf und abgespannt. Aber Bill half Ada und mir. Manchmal half er mir mit der Miete aus. Er half mir mit meinem Wagen. Ich brauchte die Hilfe.

Die Party lief schon zu lange. Alle hatten den ganzen Tag in der prallen Sonne Alkohol getrunken. Ada – sie war da etwa acht? – lag am Pool, aß Kartoffelchips und las. Ich war blau, aber nicht übertrieben. Der Tag schleppte sich dahin und wurde immer länger, und ich hatte Bill endlich bewegt, die Hotdogs und Hamburger auf den Grill zu schmeißen. Die etwas mehr als zehn Leute waren abgefüttert. Der Tag wollte langsam in den Abend übergehen, und die Gäste unterhielten sich, hörten der Musik zu, tranken und kamen und gingen, wie es Leute auf einer Party so machen. Ada, das weiß ich noch, hatte eine kleine Freundin da. Früher am Tag hatten sie im Becken geplanscht, jetzt lagen sie auf dem Bauch auf pinken Badetüchern, lasen Zeitschriften und unterhielten sich. Nebelhaft, beziehungsweise durch einen Nebel von Partyplappern, hörte ich Bills Tonfall aggressiver werden. Ich sah zu der Treppe, die zu unserer Wohnung führte, und dort standen Bill und Nik. Ihr Streit nahm an Lautstärke zu; sie brüllten schon fast. Alle Köpfe drehten sich zu ihnen um, während der Lärmpegel stieg, bis er die Musik und die Gespräche übertönte. Alle verstummten und starrten zu ihnen hin. Ein saudummer Streit zwischen Betrunkenen. Es war noch heller Tag, die Sonne noch nicht ganz untergegangen. Vor meinen Augen, vor Adas Augen, vor unser aller Augen hörten die Männer auf, sich mit den Fingern zu bedrohen und anzuschnauzen und gingen auf Schlagdistanz zueinander. Dann entlud sich die Gewalt so explosionsartig, dass man fast die Druckwelle spürte. Alle warteten atemlos, was kam. Dem Verlauf zuzusehen, war, als ob sich die Zeit verlangsamte und dann kollabierte, und zugleich ballte sich etwas in meiner Brust und schoss dann in Wellen durch meinen Körper. Die konzentrierte, vegetative Freisetzung verzweifelter Energie. Ich atmete unwillkürlich zischend ein, wie in Erwartung eines Schlags.

»Na los doch«, sagte Nik. Er öffnete die Arme, Handflächen nach oben. Er lächelte tapfer. Es war die befreite, tollkühne Vorfreude von jemandem, der weiß, was ihm blüht. »Mach doch, Sackgesicht.«

Bill knallte Nik die Faust ins Gesicht. Ein lauter Klatsch, dazu ein hörbares Knacken unter der Haut. Ein scharfes Keuchen, ein Schmerzlaut. Der Kampf war vorbei. Bill stürmte die Treppe runter. Ich kreischte ihn an. Er ging. Nik hielt ein Handtuch vors Gesicht, überall Blut. Und ich wusste natürlich, dass Ada und ihre Freundin das alles mitbekommen hatten. Ich hörte Ada weinen. Ich nahm sie in den Arm und sah, wie Lisa, Niks damalige Freundin, ihm das Blut abwischte. Dann kam mir dieser Gedanke: Diese hässliche Szene, diese sinnlose Brutalität vor den Augen meines Kindes, die hat etwas zu sagen. Waren wir schamlos, war es das? Das konnte es nicht sein, denn ich schämte mich abgrundtief. Mir standen Tränen der Scham in den Augen. Wir waren nicht schamlos, wir waren gedankenlos. In diesem Moment war unsere Sorglosigkeit in Gedankenlosigkeit umgeschlagen. Irgendwie hatten wir mit dem Älterwerden unsere unbeschwerte, unwiderstehliche Sorglosigkeit verwirkt. Nik hatte es vielleicht nicht mitbekommen, aber ich schon. Irgendwann war sie zu etwas ganz anderem verkrustet und das hatte uns kalt erwischt.

Nik hatte also Lebensmittelgutscheine beantragt. Natürlich wusste ich, und Nik genauso, dass es damit nicht getan war. Aber immerhin. Lebensmittelgutscheine, machen wir uns nichts vor, können eine Hilfe sein oder auch nicht.

Als ich mit Ada schwanger war, fragte man mich, ob ich WIC-Gutscheine wollte. (Ich habe vergessen, wofür WIC stand. Watsche in Couponform? Weicheier in Christo? Weniger inadequate Cheeseburger?) Man erklärte mir, bei meinem Einkommen hätte ich Anspruch auf prä- und postnatale WIC-Zusatzversorgung und WIC-Beihilfe zur ausreichenden Versorgung mit wichtigen Nährstoffen. Ich bezog sie sehr lange. Ich bekam dafür Käse und Saft und später, als Ada da war und ich feststellte, dass die Medikamente gegen meine postpartale Migräne das Stillen problematisch machten, griff ich auf WIC-Coupons zurück, um die extrem teure Babynahrung zu kaufen, die Ada brauchte. Ich war auf die Hilfe angewiesen. Aber die Coupons waren die Pest. Du musstest sie Monat für Monat persönlich abholen. Du konntest nur in die Supermärkte, die sie auch akzeptierten. Du konntest nur bestimmte Artikel damit kaufen. Und jeder in der Schlange an der Kasse sah, dass du damit bezahltest. Und du wusstest, dass alles, was du sonst noch kauftest (und bloß nicht Zigaretten, Bier oder einen armseligen Schokoriegel, Gott bewahre!), obwohl du mit eigenem Geld zahltest, von jedem einzelnen in der Schlange missbilligt wurde. Es musste nicht zwangsläufig so sein, war aber meistens so, und die Botschaft war überdeutlich. Ich fuhr immer den ganzen Weg bis zur Westside, um im dortigen Alberton's einzukaufen. Ich hatte einen Horror davor, Menschen zu begegnen, die ich kannte. Zuerst musste ich immer jemanden finden, der mir den abgeschlossenen Schrank mit der Babynahrung aufmachte. (Ich habe nie gefragt, warum Babynahrung in einem abgeschlossenen Schrank stehen musste. Ich wollte es nicht wissen.) Dann musste ich hilflos dabeistehen, wenn die Kassiererin seufzte, als ich ihr meine Coupons rüberschob – das Einlösen war eine umständliche Transaktion, die Unterschriften, Eingabe von Produktcodes und die Zustimmung des Filialleiters erforderte. Mehr als einmal fuhr ich durch die halbe Stadt, suchte mir die kürzeste Schlange, stellte mich ganz hinten an und gab diskret meine Coupons ab, um dann erleben zu müssen, wie die Kassiererin über Lautsprecher den Filialleiter rief und dann wartete, wodurch alle anderen aufgehalten wurden, während sie meine Coupons hochhielt.

Ich weiß noch, wie mich die Empfangshelferin bei meinem Arzt, als ich später über ein anderes staatliches Hilfsprogramm versichert war, das eine normale Versichertenkarte ausgab, der man nicht ansah, wer dafür bezahlte, fragte: »WIC, stimmt's?« Ich sagte nein und reichte ihr meine neue Versichertenkarte, worauf sie mit strahlendem Lächeln sagte: »Wie schön für Sie!« Ich erwiderte das Lächeln, was auch sonst? Mit den Lebensmittelmarken war also vielleicht nicht alles getan, es war aber immerhin etwas.

»Hast du wegen der Erwerbsunfähigkeit schon was unternommen?«

Er schüttelte den Kopf.

»Was? Hast du wenigstens gefragt?«

»Es dauert ewig und drei Tage, Erwerbsunfähigkeit durchzukriegen.«

»Du hast nicht mal gefragt, oder?«, sagte ich.

»Hab ich wohl.«

»Und was haben sie gesagt?«

»PAEOF soll SAAL.«

»Soll was?«

»Prinzipiell Arbeitsfähiger Erwachsener ohne Familienanhang soll sie am Arsch lecken.«

»Du musst das beantragen, du kannst doch echt nicht arbeiten.«

Nik nahm meine Hand und drückte sie. Ein feiner

Hauch von Bourbon wehte mich an. »Keine Angst. Ich krieg das schon in den Griff.«

»Wie, *wie* kriegst du das in den Griff?«, fragte ich. Ich presste die Lippen zusammen und schüttelte den Kopf.

»Wart's ab, ich krieg das geregelt.«

»Ich will dir mal eins sagen: Ich habe die Schnauze voll davon, wie du ›Sachen regelst‹. Du bekommst doch nie irgendwas geregelt. Du lebst in deiner Fantasiewelt, und ich kann für alles blechen. Am Schluss bin ich dann für alles zuständig. Für Mama, deine Miete, für jeden Scheißdreck. An mir bleibt alles hängen.«

Nik sah mich an, ohne zu lächeln. Ich wusste, ich würde es bereuen, doch ich funkelte ihn wütend an, ungerührt.

»Es geht einfach nicht. Nicht mehr. Ich kann nicht mehr.«

Ein breites Grinsen trat auf Niks Gesicht. »Heißt das, du machst Schluss mit mir?«

Ich seufzte.

»Weil noch nie jemand mit mir Schluss gemacht hat.« Er legte einen Arm um mich. »Schon klar, ich hab's kapiert. Du hast ja recht. Tut mir leid.« Ich brach in Tränen aus, aber das schockierte ihn nicht, denn ich weine ja ständig wegen irgendwas.

»Ich mach mir doch nur Sorgen, was in Zukunft werden soll. In der nahen Zukunft. Wir können uns doch nicht ewig wie Kinder benehmen.«

»Oh mein Gott, du hast recht! Wir sind jetzt die Großen! Heilige Scheiße, Dee Dee!«

Na schön, hatte er mich also dazu gebracht, über meine Sorgen, meine Ängste zu lachen. Aber es konnte und würde nicht so weitergehen. Es wurde härter. Es wurde zunehmend härter. Das Ganze war so viel anstrengender als früher. Für mich.

Ich messe den Abstand zwischen den Dingen. Ist das Gedächtnis nicht genau dazu da? Ist *das hier* nicht genau dazu da?

28. April

Dieser Tag, dieser völlig verkorkste Tag. Wo anfangen? Am Morgen natürlich. Der Anfang ist leicht erzählt – wir haben ja den Film, den Ada gedreht hat, ich muss meine eigene Erinnerung also gar nicht bemühen; ich habe die Aufnahmen.

Ada hatte nie vor, sich still aus dieser Dokumentation zurückzunehmen á la Maysles-Brüder. Sie wollte gar nicht so tun, als wäre der Film eine neutrale Abbildung der Realität. Sie würde sich einbringen und Fragen stellen. Schließlich war es ein Film über ihre Familie. Sie wollte mich beim Spazierengehen im Runyon Canyon filmen, aber das lehnte ich kategorisch ab. Ich bestand darauf, statischer Talking Head zu sein. Sie bauten die Kamera auf, Ada stellte ihre Fragen und brachte mich zum Reden. Stundenlang. Sie hatte Fragen, wusste aber noch nicht genau, wohin sie damit wollte. Sie sah den Dokumentarfilm als etwas Organisches und fand, dass eine authentische Erzählung erst am Schneidetisch entstand, knietief in Filmmaterial.

(An dieser Stelle – irgendwie – den Ausschnitt aus *Garageland*, der Film, einfügen.)

Vorläufig hier mein Gedächtnisprotokoll, soweit ich mich erinnere.

Ich saß auf einem Hocker. Statt vor der erbärmlichen Vorstadtspießerkulisse meines Häuschens wurde ich in einem leeren Raum vor einer von Niks Collagen gefilmt. Es war das Porträt von ihm, das aus allen 19 Covern von *The On-*

tology of Worth bestand. Dieses imposante Nik-Mosaik schwebte also über mir, aber es fehlte ein Steinchen – zur Zeit der Filmaufnahmen war *Volume 1* noch nicht veröffentlicht. (Als ich mir diesen Teil des Films einige Tage später noch mal ansah, erinnerte er mich an die Gehirnwäsche-Szene aus *Botschafter der Angst*, in der der Hauptdarsteller vor einer riesigen Spielkarte sitzt. Wie hieß er noch mal? Die Figur hieß Shawn. Aber der Schauspieler wollte mir nicht einfallen. Dann kam ich doch drauf, Laurence Harvey natürlich. Der hübsche, schwule Laurence Harvey. Oh, und so bin ich wieder auf seinen Namen gekommen: Laurence Harvey starb mit siebenundvierzig, ~~Selbstmord~~ Magenkrebs. Oder vertue ich mich da?)

ICH
Schön. Ist es okay, wenn ich dabei Kaffee trinke? Läuft die Kamera schon? Gut.

ADA (offscreen):
Erzähl mir doch zum Einstieg einfach, wie Nik mit den Chroniken angefangen hat, Ma. Und warum?

ICH
Richtig los ging das, glaube ich, so um '79 oder '80. Zu der gleichen Zeit löste er auch seine Band auf. 1979 war das letzte Jahr, in dem Nik tatsächlich zu einer Band gehörte. Das Jahr der großen Enttäuschung. Man darf wohl sagen, dass es keine große Überraschung war. Nik fakte das alles. Ich wusste es, er wusste es. Er hatte an Punk oder der Post-Punk-Szene, die da gerade explodierte, kein echtes Interesse. Zum einen war er zu alt dafür. Nik war fünfundzwanzig, und alle anderen waren siebzehn oder so. Er war ein Poser, wie wir damals sagten.

Ich trank einen Schluck Wasser. Eine Pause, um das Erinnern effektvoll in Szene zu setzen.

Es ist wichtig, zu verstehen, was sich damals abspielte. Nachdem es jahrelang tot gewesen war, hatte Los Angeles plötzlich wieder eine richtige Musikszene. Nik ließ sich die Haare superkurz schneiden. Er wusste, wie man sich verkaufte. Ohne den entsprechenden Look gab es keine Auftritte. Aber Nik beging da schon mit seinen Harmonien und Hooks längst Selbstverrat. Warum nicht? Die Sex Pistols und The Clash hatten auch Harmonien und Hooks. Na gut, man spuckte und warf mit Obszönitäten um sich, aber sonst war es auch kein so himmelweiter Unterschied zu den Beatles. Nur Solos waren absolut verboten. Keine wilden Eskapaden auf der Gitarre, keine Schlagzeugsolos, nichts Kompliziertes. Schön. Aber LA war nicht London. LA hatte die Eagles und Jackson Browne zu verantworten. LA hatte schwere Neurosen. Bei all dem schönen Sonnenschein und den langen Tagen gärte da eine tief sitzende, hässliche Wut. Die Stadt war aufgedunsen von Heroin und zugedröhntem Exzess. Es war eine schlecht vernähte, wulstig vernarbte Wut. Eine selbst gestochene, tintenblaue Entzündetes-Knasttattoo-Wut. Ich erkannte schlagartig, was diese Wut bedeutete. Ich liebte diese Wut, diesen käsig-teigigen, bräunungsfeindlichen Look, diese gewollte Hässlichkeit. Ich begriff, wie subversiv Hässlichkeit sein konnte. Wir hatten einen mörderischen Appetit auf alles Hässliche, Schreckliche und Deformierte.

ADA
Du warst also in die Punkszene aktiv?

ICH
Nicht so richtig. Zum einen war ich auch schon zu alt. Kurz darauf war ich ja schon schwanger mit dir. Nein – ich war eine Veteranin des Prä-Punk-LA. Wir gingen immer in Rodney's English Disco und ins Sugar Shack. Das war ein Club für Minderjährige. Wir schmissen auf dem Parkplatz immer Quaaludes ein, denn Alkohol war da drin verboten. In der Glitter-Szene – wir sprachen damals nicht von Glam, sondern nannten es Glitter – war gut aussehen das A und O. Man musste sexy aussehen. Du bist also achtzehn, auf Quaaludes und angezogen wie eine Nutte – ich muss wohl nicht lange erklären, dass es für junge Frauen oft zu mehr als unbefriedigenden Ergebnissen führte. Als ich einundzwanzig wurde, hatte ich von dem Ganzen schon die Nase voll.
Dann entdeckte ich Johnny Rotten. Ich las zum ersten Mal im *Melody Maker* und im *New Musical Express* über ihn. Ich kaufte mir die englischen Blätter bei Universal News auf der Las Palmas –

(Ada fügte später eine Aufnahme von Universal News ein, wie es heute aussieht. Es ist immer noch das Schild mit den blauen, serifenlosen Plastikbuchstaben auf angeschmuddeltem Beton.)

Darin las ich, dass die Sex Pistols im Fernsehen geflucht hatten. Dass sie die Queen beleidigt hatten. Dass sie sich Sicherheitsnadeln in die Ohrläppchen steckten. Dass sie auf dem Flughafen gekotzt hatten. Dass sie ihr Publikum beleidigt hatten, ihm gesagt hatten, dass es sich verarschen ließ. Aber was mich am meisten beeindruckte, war ein Interview mit Johnny Rotten. Er sagte, Rock and Roll wäre langweilig. Er sagte,

Sex wäre langweilig. Sie trugen Bondagehosen mit Reißverschlüssen, aber Bock darauf hatten sie keinen. Genau!, dachte ich. Nicht weil ich Sex tatsächlich langweilig fand, sondern weil ich wusste, dass es die Revolution war. Keiner außer uns Mädchen verstand wirklich, wie subversiv Johnny Rottens Anti-Sex-Haltung war. Das war so rotzig und zwingend in seinem Trotz, die perfekte Erwiderung auf alles: *langweilig.* Sogar SEX ödet uns an. Ich fragte mich, warum Rotten nicht auch noch das andere Rock-Klischee aufgriff und Drogen für langweilig erklärte. Aber trotzdem, bei Rock and Roll geht's zu neunzig Prozent um Sex, daher ist der Nihilismus von Rottens Aussage kaum zu toppen.

ADA
Red ruhig weiter, Mom. Wir können es später immer noch rausschneiden.

ICH
Okay, gut. Mir ging meine eigene lockere Haltung zum Sex da schon auf die Nerven. Ich sah Mädchen, die ihre eigenen T-Shirts machten (denn das Selbermachen war damals das Ding). Ich weiß noch, dass ein Mädchen sich *Nein, ich blas dir keinen* auf ein zerrissenes weißes T-Shirt gemalt hatte. Mädchen rasierten sich den halben Kopf wie Soo Catwoman aus dem Pistols-Umfeld. Mir gefiel sogar Nancy Spungen, die Freundin von Sid Vicious. Die hatte ein Gesicht wie eine Wunde. Ich liebte ihre große Fresse, ihre schwabbeligen Oberschenkel, ihren Graubrot-Teint.
Ich gehörte nicht wirklich zu irgendeiner Szene; ich hatte einen Job und so. Aber ich spazierte trotzdem in diversen Lagen schwarzer Klamotten voller Sicherheitsnadeln auf der Melrose herum, schwitzte wie in

der Sauna und hörte die Brentwood-Schnepfen kichern, während sie mit dem Kinn auf mich zeigten. Ich schaute auf die herab, wie wir alle. Und obwohl dieses Nancy-Hässlich unser Vorbild war, fanden wir selbst natürlich, dass wir richtig gut aussahen. Davor gibt es letztendlich kein Entkommen. Will sagen, wir wollten nicht wirklich hässlich aussehen, wir hatten nur diese sehr kontextuelle, spezielle Ästhetik, die kostbar war, weil sie nur von Eingeweihten verstanden wurde. Was kümmerten uns die, die es nicht kapierten? Natürlich kriegte man von uns immer noch Blowjobs, aber nur bestimmte Jungs, die richtigen Jungs. Die Jungs, die es kapiert hatten.

ADA
Okay, aber könntest du vielleicht noch mal auf Nik zurückkommen?

ICH
Stimmt, ich sollte auf Nik zurückkommen. Um diese Zeit rum gründete Nik seine Band The Fakes. Nik hatte die Befindlichkeit genau getroffen. Nik hatte genau den richtigen Look. Er war dazu geboren, käsig, dünn und linkisch auszusehen. Das Aussehen war nicht das Problem. Der Sound, tja, der war immer der Knackpunkt. Niks andere Band, die Demonics, hatte eine kleine Schar an Fans, sie machten so seltsame Tonexperimente. Oft verloren sie sich in lange, mäandernde Songs. Sie waren abseitig und dunkel. Niemand wusste sie einzuordnen.
Na jedenfalls erfand Nik die Fakes als Gegenpol zur Düsterkeit und Seltsamkeit der Demonics – die Fakes waren eine Nebenband, die dafür vorgesehen war, Powerpop zu spielen, ein Spaßprojekt. Sie kamen ge-

rade im richtigen Moment, in dem der Nihilismus der Punkszene sich erschöpft hatte und die Leute sich nach simplen Poprock-Harmonien und einem tanzbaren Beat sehnten, solange die Band nur NEU UND COOL aussah. Zu den Fakes konnten die Leute tanzen, und die Band wurde weitaus populärer als die unklassifizierbaren Demonics. Nik sah das mehr als Ulk. Er sah es als reines Kalkül.

ADA
Aber Niks Popsongs waren doch immer seine besten Sachen. Die anderen Projekte verlieren doch mit der Zeit, meinst du nicht auch?

ICH
Er sieht das anders. Aber ihm machte es Spaß, fröhliche Popsongs zu schreiben, und er war sehr gut da drin.

ADA
Was war mit den Fakes? Warum haben die bei dem Sound nicht den Durchbruch geschafft?

ICH
Tja, haben sie ja fast.

ADA
Was meinst du damit? Davon weiß ich ja gar nichts.

ICH
Ich hätte nicht davon anfangen sollen. Das ist eine lange, schmerzliche Geschichte.

ADA
Wieso habe ich davon noch nie was gehört? Was ist passiert?

ICH
Ich weiß nicht mal, was da gelaufen ist. Da musst du Nik fragen. Aber er wird nicht darüber reden wollen.

ADA
Na, kannst du mir nicht wenigstens erzählen, was du darüber weißt?

ICH
Kann ich nicht. Ich müsste raten. Du wirst schon ihn fragen müssen.

ADA
Ihr beide habt da nie drüber geredet?

ICH
Nie.

ADA
Das kann ich nicht glauben.

ICH
Es erschien mir irgendwie unhöflich. Als hätte es die Regeln zwischen uns verletzt. Wir sprechen nicht über alles. Vieles bleibt zwischen uns unausgesprochen. Wieso ist das so wichtig?

ADA
Ist es nicht; ich denke nur, es könnte vieles erklären.

ICH
Ich glaube nicht, dass es viel über Nik verraten würde. Kein bisschen. Ich glaube, du verstehst Nik nicht richtig. Der Durchbruch mit seiner Fake-Band? Ich glaub nicht, dass es ihm darauf ankam. Aber du kannst es natürlich so hinstellen, wenn du möchtest.

Ada sagte nichts. Sie starrte mich wütend an.

ICH
Es tut mir leid.

ADA
Schnitt.

Das war das Ende meines Interviews. Ich war wohl nicht besonders. Sie nahm ihr Zweimannteam und fuhr los zu Nik, um das Interview mit ihm zu machen. Tja, warten wir mal ab, was passiert, wenn sie versucht, ihn in ihr narratives Schema zu zwängen, ihre simplen Kausalzusammenhänge, ihre provozierten Reaktionen und filmischen Verkürzungen. Ihr »Schneiden wir später«. Versuch das mal bei Onkel Nik.

Ich werde nie wütend auf Ada, daher war dieses Gefühl neu für mich. Ich war wütend, das spürte ich. Ich verübelte ihr, alles wissen zu wollen. Um es dann irgendwie einzuordnen. Um die Wahrheit zu sagen, hatte ich mich, obwohl ich Nik nie darauf angesprochen habe, auch immer gefragt, was damals wirklich vorgegangen war.

Erste Anzeichen dafür, wohin die Reise ging, hatte ich bemerkt, als ich ihn bei den ersten drei Auftritten der Fakes beobachtete. Beim zweiten waren die ganzen kleinen Mädchen aufgetaucht. Die Teenies aus dem Valley. Es war, als hätte die Nachricht im Kleine-Mädchen-Untergrund die Runde gemacht. Der Raum vor der Bühne war ein Meer pogender kleiner Schnepfen mit Minirock und goldenem Minipli. Sie trugen knüppeldicken Eyeliner und schenkten den Jungs auf der Bühne ihre Liebe. Beim dritten Auftritt waren die Fakes ein Hit, eine Sensation, wenn auch auf sehr lokaler Ebene. Waren die Fakes durch eine Erwähnung auf KROQ so populär geworden? Ich erinnere mich nicht mehr an die Details. Und Nik redete nie darüber, mochte er noch so betrunken sein. Ich könnte vermutlich einfach in den Chroniken nachsehen, aber das wäre keine historisch korrekte Darstellung. Oder anders gesagt, es wäre die korrekte Darstellung von Niks Sicht der Dinge, die Geschichte, nachdem sie den Nik-o-lyzer durchlaufen hatte. Ich meine mich jedenfalls zu erinnern, dass zu diesem Zeitpunkt einer der pestbringenden Pop-Impresarios in Niks Leben trat. Lee »Lux« Smith hatte sich schon lange am Rande der diversen Musikszenen von Los Angeles herumgedrückt. Ich habe seine Aktivitäten quasi über die Jahre beobachtet. Er tauchte dauernd irgendwo am Rande auf und hatte seine ekligen Flossen immer in irgendeiner Anthologie oder Dokumentation mit drin. Seine Mutter war eine berühmte Schauspielerin – er hatte sein Hauptquartier in ihrem gigantischen Anwesen in Laurel Canyon. Ihm haftete der Geruch des Bonzenkindes an; er fuhr ein schneeweißes 1966er Mustang-Cabrio.

Lee hatte als Songwriter angefangen. Er schrieb in den Sechzigern ein paar Hitsingles für eine Noveltyband, die sich The Ginger Jangles nannte (ja, alles Rothaarige). Danach hängte er sich an mehrere kleinere Acts. Unter anderem ein junges Mädchen mit hauchzartem Stimmchen, das sich als Südstaatenengel à la Emmylou Harris/Gram Parsons versuchte. Sie hatte langes, indianerglattes schwarzes Haar und sang ihren Country-Pop ohne Pedal Steel Guitar oder andere allzu aufdringliche Country-

Marker. Sie hatte ein paar kleinere Erfolge und verschwand dann schnell wieder in der Versenkung. Dann gab's da Lux' anderen Protegé, einen unangenehm gut aussehenden kanadischen Sänger, der zu akustischer Begleitung belehrende Politsongs plärrte. Lux modelte ihn zu einem irgendwie überglammigen Superstar um und verschaffte ihm in kürzester Zeit einen Plattendeal. Lux fädelte irgendwie ein, dass sie ein Schweinegeld in die LP steckten, und auf dem Debütalbum waren diese ganzen opulenten, traumhaft produzierten Nummern. Es wurde ein unglaublicher Hype um ihn veranstaltet, er guckte einen von Plakatwänden an und schien bei einfach jedem im Vorprogramm aufzutreten. Aber der Hype vertrug sich nie mit seiner nach wie vor ernsthaften Vortragsweise. Vielleicht sah er auch einfach zu gut aus, oder das Timing war schlecht. Seine erste und letzte Platte ging spurlos unter. Man findet sie auf eBay noch für unverschämte Summen, falls man Obskuritäten sammelt. Beziehungsweise Artefakte von Menschen, die sich verkauft haben, ohne das Geringste davon zu haben. Aber das klingt wie ein scheußliches, bösartiges Sammelgebiet.

Man fragt sich, zumindest ich frage mich, was aus diesen Leuten eigentlich geworden ist. Nicht die One-Hit-Wonders, sondern die No-Hit-Wonders? Diese Menschen aus Fleisch und Blut, die plattgefahren am Straßenrand zurückblieben, während Figuren wie Lee Lux mit Bleifuß weiterfuhren. Ich kann mir lebhaft die vielen ausbleibenden Rückrufe vorstellen. All die Jahre, in denen eine zweite Chance zum Greifen nah zu sein scheint. Aber was dann? Ich muss mich das natürlich fragen, weil Nik in gewisser Weise auch so ein Mensch ist. Ohne Zweifel fragt sich irgendwo irgendwer, was aus Nik, dem Plattgefahrenen, geworden ist. Aber es tut mir wirklich weh, in solchen Kategorien von ihm zu denken. Mir graust bei dem

Gedanken, ihn als Fußnote einer noch zu drehenden Dokumentation über Lee Lux Smith zu sehen. Was einer der Gründe ist, warum ich Adas Idee mit dem Dokumentarfilm gar nicht so schlecht fand, obwohl ich nur widerwillig mitwirkte. Ich wollte wirklich nicht, dass immer nur aalglatte Opportunisten, Menschen, die anderer Leute Leben ausschlachten, alle Geschichten erzählten.

Nachdem Lee Lux es mit dem Singer-Songwriter nicht gepackt hatte, ließ er verkünden, er sei auf der Suche nach neuen Talenten.

Die Fakes waren nicht unbedingt die idealen Kandidaten für Lux. Aber er wollte egal wie in die neue Szene rein. Und eins muss ich zugeben – Lux erkannte sehr genau, wie gut Nik war und wie hundertprozentig die Fakes dem Zeitgeist entsprachen. Ich erinnere mich, wie ich ihn einmal backstage ankommen sah. Er muss da so Mitte dreißig gewesen sein – für mich sah er einfach alt aus. Er trug ein Sportsakko über einem T-Shirt. Er krempelte die Ärmel des Sakkos ein Stückchen hoch, was wohl sein Zugeständnis an den Zeitgeist war – Zugeständnisse an den Zeitgeist waren nun mal sein Ding. Aber er wirkte trotzdem deplatziert mit seinem unentschlossenen Haarschnitt, vorne kurz und hinten lang, mit seiner kernigen, attraktiven Kinnpartie und diesem Lächeln, das »begütert und wichtig« sagte. Ich beobachtete, wie er freundschaftlich einen Arm um Nik legte und ihm etwas zuflüsterte. Schon konspirierte er, natürlich auf Niks Seite. Er hatte Ahnung, er konnte sich im Verlauf eines einzigen Gesprächs als unentbehrlich verkaufen. Nik winkte mich hinzu. Ich erinnere mich noch genau, wie alles ablief.

»Dee Dee, das hier ist Lux.« Nik nannte mich damals immer Dee Dee. Denise hieß ich nur in ernsten Momenten und für meine Mutter. Ich reichte ihm meine Hand mit einem provozierend-sarkastischen Zwinkern. Mit einundzwanzig hatte ich mir irgendwie das Auftreten einer Drag-Queen zugelegt. Es war meine Version von Punk. Er küsste mir die Hand, und ich machte einen Knicks.

»Aber hallo, warum ist denn dieses Geschöpf nicht in der Band? Du kannst doch bestimmt hinter einem Keyboard stehen, oder, Darling?«, sagte Lee. Mein Gott, war das ein schamloser Schleimer. Er war so abgeschmackt, dass es schon fast wieder was hatte. Fast, aber null, um genau zu sein. Von nahem sah ich, dass er den Mund voller blendend weißer, gerader Zähne hatte. Die hat er von seiner Mutter, musste ich denken. So ist das bei diesen Leuten. Sie sind ziemlich charmant, und so oberflächlich es klingt, jeder mag schöne Zähne. (Noch etwas, das an den Sex Pistols und englischen Punks wahrhaft subversiv war: schlechte Zähne. Schlechte Gerüche, schlechte Zähne, schlechte Haut – das war der Stoff, aus dem man Revolutionen machte. Es hielt sich nicht lange als ästhetisches Ideal. Aber war es für diesen kurzen Moment nicht faszinierend?)

Nik und ich fuhren mit Lux zum Hamburger Hamlet auf dem Sunset Boulevard. Der Rest der Band war herzlich ausgeladen. Ich denke, schon daran hätte man sehen können, dass dieser Typ nichts als Ärger bedeutete. Andererseits wussten wir ja bereits, dass er Unglück bedeutete. Jeder wusste es – daher war man gewappnet. Aber Lee instrumentalisierte seinen schlechten Ruf und nutzte ihn zu seinem Vorteil.

Er sagte: »Ihr kennt mich. Jeder kennt mich. Ich bin der König der Opportunisten. Ich bin der ruchlose, menschenfressende Starmacher. Wer nicht für mich ist, ist gegen mich, und dann geht er mir besser aus dem Weg.«

Wir alle lachten.

Er sagte: »Ihr könnt nett sein. Ich der Schurke. Ich hab

keinerlei Skrupel zu tun, was notwendig ist. Ich bin ein Hai, ein Piranha.«

Nik rauchte Kette. Er sagte kein Wort, hörte aber zu. Ich nippte an einer Cola. Lux aß einen Hamburger. Er sagte: »Verrat mir, was du dir für dich selbst vorstellst. Wo möchtest du in zwei Jahren sein?« Er schob die Pommes von seinem Burger weg und ignorierte sie. Nik legte den Kopf müßig in seine Hand und ließ den Blick durchs Restaurant schweifen. Er sagte nichts, dann lachte er. »Im Ernst«, sagte Lux.

Nik zuckte die Schultern. Er meinte: »Weißt du, die Fakes sind nur ein Gag. Ich hab viel bessere Sachen als die Fakes.« Lee nickte. Er hatte seinen Burger bis auf den letzten Krümel verputzt. Ich beobachtete ihn ganz genau – ich aß zu dieser Zeit praktisch nichts. Ich wollte wie ein Skelett aussehen. Aber es faszinierte mich, anderen Menschen beim Essen zuzusehen.

Lee sagte: »Der Sound ist prima. Der Sound gefällt mir, so wie er ist. Er ist perfekt. Aber vielleicht braucht ihr nicht unbedingt den zynischen Bandnamen …«

Nik lachte erneut. »Zu zynisch?«, fragte er. »Welchen Namen würdest du denn vorschlagen?«

Lee gab auf und schob sich doch noch zwei Fritten in den Mund. »Ich weiß nicht. Vielleicht The Real? Oder The True?«

Nik schüttelte den Kopf. »Nope.«

Jetzt stopfte Lee sich die Pommes ins Gesicht. »Gut, muss ja nicht sein, aber mit The Real, sagen wir mal, kann das für die New Waver ironisch und für alle anderen ernst gemeint sein. Da kannst du beides haben. Wenn man Erfolg haben will, muss man es so machen, dass eine Sache auf ganz vielen Ebenen für ganz viele Leute funktioniert.« Nik schwieg, aber ich sah, dass er es in Betracht zog. Wir lösten das Meeting auf, ich mit dem sicheren Gefühl, Nik würde sich nicht mit Lux einlassen. Und er änderte den Bandnamen auch nicht, so weit hatte ich recht. Aber damit war es nicht vorbei. Lee Lux blieb an ihm dran. Er arrangierte Sachen für die Fakes, ohne dass Nik ihn darum gebeten hatte. Er arbeitete an seiner Unentbehrlichkeit. Vielleicht war Niks Ambivalenz eine Art Einverständnis. Vielleicht gab es auch eine formellere Abmachung zwischen ihnen. Ich weiß es wirklich nicht. Aber ich weiß, dass Lux am Ball blieb und sich eine Weile ganz auf die Fakes konzentrierte. Er hatte seine Finger definitiv in dem Plattendeal, der Nik im Sommer 1979 angeboten wurde.

Okay, das Komische ist, ich weiß wirklich nicht genau, was schiefgelaufen ist. Ich habe Ada nicht belogen. Nik hat es weder mir noch sonst wem je erklärt. Es ging jedenfalls um einen Deal mit einem richtig großen Label, Sire, auf dem auch Blondie waren. Es war sogar ein zweites Label im Gespräch. Und alles platzte. Sie waren kurz davor gewesen, aber eine andere Band aus LA, die Dickies möglicherweise, hatte auf einem »richtigen« Label eine Platte rausgebracht, und die war gefloppt. Vielleicht spielte das mit eine Rolle. Aber ich denke auch – oder ich weiß es vielmehr –, dass Lux, als klar war, dass Nik nicht mit ihm gemeinsame Sache machen wollte, mit dazu beitrug, dass alles platzte. Lux war der Strippenzieher, und als Nik ihm dann sagte, er solle sich verpissen, wird Lux wohl quergeschossen haben. Danach hatte Nik einen Makel weg und kein Independent-Label wollte ihn mehr haben. Es stimmte also, was Lux gesagt hatte – wer nicht für mich ist, und so weiter. Nach diesem Einschnitt änderte Nik sein Leben. Ada hatte also in gewisser Hinsicht recht. Diese Zeit, 1979–80, war ein Wendepunkt.

Er löste die Fakes auf. Er löste auch die Demonics auf. Er ging von heute auf morgen nicht mehr aus. Ich sah ihn monatelang nicht. Ich lebte damals noch zu Hause – Ada war gerade geboren, und Mom unterstützte mich. Nik war in die Wohnung über der Garage in Topanga Canyon gezogen. Ich hörte nichts von ihm. Ich rief ein paarmal bei ihm an und redete mit ihm. Ich hielt ihn einfach für depressiv. Er machte diese Phase durch, in der dir klar wird, dass sich die Träume deiner Jugend nicht erfüllen werden. Ich machte gerade eine ganz ähnliche Phase durch und arrangierte mich mit meiner neuen Verantwortung. All das war normal. Und natürlich dachte ich, Nik würde darüber hinwegkommen.

Dann eines Tages ein Anruf. Nik wollte, dass ich rüberkam und mir sein neues Album anhörte. Mir war völlig neu, dass es eins gab, meine ich. Aber er hatte die ganze Zeit über ein Soloalbum produziert. Ganz in Eigenleistung, mit seinem Vier-Spur-Gerät. Es ist eine Wahnsinnsplatte, introspektiv und mit diesen schlichten, zurückgenommenen Mehrspur-Harmonien. Als ich es mir in seiner Wohnung anhörte, war ich tief bewegt. Dann fragte er: »Willst du mal die Kritiken lesen?«

Ich sagte: »Äh, na sicher.« Er holte die Chroniken raus. Einen Vorläufer der Chroniken hatte er schon vor Jahren angelegt. Das war allerdings eher eine Sammelmappe über Niks reales Leben. Seines Musikerlebens, denn ein anderes hatte er nicht. Er klebte dort Flyer von Konzerten rein, Fotos, Kurzmeldungen aus den Zeitungen, solche Sachen eben. Dazu legte er Seiten, die über seine neuen Platten informierten und genaue Tracklists. Er produzierte schon seit Jahren seine eigenen Platten. Aber es war das erste Mal, dass Nik den Chroniken eine erfundene Besprechung hinzufügte.

LA WEEKLY, 1. August 1981
Nik Worth mit Soloalbum
Von Stiv Stereo

Nik Worths brillante Postpunk-Band The Fakes landete dieses Jahr einen großen Überraschungserfolg mit ihrem Debütalbum *Here Come Your Fakes*. Nik Worth, ihr lakonischer Frontmann, hat nun unmittelbar nach diesem Durchbruch ein Soloalbum mit dem Titel *Meet Me at the Movies* nachgelegt. Diese Platte, von Worth ganz allein in seinem Home Studio eingespielt, ist nun von ganz anderem Kaliber. Während einen der überschäumende Powerpop einer Single wie »Gold Girls« (von *Here Come Your Fakes*) unwiderstehlich auf die Tanzfläche zog, hat Worth bei seinem Solodebüt dunklere, experimentellere Dinge im Sinn. Er führt akustische Songfragmente ein, gedämpft bis elegisch, und leitet sie dann über in andere, komplexere Songs wie »Take Me Back« oder »Sweep Song«. Gegen Ende der Platte gibt es sogar noch eine Instrumentalversion des wunderschönen »Sweep Song« mit dem Titel »Singalong Sweep Song«. Der Songzyklus, wenn man es so nennen will, scheint zwischen Stille und Intensität zu schwanken und kulminiert dann in etwas, das man nur als klassische Powerballade bezeichnen kann: »(I'll Wait) All of my Life«. Der Song ist ein Instantklassiker, ein Song von der Sorte, die heute niemand mehr schreibt. Er baut sich langsam auf, ein ruhiges Intro auf der Eingangsstrophe, dann ein anschwellendes, dominierendes Riff und schließlich ein zurückgenommenes, aber nicht wegzuleugnendes Gitarrensolo, das die Power nach Hause fährt. Werden die Fans der Fakes diese Rückkehr zu den langsameren Tagen des Pop zu schätzen wissen? Wenn ich mir diesen dezidiert grüblerischen Worth auf dem großartigen Coverfoto anschaue und das Booklet, das sich jeder Sentimentalität enthält, bin ich sicher, das werden sie. Ein –

Ich hatte noch keine Ahnung, wie aufwendig und komplex diese neue Phase werden würde. Er nahm immer mehr Platten auf und schrieb dann darüber in den Chroniken. Manchmal waren es positive Besprechungen. Manchmal Verrisse. Von diesem Zeitpunkt an tat sich eine immer weitere Schere zwischen seinem wahren Leben und dem in den Chroniken dokumentierten auf.

Nach den Filmaufnahmen verbrachte ich den Nachmittag bei meiner Mutter. Dankenswerterweise verlief er ohne Zwischenfälle. Als ich aufbrechen wollte, erzählte sie mir, Nik sei zu Besuch gewesen. Ich fand es seltsam, dass er sie besuchte, ohne mir etwas davon zu sagen.

Ich stieg ins Auto. Ich konnte es kaum erwarten, nach Hause und in meinen Bademantel zu kommen, zu Abend zu essen und irgendwas Stupides im Fernsehen zu gucken. Es war gut, dass er sie besuchte, ohne dass ich es arrangieren musste. Normalerweise musste ich ihn dazu drängen. Er vermied es, abgesehen von Feiertagen und Geburtstagen. Er sagte dann immer, wie schwierig es für ihn sei, sie »so zu sehen«. *Besonders* für jemandem wie ihn, irgendwie. Ich wusste, wie er es vor sich rechtfertigte: Er meinte, dass es ihn mehr koste als mich, Mom »so zu sehen«. »Seien wir doch ehrlich, im Kümmern bist du einfach besser als ich«, sagte er. Als wäre das so was wie ein Kompliment. Ich knurrte beim Fahren vor mich hin. Ja, der ist ja so scheißsensibel, und ich bin so stark. Na klar, was könnte mich schon überfordern? Das eigentliche Ärgernis war natürlich, dass meine Mutter Nik vergötterte.

Sie beschwerte sich nie darüber, dass er sie nicht besuchte, denn selbst in ihrem geschwächten Zustand nahm sie ihn noch in Schutz. Sie liebte mich, durchaus, und ließ mich für sie sorgen, aber sie vergötterte Nik und hätschelte ihn immer noch. Beim Blick in den Rückspiegel sah ich etwas überaus Unschmeichelhaftes. Ich zeigte mir selbst die Zähne und machte tatsächlich »Grrr«. Es machte meine innere Regung nicht unbedingt freundlicher, aber verwandelte mein Selbstmitleid in Selbstekel, und das war irgendwie besser so.

Ich kam erschöpft und halb verhungert zu Hause an. Ich richtete mir Salat an. Ich brach mir einen Kanten Brot ab und balancierte ihn auf dem Tellerrand. Ich schenkte mir ein Glas Wein ein. Es war dunkel und still. Ich schaltete den Fernseher ein, um zu sehen, was in der wirklichen Welt passierte.

Hüllenbruch Nr. 5

Sie zeigten nur das eine Foto. Der Mann, der auf der Kiste steht. Ja, dieses Bild. Mit der seltsamen KKK-Silhouette mit der spitzen Kapuze. Mit dieser Imitatio-Christi-Pose. Dann fielen mir die Drähte an seinen Händen auf, die nackten Füße. Ich glotzte wie betäubt und hörte vage mit, was im Hintergrund gesagt wurde – es fiel die Vokabel *schockierend*, sie rangen noch um den richtigen Tonfall. Diesmal fiel es leicht, den Liveticker zu ignorieren, der am unteren Bildrand entlanglief. Irgendwann landete ich am Computer, auf der Seite eines Nachrichtenmagazins. Die Bilderstrecke umfasste elf Fotos.

Zuerst konnte ich nur die Körper vor dem Beton und dem Plastik erkennen. Dann die Leute mit den hellblauen Gummihandschuhen und Khakiuniformen. Mich überkam eine animalische Furcht, eine leichte Übelkeit wie bei einem medizinischen Experiment, bei dem sich vertraute Objekte verdrehen und verzerren.

Ich betrachtete diese nackten Körper. Mit den Plastikkapuzen über dem Kopf sahen sie alle gleich aus: ganz gewöhnliche menschliche Leiber, zerbrechlich an Knien, Knöcheln und Handgelenken. Ihre staubigen nackten Füße versuchten krampfhaft, die Posen zu halten. Die Haut war blass im Powershot- oder Sureshot-Blitzlicht. Die Genitalien waren von der Redaktion verpixelt worden. Aber die Gesichter der Soldatinnen und Soldaten waren klar zu erkennen. Sie sahen jung aus. Gleichgültig und etwas gelangweilt. Die Flure und Zellen waren aus Beton mit einem Hochglanzanstrich in Behördenbeige oder -gelb. Die Reflektion des Blitzlichts ließ die Wände strahlen. Der Fußboden sah nass aus, als sei Feuchtigkeit ausgelaufen. Die nackten Männer lagen dort oder waren dort hingelegt worden. Wie sollte ich mit diesen Bildern umgehen?

Ich schaute weiter. Aber obwohl ich die krasse Anstößigkeit daran wahrnahm, obwohl mein Herz zu hämmern begann und mein Mund trocken wurde – die rein vegetative Panikreaktion meines Nervensystems, irgendein fundamentaler Selbstschutzmechanismus –, war meine Reaktion einfach das: Abscheu. Davon abgesehen, beschäftigte es mich nur rein intellektuell, nicht emotional. Diese Sache traf mich im Magen und im Kopf. Emotional wusste ich nicht, wohin damit.

Ich klickte weiter.

Irgendetwas ließ mich nicht los. Es waren nicht die Opfer, maskiert daliegenden nackten Männer. Das hatte man schon gesehen. Es waren diese jungen Soldaten. Ich sah – ich kam sehr schnell darauf –, dass die Soldaten diese Fotos inszeniert hatten. Das waren keine heimlich entstandenen Aufnahmen, das war eine kleine Show, die sie auf die Beine gestellt hatten. Vor allem eine Soldatin sah man immer wieder, eine kleine, junge Frau, die lächelnd für die Kamera posierte. Ihre gute Laune inmitten dieser gesichtslosen Körper stach ohne Frage aus dem allgemeinen Spektakel heraus. Sich diese Fotos anzusehen war beinahe zu viel, aber ich begann es im Gesicht dieses Mädchens zu verorten und zu erfühlen.

10. Mai auf den Morgen des 11. Mai

Die ganze letzte Woche ließ ich die Nachrichten laufen, wann immer ich zu Hause war. Ich dachte kaum noch an mein eigenes Leben. Die Story verschwand nicht wieder – sie schien erst richtig anzulaufen, schien immer schlimmer zu werden. Ich verfolgte die Berichterstattung genau, was der Generalmajor sagte, was der Verteidigungsminister sagte. Der Präsident sprach von »schändlichen und abstoßenden Taten«. Gleichzeitig klapperte ich per Internet den Rest der Welt ab. Ich besuchte Seiten in Jordanien und den Vereinigten Emiraten, Seiten mit arabischer Schrift, die ich nicht lesen konnte, aber mit zahllosen Fotos, die ich mir ansehen konnte. Man entkam ihnen nicht.

Als ich zu Bett ging, konnte ich vor Übermüdung nicht einschlafen. Ich machte den Fernseher wieder an. Ich zappte durch die Late-Night-Shows. Leute machten Witze über die jungen Frauen auf den Fotos, speziell dieses lächelnde Mädchen mit dem erhobenem Daumen, das auf die nackten, maskierten Gefangenen zeigt. Sie war allgegenwärtig.

Ich versuchte sie mir vorzustellen, wie sie in West Virginia heranwuchs. Als nicht gerade viel geliebtes Mädchen in einem Trailerpark heranwuchs. Ich sah den schlechten

Sex in zu jungem Alter nach dem Konsum von billigem Bier. Ich sah den Beratungslehrer an der Highschool und die trostlosen Zukunftsperspektiven. Dann den Anwerbeoffizier und die Chance, da rauszukommen. Man geht entweder zum Militär oder bleibt zu Hause und wird schwanger. Da wäre ich wohl auch zum Militär gegangen. Aber was dann? Ich will über diese junge Frau nicht weiter nachdenken, aber eins wollte ich wissen – nach dem Drecks-Sex, der Scheiß-Schule und dem Rekrutierungsoffizier, was war da mit ihr passiert?

Die Geschichte dieser Fotos und dieses Mädchens war momentan der Aufmacher schlechthin. Aber ich wusste, dass sie und die gesamte Story wieder in den Hintergrund treten würde, auch wenn es ein Wahljahr war. Der Präsident hatte bereits den Stab über sie gebrochen, wichtige Persönlichkeiten hatten Klartext geredet, und die Soldatinnen und Soldaten würden als die perversen Querschläger abgeurteilt werden, die wir alle zu Recht in ihnen erkannten. Doch auch wenn dem so war – und man musste sich schon schwer etwas vormachen, um darin nicht die klassischen Elemente eines viel größeren Bildes zu erkennen –, bedeutete es noch lange nicht das, was sie gern hätten.

Ich schaltete durch die Sender. Ich blieb bei einer Krimiserie hängen. Meine Augen brannten vom Schlafmangel, aber meine Gedanken machten wilde Sprünge, und ich hatte nur die eine Hoffnung, dass diese Serie mich auf dem Sofa so ins Koma langweilen würde, dass ich endlich den Fernseher ausmachen und einschlafen konnte.

Aber ganz egal, was ich mir anschaute, ich bekam die junge Soldatin nicht aus dem Kopf. Ich wurde nicht schlau aus ihr. Sie entzog sich jeder Erklärung. Wollte sie nur dazugehören und Härte zeigen? Hatte man ihr befohlen, das zu tun, und wenn nicht, dann ...? War sie einfach dumm, das gestörte, asoziale Produkt von Alkohol in der Schwangerschaft und Mangelernährung als Kleinkind? Ich brachte nur eine klischeehafte Vorstellung von ihr zustande, zu beliebig, um irgendetwas auszusagen. Es war nicht allein ihr Lächeln, das einem zusetzte, es war das Tautologische, das Fotografierbedürfnis, und diese locker-lässige Gefühllosigkeit. Die Porno-Ästhetik, der diese Leute verfielen, und was es über das Leben aussagte, das sie geführt hatten. Warten, nichtssagendes Gerede, warten. (Mais aus der Konservendose. Pickel und blaue Flecken auf teigiger Haut. Die unguten Gerüche beengter Verhältnisse und der schwache Trost einer weiteren Zigarette. Aber dennoch.)

Dann las ich irgendwo, in irgendeinem Blog oder auf der Website einer Zeitung, dass diese junge Frau, diese überall verschriene Soldatin der United States Army, so gerne Sturmjägerin geworden wäre. Sie träumte davon, Tornados hinterherzufahren und Orkane zu filmen, wenn sie die Küste erreichen. Ich dämmerte langsam weg, die Wendung *auf die Küste treffen* wirkte entlastend, und ich mochte den Klang und die Anmutung der Wörter *Orkan* und *Tornado*. Sie schrumpften die Welt wieder auf ein menschliches Format, und ich war endlich so gut wie eingeschlafen –

Dann traf es mich wie ein Blitz. Mir war plötzlich alles klar, und diese Klarheit fegte Orkane, Tornados, schreckliche Fotos und jeden Gedanken an Schlaf sofort aus meinem Kopf. Natürlich: Niks Gesundheitszustand, Tommys Tod, der Besuch bei unserer Mutter. Der hypergeordnete Zustand seiner Wohnung. Und dass das letzte der zwanzig Alben der *Ontology of Worth* fertiggestellt war und zu seinem bevorstehenden fünfzigsten Geburtstag veröffentlicht werden sollte. *Ich krieg das geregelt.*

Ich setzte mich auf. Ich wusste, was er vorhatte, und zwar mit absoluter Gewissheit.

Wie konnte ich so begriffsstutzig sein? So gedankenlos? Ich schaute auf meine Uhr: 3:58. Um diese Uhrzeit konnte ich ihn nicht anrufen. Am nächsten Morgen, nach ein paar kurzen Stunden Schlaf, trank ich Kaffee und überlegte, was ich tun sollte. Ich schaute in meine E-Mails. Ich rief Nik an und sagte ihm, dass ich nach der Arbeit rüberkommen wollte. Er meinte, er müsste den Abend Theke machen, und ich könnte ihn ja in der Bar besuchen.

11. Mai

Nik hörte mich nicht reinkommen. Er saß auf einem Barhocker. Er war über ein Taschenbuch auf der Theke gebeugt, das er mit gespreizten Fingern offen hielt. In der anderen Hand hatte er eine Zigarette. Ich blieb stehen und betrachtete ihn für eine Sekunde, meinen großen Bruder. Das Haar hing ihm in die Augen. Er hatte die Stirn leicht gerunzelt und zog an der Zigarette. Er drückte die Zigarette in einem Aschenbecher aus, drehte das Buch um, so dass ich den Titel sehen konnte (Hermann Hesses *Glasperlenspiel*), ließ die Schultern kreisen und drehte den Kopf von rechts nach links. Schließlich sah er mich.

»Hey!«, rief ich. Er winkte mich zu sich.

»Hey, du«, sagte er, und ich beugte mich über die Theke und küsste ihn. Ich roch Zigaretten, war ja klar, und einen leichten Zitronenduft, der von seinem Shampoo oder Haargel kommen musste. Kein Bourbon diesmal. Weder er noch ich würden unseren letzten Streit erwähnen. Hauptsächlich, weil unsere Streitereien so aussahen, dass ich wegen irgendwas ausflippte und er mich beschwichtigte, bis mein Ärger sich verzogen hatte. Das war so zwischen uns, immer schon. Er holte eine Flasche von dem malzigen Bier, das ich immer trinke, wenn ich hier bin. Ich nickte. Jede seiner Gesten wirkte in ihrer Bedeutung zumindest ominös, wenn nicht geradezu kryptisch.

»Bin froh, dich zu sehen. Es ist tot heute, und ich schlaf hier beinahe ein.« Er drehte sich zur Stereoanlage um und drückte einen neuen Song. Es war ein ultravertrauter Sixties-Rhythm-and-Blues, sehr viel mehr Rhythm als Blues allerdings. Die Art von Musik, die dich gegen deinen Willen zur Bewegung zwingt, als würde sie irgendein archaisches Bedürfnis nach Beat und Wiederholung bedienen. Für mich genau das Falsche in diesem Moment.

»Kannst du das mal leiser machen? Ein bisschen?«

Nik zuckte die Achseln und machte leiser.

»Was ist los?«

»Nichts«, sagte ich fröhlich. Ich schaute in seine Augen. Sie verrieten nichts. »Wie geht es dir? Was macht dein Fuß?«

»Alles okay, ganz gut sogar«, sagte er. Nik lächelte. Wenn man bedachte, wie sporadisch unsere Zahnarztbesuche als Kinder gewesen waren und wie leidenschaftlich er rauchte, hatte er überraschend weiße Zähne, und sein Lächeln ließ ihn beinahe jungenhaft wirken. Meine Zähne sind ganz okay, aber ich habe ein verkniffenes Mündchen und ein streng horizontales Lächeln, das meine Lippen dünn wie Messerklingen macht und meine Augenlider zu kleinen Hautkissen zusammendrückt. Ich habe mich oft gefragt, wie es wohl wäre, mit einem breiten Nik-Strahlen durchs Leben zu gehen. »Was ist?«, fragte er.

»Ich hab nur so was angedacht, ich hab da so eine Idee«, sagte ich.

»Die wäre?«

»Vielleicht könntest du ... ich glaube, ich könnte ein bisschen Hilfe beim Abzahlen meiner Hypothek brauchen«, sagte ich.

»Ach ja?«

»Ja, ich muss mir einen Mitbewohner suchen«, erklärte ich.

»Einen Mitbewohner? Echt? Wie wär's mit Thomas Kinkade?«, fragte Nik, der jetzt grinsen musste. Ich schüttelte den Kopf.

»Jay und ich werden nicht so bald zusammenziehen. Bloß nicht! Ich kenne ihn doch erst so kurz, hör auf«, protestierte ich. Ich nahm einen kräftigen Schluck Bier. Ausgeschlossen, dass er anbeißen oder mir die Sache leicht machen würde, aber ich musste es zumindest versuchen. »Mir ist eingefallen, dass du Probleme hast, deine Miete zusammenzukriegen. Da könntest du doch bei mir einziehen. Du könntest das Gästezimmer haben und in der Garage dein Studio einrichten.« So, nun hatte ich es angeboten. Es war machbar – ich hatte ein Gästezimmer, das ich praktisch nie benutzte.

Nik schüttelte den Kopf und lächelte wieder, aber diesmal war es eins seiner von einem hörbaren Seufzer begleiteten Aua-Lächeln, das eindeutig sagte: *Sonst geht's dir noch gut, was?* Ich schaute mich im Raum um. Bis auf uns war niemand in der Bar. Es war noch früh. Er schlenkerte mit seiner Hand.

»Was?«

»Oh Gott, ich will nicht mit dir zusammenwohnen. Soll das ein Witz sein? Du machst mir echt Spaß. Und du willst genauso wenig mit mir zusammenwohnen, glaub mir.« Womit er vollkommen recht hatte, ich wollte nicht, dass er in meinem Haus rauchte oder da war, wenn ich von der Arbeit kam. Ich wollte nicht, dass er dauernd Musik laufen ließ, und ich wollte nicht mitbekommen, wie viel er tatsächlich trank. Ich hatte mit Nik keine Wohnung mehr geteilt, seit ich siebzehn war. Ich hatte nicht die leiseste Vorstellung, wie er wirklich war, von seiner Zahnpasta, seinem Kaffee und seiner schmutzigen Wäsche. Aber.

»Na ja, ich könnte die Gesellschaft und die Hilfe brauchen. Also denk mal drüber nach. Mir zuliebe.« Nik tätschelte mir den Kopf wie einer Schwachsinnigen. Er holte eine neue Flasche Bier und schwenkte sie vor mir. Ich schüttelte den Kopf. Ich setzte mich und knibbelte am Etikett meiner fast leeren Flasche. Ich konnte noch nicht weg. Er dachte, ich wäre einsam, dass es im Grunde darum ginge, und ich merkte, dass er Mitleid mit mir hatte, auch wenn er nichts sagte. Er lächelte mich an, und es spiegelte sein spezielles, zögerndes Schwester-Mitleid. Meine wahren Motive hatte er nicht erraten. Noch nicht.

»Ist Ada bald wieder in der Stadt?«

»Ada kommt dieses Wochenende«, sagte ich.

»Dann wird sie wohl einen Filmstar aus mir machen, was?«

»Ja, ja. Genau. Das ist in der Mache. Was hältst du denn von dem Ganzen?«

Er zuckte die Achseln. »Mir soll's recht sein. Nicht dass ich nein dazu sagen würde.« Er nahm einen Schluck aus einer Bierflasche, die er unsichtbar unter der Theke behielt; er musste sie wohl im Speedrack zwischen den Spirituosen gehabt haben. »Sie wird ihn nie zu Ende bringen, oder? Was meinst du?«

»Ich weiß nicht. Ada ist ziemlich entschlossen. Ich würde sie da nicht unterschätzen. Immerhin hat sie genug Geld aufgetrieben, um so weit zu kommen.« Vielleicht, nur vielleicht, würde er doch nicht das machen, was ich befürchtete. Vielleicht hatte ich alles missverstanden. Immerhin dachte er an die Zukunft, oder? Der Film war gut für ihn. Ich sah ein, dass ich die Filmidee besser vorangetrieben hätte, als Ada zu bremsen. »Das weiß man nie, Nik. Dokumentarfilme sind im Kommen. Vielleicht kann sie HBO dafür interessieren. Du könntest mit fünfzig noch entdeckt werden. Aber zumindest wird sich irgendein Label für deine Musik interessieren.«

»Ach, Quatsch. Die Musik wird sowieso Nebensache sein. Es wird nur um ›meinen durchgeknallten Onkel‹ gehen. Das wird dabei rauskommen.«

Ich schüttelte den Kopf. Er setzte wieder die Bierflasche an.

»Aber das ist schon in Ordnung. Das macht mir nichts. Versteh mich nicht falsch. Ich freu mich über ein bisschen Beachtung. Ich nehme jetzt mit, was ich noch kriegen kann. Scheiße, ich werde der nächste Henry Darger. Weißt du noch, wie der Film ausging? Der Outsiderkünstler stirbt, und die ganze Welt entdeckt, dass er ein verkanntes Genie war. Kannst du dir vorstellen, was sein Haus mittlerweile wert sein muss?«

Jetzt war es mein Part, mit einem *Spinnst-du?*-Kopfschütteln zu antworten. »Was redest du für einen Stuss?«

»Ich labere nur so vor mich hin. Kennst mich doch.«

Ja, ich kannte ihn. Oder?

23. Mai

Ich weiß, dass Ada an dem Tag ihr letztes Interview mit Nik führte. Gesehen habe ich es noch nicht. Es gehörte genau genommen nicht in seine Chroniken, weil es darin ja *um* die Chroniken ging. Und natürlich existieren die Chroniken in den Chroniken nicht. Adas Film gehört also in meine Chroniken, in die faktenbasierten Chroniken. Irgendwann demnächst werde ich es mir ansehen und einfügen müssen, um meinen Bericht zu vervollständigen.

Nachdem Ada Nik interviewt hatte, kamen beide zu mir rüber, und wir fuhren alle zusammen zu meiner Mutter. Niks zweiter Besuch bei ihr innerhalb einer Woche. Meine Mutter empfing uns mit einem breiten Strahlen. Ich hatte etwas zu essen mitgebracht, also setzten wir uns alle an den Tisch und aßen.

»Dieses Hühnchen ist ja köstlich«, sagte meine Mutter. Nik aß nichts, nippte aber an einem Bier.

»Ja, sehr lecker«, sagte er. Er schaute ihr genau zu, wie sie aß. Ich war erleichtert, dass sie heute wieder ganz die Alte zu sein schien. Als wollte ich, dass sie für Nik eine gute Vorstellung gab. Er beobachtete unsere Mutter, und ich beobachtete ihn.

»Wie war der Dreh?«, fragte ich.

»Super. Vielleicht müssen wir noch etwas nachdrehen. Aber mit dem ersten Interview haben wir schon mal einen guten Anfang. Stimmt's?«, fragte Ada. Wenn es ihr ernst war, sah sie genau wie ich aus. Die besorgten Augenbrauen und die Art, wie sie an ihren Lippen fingerte.

»Ja, hat Spaß gemacht«, sagte Nik.

»Was kommt als Nächstes?«, fragte ich.

»Die Release-Party für *The Ontology of Worth, Volume 1*. Sie erscheint nächste Woche zu Niks Geburtstag. Wir werden die Party filmen. Nik wird zum ersten Mal seit dreißig Jahren live spielen. Danach müssen wir dann vielleicht noch ein letztes Interview ansetzen.«

»Tatsächlich?«, fragte ich.

»Nur einen kurzen akustischen Set, mehr nicht.«

»Nik wird fünfzig. Meine Güte«, sagte meine Mutter. Wir alle sahen sie an.

»Stimmt, ja, genau, er wird fünfzig«, sagte ich. Wie konnte sie sich daran erinnern? Am einen Tag war sie paranoid und unberechenbar, am nächsten Tag war alles bestens. Ich fand allerdings einen Halbliterbecher mit angetautem Speiseeis im Küchenschrank. Ich schnappte ihn mir unauffällig und warf ihn weg. Dann überprüfte ich diskret den Kühlschrank auf Verschimmeltes, das sie krank machen könnte.

»War Leslie heute Morgen da?«, fragte ich sie.

»Ja, war sie. Eins muss ich dir allerdings sagen«, sagte sie. Ihr Blick verdunkelte sich, und sie schürzte die Lippen. Der Lippenstift war leicht verschmiert, wie ich nun bemerkte.

»Was denn?«, fragte ich.

»Die beklaut mich«, sagte sie. Ich schüttelte den Kopf. »Doch. Ich hatte zwanzig Dollar in der Handtasche, und nachdem sie weg war, waren die auch weg.«

»Ma, Leslie hat sie nicht genommen, das garantiere ich dir. Du hast das Geld bloß verlegt.« Ich sah Nik und Ada einen Blick wechseln.

»Es war nicht das erste Mal. Ich wollte dich nicht damit belasten, aber sie klaut und ist ganz schrecklich.« Meine Mutter sah plötzlich aus wie ein schmollendes, untröstliches Kind. Für sie war es die Wahrheit.

»Das sind nur deine Diabetes-Medikamente. Die machen dich paranoid. Leslie ist in Ordnung.« Ich drückte ihre Hand. Ich musste alles auf den Diabetes schieben. Das klang für uns alle weniger beängstigend und dämpfte möglicherweise sogar ihren Impuls, Süßigkeiten zu stibitzen. Sie drückte meine Hand. Ich legte meine andere Hand über ihre und streichelte sie sanft. Sie schien sich etwas zu entspannen. Ich hielt ihre Hand, und sie zog sie nicht zurück. Es erschien geradezu logisch. Diese ausgeprägte körperliche Nähe war normal für uns, als ich noch ein Baby und später ein Kind war. Danach kamen lange Jahre, in denen wir uns kaum berührten. Eine Umarmung oder ein Kuss auf die Wange ja, aber nur oberflächlich. Wir gingen schon wieder auf Distanz, bevor wir damit fertig waren. So verhielten sich Erwachsene eben. Und nun umarmten wir uns wieder und hielten Händchen. Ich ging mit ihr zum Arzt, ich machte ihre Nägel, ich wusste alles über ihren Körper. Logisch – wir verabschiedeten uns vom Denken. Zurück blieb der Körper. Wir verloren die Erinnerungen, und so brach die Vergangenheit in sich zusammen und verschwand. Wir waren zur Vertrautheit unserer beider Körper zurückgekehrt. Ich begriff, dass diese Nähe nie ganz fort gewesen war, nicht vollständig. Sie hatte dicht unter der Oberfläche geschlummert, überlagert von Nichtigkeiten und Abgrenzungen. Es war ein so einfaches und tröstliches Gefühl, dass unsere Körper am Ende wieder zueinanderfanden. Es war fast so, als müsste das Denken erst verschwinden, um uns zum Elementaren zurückzubringen. Zu unserer ungetrübten Mutter-Tochter-Liebe. Es war angenehmer für mich, wenn ich es mir so zurechtlegte, wenn ich spürte, wie gut ihr meine Berührung tat. Wie sie ihre Ängste linderte.

Wenn ich an meine Familie denke, stelle ich mir vor, dass unsere Geschichte tatsächlich in unseren Körpern weiterlebt. Der Verstand wird ungenau und versagt, aber unser Körper hält durch, bis er irgendwann nicht mehr kann, doch bis dahin trägt er alles in sich. Mir war bewusst, dass ich mich, wenn sie starb, an ihren Körper erinnern würde, an ihre physische Präsenz, und mir irgendeinen Teil ihres Körpers – ihren Geruch, ihr Haar – ins Gedächtnis zu rufen würde mich weinen und ihr nachtrauern lassen.

Mein Vater hat früher gelegentlich in Nachtclubs und Lounges Klavier gespielt. Nik kann sich noch erinnern, unter einem Flügel gesessen zu haben, während mein Vater spielte. Es war in irgendeiner altmodischen Pianobar. Ich habe keine derartigen Erinnerungen. Ich kann mich nicht mal an irgendein Gespräch mit meinem Vater erinnern. Allerdings erinnere ich mich daran, mit ihm durch die Straßen zu gehen. Er streckte rückwärts seine Hand nach mir aus und öffnete und schloss sie immer wieder, ohne sich nach mir umzusehen. Ich rannte hin und ergriff sie. Er schloss seine Hand sanft um meine und drückte sie. Ich erinnere mich, wie groß seine Hand war, wie warm und schwer sie sich anfühlte.

In meinem Schlafzimmer habe ich noch immer ein Foto meines Vaters. Es zeigt ihn am Tag seines Highschool-Abschlusses. Es ist eine nachkolorierte Schwarzweißaufnahme, wie sie damals für besondere Anlässe üblich war. Daher sieht sie fast wie ein Gemälde aus, oder wie ein Geisterbild. Er ist darauf jung und gut aussehend, eine kräftigere Version von Nik. Aber eigentlich erinnert sie mich nicht an ihn.

Manchmal – es ist vielleicht dreimal vorgekommen – erinnern mich andere Männer an meinen Vater. Wenn ich auf der Straße hinter einem speziellen Typ Mann hergehe. In New York ist mir das einmal passiert. Ich war in einer Menschenmenge, und dieser Mann war direkt vor mir. Er streifte mich im Vorübergehen. Er trug einen Mantel.

Vielleicht lag es an seiner Größe oder seiner Haltung, seiner Art zu gehen, oder auch daran, wie sein schwarzes Haar hinten auf den Kragen stieß. Vielleicht war es auch die Hand am Griff seiner Aktentasche – irgendetwas ließ meinen Vater auferstehen. Eine intensiv vertraute Körpererinnerung nahm Besitz von mir; ich sah ihn – vage –, vor allem aber spürte ich ihn oder erinnerte mich, ihn zu spüren. Ich sah diesen Fremden flüchtig in der Menge und ein Ruck durchfuhr mich. Eine Woge des Erkennens und Hingezogenseins. Ich eilte ihm nach, versuchte sogar, ihn einzuholen. Dann drehte er sich leicht zur Seite, und ich sah sein Gesicht. Absurderweise enttäuschte es mich tatsächlich, als ich erkannte, dass er nicht mein Vater war. Er sah kein bisschen wie mein Vater aus. Der Vorfall machte mich nicht traurig, er brachte mir die Erinnerung an meinen Vater zurück, wie es Bilder niemals könnten. Ich spürte die Erinnerung an meinen Vater auf der Haut, wie man den Wind oder die Sonne spürt. Es fühlte sich nicht an, als wäre er für mich unwiederbringlich verloren – und damit war er es auch nicht. Innerlich gab es über mein Gedächtnis für Ereignisse, Daten und Gespräche hinaus diese aktive Erinnerung an seinen Körper. Ich weiß heute, wie sehr wir alle in diesen Körperorten leben. Deine Erfahrungen, die einschneidenden, verblassen nicht. Sie sind für immer in dein Fleisch, deine Nerven, deine Fingerspitzen eingeschrieben.

25.–27. Mai

Nik wurde fünfzig. Wir trafen uns zum Feiern in seiner Wohnung. Ada brachte ihren Kameramann mit. Ich brachte einen Kuchen und einen Umschlag mit eintausend Dollar mit (zu 18 Prozent Zinsen als Dispo aufgenommen). Ada hatte eine Record-Release-Party mit Konzert gewollt, aber letztlich hatte Nik sich doch quergestellt. So waren es nur Ada und ihr Kameramann, Nik und ich. Ich fasste es als positives Zeichen auf – immerhin keine dramatische Abschiedsvorstellung. Nik überreichte jedem von uns ein Exemplar von *The Ontology of Worth, Volume 1*.

Ada hielt es in die Kamera. Ich betrachtete die CD-Klapphülle aus Pappe. Dann gab ich sie Nik zurück.

»Was ist?«, fragte er.

»Na, Autogramm natürlich.« Nik grinste und signierte sie innen mit einem Marker.

»Das wird mal eine Menge wert sein«, sagte er mit einem Augenzwinkern. »The Worth of Worth.«

»Klingt wie dein nächster Albumtitel«, sagte ich. Er zielte mit dem Zeigefinger auf mich, was so viel wie *du sagst es* bedeuten sollte, und grinste mich an. Ada filmte uns, und wir taten so, als täte sie es nicht.

»Willst du nicht ein paar Songs von der CD singen?«, fragte Ada. Nik nahm seine Gitarre.

»Nein, das könnte schwierig werden. Aber zum Anlass meines Geburtstags spiele ich was für euch. Diesen einen Song. Einen Oldie.«

Er setzte sich auf die Sofakante. Er stimmte eine langsame, akustische Version seines Teenage-»Hits« »Versions of Me« an. Er schloss die Augen und zerdehnte den Song, fuhr ihn so weit runter, bis sein jungenhafter, trotziger, adoleszenter Aufschrei sich zu etwas anderem wandelte. Er wurde ernsthaft, ruhig, das Aufbegehren weise und ironisch gewendet, eine Reprise, in der Nik sein Alter für einen Moment tatsächlich gut stand.

Als er fertig war, schaute er zu mir auf, und ich schniefte. »Das ist kein trauriger Song«, sagte er.

»Aber bei dir hat er sich so angehört – du hast ihn verändert.«

»Phrasierung. Alles nur Phrasierung.« Nik zwinkerte mir zu. Keine bedeutungsvollen Blicke, keine dunklen Andeutungen. Er war heiter, fast ausgelassen für den Rest des Abends. Trotzdem, tief drinnen wusste ich, was bevorstand.

Nachdem sie zugesehen hatten, wie Nik, mit nur unbedeutender Hilfe von Ada und mir, viel – an die drei Flaschen – Wein trank und viele Zigaretten rauchte, verabschiedeten sich Ada und ihr Kameramann zur Party eines

Freunds in Santa Monica. Ich räumte auf und spülte ab. Nik schaute mir zu. Als ich fertig war, setzte ich mich auf die Couch.

»Bleibst du hier?«, fragte er.

»Warum nicht. Wär das okay?« Er zuckte die Achseln. Er sah ein wenig betrunken und eingefallen aus. Allerdings sprach er mit stocknüchterner Präzision. Ich fragte mich, wie es sich wohl anfühlte, er zu sein. Wurde er nie wirklich betrunken? Trank er deshalb so viel? Er lehnte sich am anderen Ende der Couch zurück und starrte an die Decke.

»Was ist das für ein Gefühl, fünfzig zu sein?«

»Oh Gott, also bitte.«

»Sorry.«

Er stand auf und ging ins Bad. Ich sah einen Band der Chroniken auf seinem Schreibtisch. Ich weiß nicht, warum ich herumschnüffelte, aber ich hielt es für ratsam, einen Blick zu riskieren, solange sich die Gelegenheit bot. Ich schlug den übersichtlichen, dicken Ordner auf. Ich blätterte ihn rasch bis zum Ende durch, bis zur zuletzt eingefügten Seite. Dann las ich, was auf weißes Schreibmaschinenpapier getippt dort eingeklebt war:

Nik Worth, Popstar und exzentrischer Innovator, stirbt mit 50

Es war noch unvollendet, nur eine Überschrift. Ich hörte, dass er sich die Hände wusch. Ich schloss den Band und setzte mich wieder aufs Sofa. Ich rieb mir nervös über die Unterlippe. Was sollte ich tun? Nik kam aus dem Badezimmer.

»Hey, du musst gehen. Ich bin hinüber«, sagte er.

»Na schön, aber kannst du erst noch einen Kaffee machen? Die Fahrt nach Hause ist lang.« Mir stockte fast die Stimme.

»Du solltest jetzt gehen.«

»Na gut.« Ich stand auf und setzte mich wieder. Er atmete scharf aus. Ich ging ihm unverkennbar auf die Nerven. »Pass auf, es ist Folgendes«, sagte ich. »Ich hab Angst. Ich mach mir Sorgen, dass irgendwas sehr Ungutes vor sich geht.«

Nik schüttelte den Kopf. »Um mich musst du dir keine Sorgen machen. Da hat keiner was von.«

»Du machst mir doch nicht irgendwas Dramatisches?«

»Mir geht's gut, Denise, okay? Nur weil ich fünfzig geworden bin, bringe ich mich noch lange nicht um.«

Ich nickte, ohne überzeugt zu sein.

»Du vertust dich da mit den Kausalzusammenhängen. Wie Dingsda schon sagt: Korrelation ist nicht gleich Kausalität ...«

Mir kamen wieder die Tränen. Er ging zur Tür und hielt sie auf. Ich blieb sitzen.

»Ich bin heute Abend zu müde, um dich aufzubauen oder dir viel zu erklären. Du wirst mir einfach vertrauen müssen. Und jetzt verpiss dich bitte, damit ich endlich ins Bett kann.«

»Schon gut, schon gut.« Ich stand auf und ging. Am nächsten Morgen rief ich ihn an.

»Bin immer noch da«, meldete er sich. Ich lachte.

»Du bist ja so ein Arsch«, meinte ich.

»Genau«, sagte er.

Auf dem Heimweg schaute ich bei ihm in der Kneipe vorbei (die natürlich nicht mal annähernd auf meinem Heimweg lag). Er grinste und winkte mich zu sich. An der Theke saßen ein paar Gäste. Ich setzte mich ans Ende seiner Arbeitsstation. Er hielt eine Flasche Bier hoch, und ich nickte.

»Wie geht's?«, fragte er.

»Besser«, sagte ich.

Er warf einen Schulterblick zu seinen Gästen und meinte dann: »Tut mir leid, dass ich gestern Abend so scheiße zu dir war.«

Ich schüttelte den Kopf. »Vergessen wir die ganze Sache.«

Nik nickte und beugte sich dann über die Theke zu mir. Es wirkte auf mich so intim, dass ich lachen musste.

»Pass auf, ich weiß, dass du mich liebst. Ich möchte nur, dass du das weißt, okay?«, sagte er.

»Okay«, antwortete ich.

»Du bist die Einzige, die mich je verstanden hat, weißt du? Klar weißt du das.« Dann hob er eine Hand und humpelte die Theke runter, um neues Bier und Wechselgeld auszugeben. Er bekam langsam zu tun. Ich trank mein Bier aus und stand auf, um zu gehen. Ich winkte ihm zu. Er kam an mein Ende der Theke und drückte mir einen Kuss auf die Wange.

»Auf Wiedersehen«, sagte er.

»Gute Nacht«, sagte ich. Und ging.

Da war sie, die grausame Entscheidung, mit der ich womöglich leben muss. Ich verließ ihn dort, wir hatten Abschied genommen. Ich wusste, dass ich ihn vielleicht nie wiedersehen würde. Aber ich hatte ein paar sehr gute Gründe dafür, Gründe, die nur eine Schwester ganz verstand. Ich wusste, dass ich ihn nicht halten konnte. Aber das war es nicht. Ich hätte mich entscheiden können, nicht zu gehen. Ich hätte bitten und betteln können, ihm sagen, dass ich ohne ihn nicht leben könnte. Das war es nicht.

Ich hielt ihn nicht zurück. Ich gebe es zu, das habe ich nicht. Und zwar nicht nur, weil ich ihn so sehr liebte, dass ich bereit war, ihn aufzugeben, wenn es nicht anders ging. Wenn es das war, was er brauchte. Ich war bereit, seine Entscheidung zu unterstützen, die, wie ich wusste, nicht leichtfertig getroffen, sondern wohlüberlegt und für ihn zufriedenstellend war. Das alles traf zwar zu, war aber nicht der Grund, warum ich ihn an diesem Abend sich selbst und seinem Plan überließ. Das tat ich, weil ich etwas wusste, eine Wahrheit. Etwas, das vielleicht nur ich allein wusste. Er würde gehen, und ich würde bleiben. Ich würde bleiben und zusehen, wie mein Leben langsam ausklang. Ich würde dem Verfall und der Stille zusehen. Ich würde das Restesaufen und den Kater durchstehen. Ich würde bis zum bitteren Ende bleiben, bis zum langsamen Abgleiten und Wegbrechen meines Lebens. Das war mein Ding: Durchhalten. Nik würde gehen, und ich würde durchhalten. So war es und so würde es bleiben. Hatte ich das nicht immer schon gewusst? Als ich wegging, fühlte ich mich befreit, glücklich sogar. Er hatte alles zu Ende gebracht, aber zu seinen Bedingungen. Für ihn war es das Einzige, was zählte. Ich hingegen würde bleiben und abwarten, wie sich die Bedingungen um mich herum entwickelten. Das ist der Preis des Dableibens. Ich konnte es verkraften, er hätte es nicht gekonnt.

Ich bin nicht sicher, ob ich daran tatsächlich glaube, aber in diesem Moment, dem Augenblick, als ich die Bar verließ, und während meiner Fahrt nach Hause, stimmte diese Einschätzung von ihm und uns zu hundert Prozent. Gut möglich, dass niemand sonst es kapieren würde, aber ihn loszulassen gab mir ein Gefühl von Liebe und Trost. Ich fühlte mich großmütig, selbst wenn nie jemand außer mir verstehen würde, warum.

Ich war zu Hause. Ich schaute keine Nachrichten, ich schaute keinen Spielfilm. Ich rief Ada an. Ich schickte Jay eine E-Mail. Ich nahm eine herrliche himmelblaue Pille, ging zu Bett und schlief sofort fest ein.

28. Mai

Um fünf Uhr morgens schreckte ich entsetzt hoch. Ich stand auf und wusste einfach, dass etwas Schreckliches passiert war. Ich rief Nik an, und niemand nahm ab. Ich warf mir ein paar Sachen über und eilte zu meinem Wagen. Ich überlegte, ob ich den Notruf wählen sollte. Aber dann ließ ich es. Ich wusste, es würde zu spät sein. Jetzt fühlte es sich nicht mehr gut und richtig an. Ich hatte einen Fehler gemacht.

Ich öffnete mein Fenster und ließ heiße, staubige Luft in den Wagen. Ich fuhr schneller als erlaubt. Es war sonst niemand auf dem Highway, hinter den Bergen war nur die staubverschleierte Andeutung von Morgendämmerung zu sehen, und ich stellte mir vor, meinen Bruder zu finden. Ich stellte mir seine Leiche vor, kalt, entgeistert und bleich, ausgestreckt auf seinem Bett. Ich hatte nie Zweifel, dass es Tabletten sein würden. Ich wusste, er würde sich niemals erhängen oder erschießen. Nein, er würde alle seine hart erarbeiteten pharmazeutischen Kenntnisse zur Anwendung bringen, und ich sollte ihm dafür dankbar sein. Höchstwahrscheinlich wusste er ganz genau, wie man es machte, ohne sich dabei zu übergeben, irgendeine genau bemessene Kombination von Barbituraten, Alkohol und einem verschreibungspflichtigen Antiemetikum.

Ich würde damit umgehen können, seinen Leichnam zu sehen, oder? Ich könnte damit umgehen, wenn er aussähe, als schliefe er nur, aber geschunden und verdreckt konnte ich ihn nicht sehen. Ich konnte es einfach nicht.

Aber mein Gott, es war nicht nur das. Er war immer bei mir gewesen, mein ganzes Leben lang. Ich wusste nicht weiter ohne ihn, ohne seine konstante, verlässliche Präsenz. Alles, was mir von ihm bliebe, wäre Erinnerung, und damit konnte ich nichts anfangen. Das war kein Trost. Das war dürftig und reichte mir nicht.

Was habe ich getan?

Ich schaute mich um und stand schon in seiner Auffahrt. Ich wusste nicht mehr, wie ich den Wagen ausmachen musste, und starrte dann stumpfsinnig auf den Zündschlüssel, nachdem ich ihn endlich aus dem Schloss gezogen hatte. Ich stieg aus, ich stolperte über irgendetwas. Ich trug immer noch Pantoffeln. Ich hatte solche Luftnot, dass es mich ängstigte. Ich hielt inne und zwang mich, tief ein- und wieder auszuatmen. Ich stieg die alten hölzernen Treppenstufen hoch, meine Hand zitterte, als ich sie zur Klingel ausstreckte. Tränen traten mir in die Augen. Ich drückte die Klingel, hörte das heitere Ding-Dong und wartete. Ich versuchte, durch das Fenster neben der Tür zu schauen, doch die Vorhänge waren zugezogen und ich konnte nichts erkennen. Ich versuchte es mit dem Türknauf. Die Tür war nicht abgeschlossen. Ich öffnete die Tür und fürchtete, ich könnte ohnmächtig werden. Ich würde ohnmächtig werden. Vielleicht, nur vielleicht würde ich ihn schlafend finden, und alles wäre in Ordnung. Er würde mich anschnauzen, weil ich ihn aufgeweckt hatte, und ich würde ihm gestehen, wie dumm ich gewesen war. Ich betrat das Zimmer.

Nik war nicht in seinem Bett.

Er war auch nicht im Badezimmer. Nik war nicht auf dem Sofa oder in seinem Studio unter der Falltür. Ich rannte nach draußen und sah nach seinem Auto. Bei meiner Ankunft hatte ich es nicht registriert, aber sein Auto war weg. Ich ging wieder rein, dann wieder raus und rief seinen Namen in die Morgenluft.

In der Wohnung herrschte perfekte Ordnung. Aber dann sah ich, dass seine Gitarren fehlten, bis auf die eine, alte, seine Orlando. Es mochten auch andere Dinge fehlen, das konnte ich jetzt noch nicht übersehen.

Und säuberlich arrangiert, mehr oder weniger zur Schau gestellt, lagen da seine Chroniken aufgeschlagen auf dem Schreibtisch. Sie erwarteten mich. Auf der aufgeschlagenen Seite stand Niks Nachruf:

Nik Worth, Rockstar und exzentrischer Innovator, stirbt mit 50

Nik Worth, exzentrisches Genie und einsiedlerischer Kauz, starb am gestrigen Tage, offenbar durch Selbstmord. Er wurde von seiner Schwester, Denise Kranis, leblos in seiner Wohnung gefunden. Ein Abschiedsbrief wurde nicht entdeckt, dennoch erklärte seine Schwester: »Er hat sich umgebracht.«

Dr. Mark Farmer, der Coroner des LA County, erklärte, die vorläufige Autopsie deute auf eine Überdosis Tabletten hin. Das Sheriff Department fand neben dem Bett Flaschen mit den verschreibungspflichtigen Medikamenten Nembutal und Anzemet, dazu eine halb geleerte Flasche Wodka.

Mr. Worth erblickte 1956 als Nikolas Kranis das Licht der Welt. Seinen Vater verlor er schon mit elf, seine Mutter ist seit einigen Jahren gesundheitlich beeinträchtigt. Die Familie war arm, doch Worth empfand seine Kindheit dennoch als behütet. Er besuchte die Hollywood High, die er nach einem immer noch unter Verschluss gehaltenen Konflikt mit der Schulleitung verlassen musste. Seinen Abschluss machte er schließlich auf der Fairfax High School. Studiert hat er allerdings nie. Die Gründungsmitglieder seiner vielfach platinausgezeichneten Band The Demonics kannte er bereits von der Hollywood High. Die Demonics entwickelten einen harten Post-Glam-Artrock-Sound, der das Gesicht der populären Musik nachhaltig veränderte.

Auf die Demonics folgte Mr. Worth' zweite Band, die Fakes. Die Fakes hatten sich reinem Powerpop verschrieben und be-

herrschten für den Großteil der frühen Achtziger die Hitparaden: Meet the Fakes, Here Are Your Fakes *und später* Take Me Home *und* Make Me Fake It *stürmten sowohl in den USA als auch in England allesamt auf Platz 1.*
1980 erlitt Nik Worth einen schweren Motorradunfall. Danach begann er sein langwieriges Anti-Pop-Projekt The Ontology of Worth, *ein musikalisches Experiment, das insgesamt 20 Alben umfassen würde. Manche hielten es für brillant, für andere war es schlicht »Worth's Luftschloss«. Sogar viele seiner treuesten Fans empfanden es als übermäßig selbstbezogen. Auf die zahlreichen Parodien, die sein Spätwerk provozierte, reagierte Worth lediglich mit den Worten: »Das Leben jedes Menschen ist eine Antwort auf die Fragen, die er stellt«, offenkundig ein (entstelltes) Emerson-Zitat.*
In den letzten Jahren war Worth gänzlich von der Bildfläche verschwunden. Gerüchten zufolge ging es mit ihm physisch wie psychisch bergab. Er veröffentlichte weiterhin die geplanten Alben seines Ontology*-Projektes und bewahrte sich eine ergebene, wenngleich viel kleinere Schar von Anhängern. Von Zeit zu Zeit brachte er neue Fakes-Platten heraus – Aufnahmen, die er nun mutterseelenallein in seinem Privatstudio einspielte. Er stellte das Touren völlig ein und verließ kaum noch seine »Einsiedelei« am Pazifik, ein großes Anwesen am Skyline Drive in Topanga Canyon. Freunden zufolge hatte Worth nie aufgehört zu arbeiten, neue Stücke zu schreiben und aufzunehmen. Es wird vermutet, dass noch zahlreiche unbekannte Arbeiten in den Archiven am Skyline Drive auf ihre Entdeckung warten.*
Worth hinterlässt seine Mutter, Ella Kranis, seine Schwester, Denise Kranis, und seine Nichte, Ada Vogel. Anstelle von Blumen bittet Denise Kranis zum Gedenken an Nik Worth um Spenden zugunsten der ASPCA, der von ihm meistgeschätzten gemeinnützigen Organisation.

Sein Nachruf kam mir seltsam hingeschludert vor, als wäre Nik zu dem Schluss gekommen, seinen eigenen Nachruf zu schreiben sei in der Praxis sehr viel weniger spaßig als die Idee, ich muss aber gestehen, eine gewisse Genugtuung empfunden zu haben, weil ich mit den Tabletten richtig lag, selbst wenn ich (zum Glück) das Leben in den Chroniken mit dem echten Leben durcheinanderbrachte.

Ich finde es lustig, dass sich, wie auch Nik bestimmt nicht entgangen ist, sein Leben in den Chroniken am Schluss gar nicht so sehr von seinem wahren Leben unterschied. In mancher Hinsicht war es schlechter, in anderer genau gleich. Ganz und gar kein perfektes Fantasieleben, nur ein anderes, vielleicht kunstsinnigeres Leben. Aber in den Chroniken war er nicht Autor der Chroniken, die im Laufe der Zeit wohl sein größter Stolz geworden waren.

Ich war außer mir vor Erleichterung. Ich weiß auch nicht, wieso mir nicht der Gedanke kam, dass er einfach weggefahren sein könnte, um sich woanders umzubringen, aber er kam mir einfach nicht. Er hatte recht. Ich hatte die Zeichen missdeutet. Ich wäre nie darauf gekommen, dass er einfach abhauen würde. Und Abhauen fand ich an diesem Morgen so viel, viel besser. Zuerst war ich überglücklich.

Auf der nächsten Seite kam der seltsame Fake-Brief von mir an Ada. Sollte ich darin nach Indizien suchen? Ein paar der Anspielungen in dem Nachruf hatte ich kapiert (Skyline Drive war Neil Youngs Anschrift in Topanga, die Eingangszeilen waren beinahe eins zu eins dem Nachruf auf Elvis aus der *New York Times* entnommen. Zweifelsohne versteckten sich darin noch andere kleine Scherze, hinter die ich später noch kommen würde.) Aber für mich gab es keine Nachricht, keine Erklärung, keinen Brief, nichts in der Art. Ich wusste nur, dass er gegangen war und nicht zurückkommen würde. Er war fort, und ich hatte es nicht kommen sehen. Das begann mich unruhig zu machen. Ich hatte ihn missverstanden, und das war ein unschöner Gedanke. Also setzte ich mich hin, um mich Moment für Moment, zumindest soweit ich die Momente erinnerte, an die Erklärung heranzutasten. Ich folgte seiner Aufforderung und schrieb mir alles auf, so unbegabt ich dafür war.

Denise legte ihren Stift weg. Die Sonne ging schon wieder unter. Aber es war vollbracht, sie hatte sich in kleinen Schritten bis zu genau diesem Moment zurückgearbeitet. Sie brauchte unbedingt Schlaf. Aber zuerst Ada. Sie rief sie endlich an und erzählte ihr, was geschehen war.

»Wie kommst du darauf, dass er endgültig weg ist?«, fragte Ada. Denise schwieg. »Hast du schon die Polizei benachrichtigt?«

»Nein. Ich sollte wohl eine Vermisstenanzeige aufgeben, oder?«

»Ja, so bald wie möglich.«

»Könntest du mir dabei helfen?«, fragte Denise. »Ich bin seit zwei Tagen auf den Beinen. Es geht mir nicht gut.«

»Na klar. Arme Ma. Ich komm rüber. Ruh dich einfach ein bisschen aus, wenn du kannst. Ich bin bald da und kümmere mich um alles.«

»Danke, Schatz.«

»Er taucht wieder auf, da wette ich.«

»Nein, das glaube ich nicht.« Eine Pause entstand. Denise konnte hören, wie Ada Zigarettenrauch auspustete.

»Was machst du jetzt ohne Nik?«

»Ich lege mich hin.«

Denise legte auf. Sie schaute sich im Zimmer um. Niks Bett war ordentlich gemacht. Frisch bezogen, extra für sie, zweifellos. Sie schlug das Oberbett zurück und kroch darunter. Sie nahm eins der Kissen in die Arme. Sie drückte ihr Gesicht hinein. Sie lag auf der Seite und presste ihr Gesicht in Niks Kissen, bis sie einschlief.

Als Denise wach wurde, herrschte draußen Dunkelheit, und Ada war im Zimmer. Sie saß an Niks Schreibtisch und sah sich die Chroniken an. Denise richtete sich auf und rieb sich durch das verquollene Gesicht. Sie hatte tief geschlafen und brauchte einen Moment, um sich zu erinnern, was geschehen war, wo sie sich befand und warum Ada da war. Warum Denise da war. Ada kam zu ihr herüber und nahm sie in die Arme.

»Wie geht es dir?«, fragte Denise. Ada sah verheult aus und schmiegte sich an ihre Mutter.

»Wie kannst du so sicher sein, dass er nicht wiederkommt?«, fragte Ada. »Ich weiß, du weißt es einfach, und das ist so ein Ding zwischen Bruder und Schwester, oder zwischen dir und Nik wenigstens. Dann musst du doch eine Ahnung haben, wo er hin ist?«

Denise schüttelte den Kopf. »Ehrlich nicht. Er hat ein paar Gitarren mitgenommen und, soweit ich das beurteilen kann, einige Klamotten. Er hat seinen Wagen genommen. Aber abgesehen davon hat er alles zurückgelassen. Seine ganzen Chroniken. Seine Platten. Ich begreif das nicht. Er hat überhaupt kein Geld. Halt – er hat doch welches. Ich hab ihm ein bisschen Geld gegeben. Ich weiß auch nicht – möglich, dass er nach –« Denise sah sich suchend um. »Ich weiß auch nicht.«

Ada übernahm den Anruf bei der Polizei. Sie mussten allerdings persönlich dort erscheinen, um eine Vermisstenanzeige auszufüllen. Ada sagte, es wäre klar, dass die Polizei in diesem Vermisstenfall nicht viel unternehmen würde – er war schließlich freiwillig untergetaucht, also das, was sie als einen »aus freien Stücken abgängigen Erwachsenen« bezeichneten. Was nichts Ungewöhnliches war, dass andauernd Ehefrauen und Mütter und Töchter (und Schwestern) von Männern verlassen würden, die einfach nur untertauchen wollten. Sie sagten, die Leute wären oft nach ein, zwei Wochen zurück. Außerdem sagten sie, sie solle Niks Zahnarzt bitten, ihnen Niks zahnärztliche Unterlagen zu schicken. Denise war nicht sie selbst. Ihr wollte nicht in den Kopf, warum ausgerechnet die Zähne als unveränderliche körperliche Merkmale herhalten mussten; dann begriff sie es und fühlte sich noch schlechter.

Denise wollte Niks Wohnung nicht verlassen, doch Ada bestand darauf, dass sie zu Denises Haus zurückfuhren. Denise nahm ein Bad, und Ada machte etwas zu essen. Denise beantwortete Mails und rief ihren Chef an. Morgen musste sie zur Arbeit, zur Polizei, und ihre Mutter besuchen. Sie plante ihren Tag. Ada blieb über Nacht bei ihr. Sie würde ihren Besuch auf ein paar Wochen ausdehnen.

»Ich würde gerne meinen Film fertigstellen«, sagte sie. Denise seufzte. »Ich finde das nicht unsensibel von mir. Ich bin jetzt noch überzeugter, dass Nik es so wollen würde.«

»Tja, einen Schluss hat er dir ja nun geliefert, was?«

»Ich meine nur, dass er all die Sachen nicht ohne Grund zurückgelassen hat. Ich würde gerne in seinen Archiven stöbern. Ich will das ganze Zeug, das er angesammelt hat, einzeln abfilmen. Ich möchte die handgemachten Labels, die Collagen, das ausgetüftelte System von Bezügen und Verweisen festhalten. Das wäre so toll.«

»Irgendwie gefällt mir der Gedanke nicht. Ich finde nicht, dass du seine Sachen durchsehen solltest.«

»Falls er zurückkommt?«

»Er ist gerade mal zwei Tage weg, da bin ich nicht sicher, ob du über seine Sachen herfallen solltest.«

»Ich dachte, du wärst so sicher, dass er für immer weg ist«, meinte Ada.

Denise nickte halbherzig. »Okay.«

»Was würde er denn wollen, ganz ehrlich?«

»Meinetwegen, dann dreh dort. Sei bloß vorsichtig mit seinen Sachen.« Ada nickte und setzte sich neben ihre Mutter auf die Couch.

»Was ist?«

»Ich brauche noch etwas anderes«, erklärte sie.

»Und was?«

»Ich brauche noch mehr Material mit dir. Vielleicht kannst du mit mir zusammen die Archive sichten. Vielleicht –«

»Nicht jetzt. Nein, ich glaube nicht, dass ich das möchte.«

»Aber du bist das Einzige, was übrig ist, Mom.« Denise lächelte Ada an. »Denk drüber nach.«

»Ich denke darüber nach, Schatz, aber du musst mir ein bisschen Zeit geben. Und auf gar keinen Fall wird auf der Wache gefilmt. Das verkrafte ich nicht.«

»Klar.« Ada schenkte ihrer Mutter Wein nach und hielt dann ihr eigenes Glas hin. »Auf Nik, wo immer er ist.«

»Auf Nik, diesen egoistischen Sack«, sagte Denise und fing an zu lachen. Sie trank einen langen Schluck. Sie griff in Adas Haare und strich sie ihr aus der Stirn. Ada nahm ihr die Strähnen ab und steckte sie sich hinters Ohr.

»Hast du was von dem Filmmaterial dabei, das du gedreht hast? Das Nik-Interview?«

»Oh ja. Klar. Ich meine, ich schleppe das alles immer mit mir rum. Ich habe DVDs in meiner Handtasche, im Auto, überall. Ich zeige dir das Nik-Interview, wenn du es sehen möchtest.«

»Ja, ich glaube, das möchte ich.«

»Sicher?«

Adas Kamera folgt Nik, der durch sein Studio und seine Wohnung geht. Man sieht Unmengen von Büchern, überall Regale, ein Schlagzeug, Gitarren, Aufnahmegeräte. Alle Wände sind bedeckt mit Zetteln, Fotos, Charts, Zeichnungen. Es gibt kein freies Plätzchen, aber alles sieht durchorganisiert aus, systematisch und geordnet. Nik baumelt eine nicht angezündete Zigarette im Mundwinkel. Die Kamera folgt ihm nach draußen, über den Hof und dann durch die Außentür in sein Garagenstudio.

NIK
Hier habe ich die letzten vierundzwanzig Jahre gearbeitet. Western Lights, das Herz der Playpen Studios.

ADA (offscreen)
Und die von Pause Collective, Medium Effort ...

NIK
Ja, der Firmensitz so mancher Plattenfirma. Hier spielt sich alles ab, Kinder.

Nik setzt sich auf einen Hocker und hängt sich seine zerschrammte Gibson Dreadnought um. Hinter ihm erkennen wir Reihen seiner Chroniken in dicken schwarzen Ordnern mit unterschiedlichen Jahreszahlen auf dem Rücken. Manche Jahrgänge beanspruchen mehrere Ordner.

ADA
Wie lange lebst du schon hier?

NIK
Ich bin 1981 eingezogen, also fast vierundzwanzig Jahre.

ADA
Gehört dir das Haus?

Er lacht und lächelt auf seine Gitarre hinunter, während er ein paar Saiten anschlägt.

NIK
Nein, es gehört mir nicht. Ich bin nicht wie deine Mom und alle anderen in diesem Land. Es zieht mich nicht in die große Eigentümergesellschaft.

ADA
Betrachtest du dich selbst als politischen Menschen?

NIK
Nein, Politik interessiert mich einfach nicht. Da bin ich zu sehr Narzisst. Gut, dieses Jahr werde ich gegen den Präsidenten stimmen. Ich hasse den Präsidenten. Aber wie politisch interessiert muss man schon sein, um zu erkennen, dass George Bush ein Verbrecher ist?

ADA
Die Chroniken sind nicht nur so ein Hobby nebenbei, oder? Sie sind extrem durchkonzipiert, da steckt die Arbeit eines ganzen Lebens drin. Alles scheint bis ins kleinste Detail wohlüberlegt zu sein.

NIK
Willst du wissen, wie detailliert? Lass es mich mal so sagen: Wenn die Chroniken in zweihundert Jahren von irgendwem wieder ausgegraben werden, werden sie sich absolut plausibel lesen. Wird schwer zu glauben sein, dass sie nur heiße Luft sind. Vor allem, weil ich die ganze Musik dazu habe. Ich habe immer genau Buch geführt. Ich habe auf Binnenlogik und Kontinuität geachtet. Ich habe den ganzen Begleitapparat. Es ist alles zu verifizieren.

Nik betrachtet die Ordner in den Regalen. Er lacht.

NIK
Es sind nicht bloß diese Ordner oder die Aufnahmen in ihren verschiedenen Stadien. Es sind Filme und Videos da. Außerdem gesonderte Bücher von einigen der Protagonisten, Merchandise-Artikel, Promo-Artikel, amtliche Dokumente und Nebenprojekte. Ich habe die gesammelten Schriften von einigen meiner »Rezensenten« und so weiter. Hast du die hier schon mal gesehen?

Er holt ein Kartenspiel hervor. Auf jeder Spielkarte ist ein Bild und darüber mit Füller geschriebener Text, der teilweise bis auf die Rückseite umläuft. Er blättert in den Karten.

NIK
Erinnerst du dich noch an diese *Rock-Dreams*-Bücher aus den Siebzigern? Nein, wie solltest du auch. Die waren damals unheimlich beliebt. Sie enthielten so träumerisch-psychedelische Bilder von Rockstars. Manche der Bilder wirkten wie Illustrationen von Songtexten. Andere enthielten kleine Geschichten oder Gedichte über den jeweiligen Rockstar. Es gab mehrere Bände von diesen Büchern – sie waren, glaube ich, dazu gedacht, dass man beim Musikhören auf die Bilder glotzen konnte. Rock-and-Roll-Fantasybildchen. Na ja, ich fand sie ganz schön kitschig, aber es gab da auch diese handgemalten Spielkarten, die ich, glaub ich, in so einer Galerie gesehen hatte, ist Jahre her. Von Wallace Berman oder wenigstens im Stil von Wallace Berman. Auf jeder Karte war ein Gedicht mit einem Bild oder einer Collage auf der Rückseite. Diese Idee habe ich geklaut und mit *Rock Dreams* kombiniert. Ich dachte mir,

die Demonics könnten die für ihre Fans veröffentlichen. Jedenfalls hab ich für jede der sechs Demonics-LPs so ein Kartenspiel gemacht. Alle sind handgemalt oder gezeichnet, keine Kopien. Und nur eine Auflage. Ich glaube, selbst deine Mom hat die nie gesehen. Ich glaube, ich bin der Einzige, der sie je gesehen hat, und ich muss zugeben, ich finde sie ganz schön cool. Ha. Ich bin selbst mein größter Fan.

Nik lacht und legt die Karten weg, dann zieht er wieder die Gitarre zu sich ran.

ADA
Aber die Frage ist doch, warum? Warum die ganze Mühe? Kannst du mir erzählen, warum du diese Chroniken angefangen hast?

Nik sagt nichts, scheint seine Gitarre zu stimmen. Er klimpert ein bisschen darauf herum.

NIK
It was kind of fun, far away from everyone.

ADA
Ist das aus einem deiner Songs? Könntest du den mal spielen?

Er singt den Song:

NIK
I'm riding static, I hope you hear me
hiding in attics, among old Christmas trees
these widow's flowers, drier than dust
they haven't crumbled, seems that they must

I'm working again. I'm going to break it
I'm playing again, if playing you call it
It happens again, every day
It was kind of fun, so far away ...
... From everywhere

I'm riding static, I hope you hear me
Hiding in attics, among old Christmas trees
Can't you hear me yet?
Can't you hear me yet?

Er bekommt einen Hustenanfall, hört auf zu spielen und trinkt einen Schluck Bier.

Ich weiß, es klingt unglaubwürdig, aber das hab ich gerade erst geschrieben. (*lacht*) Es heißt »Anlässlich des Interviews für den Dokumentarfilm meiner Nichte«. Also sozusagen ein Gelegenheitssong.

ADA
An wen ist dieses Stück adressiert? An die gesamte Welt? An dich selbst? An deine Schwester?

NIK
Ich mach einfach nur, dass es sich reimt und habe keinen blassen Schimmer, was es bedeutet. Aber es ist natürlich interessant zu hören, was andere dazu sagen. Könnte ich mir denken.

ADA
Wer ist dein Publikum?

NIK
Ich selbst. Darüber hinaus habe ich keins, würd ich sagen. Die Familie vielleicht und Freunde.

ADA
Meine Mutter.

NIK
Zum Beispiel.

Nik lacht lange und herzlich. Dann mit überzogen theatralischer Stimme:

Aber Schwestern zählen nicht. Tut mir leid, Dee Dee. Schwestern und Mütter zählen nicht. Ich habe gar kein Publikum.

Er schlägt ein paar Akkorde an.

Versteh mich nicht falsch, ich meine nicht, dass Denise nicht von größter Bedeutung für mich ist. Meine Schwester zählt nur nicht als Publikum, weil ich sie als Teil von mir empfinde. Sie ist, na ja, eine Alternativversion von mir.

Er hält inne und greift nach etwas außerhalb des Bildausschnitts. Er zieht an seiner Zigarette und stößt den Rauch wieder aus. Er zuckt die Achseln.

Was waren die Chroniken? Akkumulationen, wie das Gedächtnis, nur besser. Etwas, worauf man sich jeden Tag freuen kann.

ADA
Aber warum ein Fake-Leben führen? Warum hast du das nicht aus deinem wirklichen Leben gemacht und dir für deine ganze Arbeit ein echtes Publikum gesucht?

NIK
Es war kein Fake, es war real. Und irgendwann habe ich mich damit angefreundet, kein Publikum zu haben. Stell dir vor, von der Sinnproduktion befreit und nur dem reinen Sound verpflichtet zu sein. Stell dir vor, mit Erklärungen, Fehlinterpretationen, Kommerzialität und Rezeption nichts mehr am Hut zu haben. Stell dir vor, mit allem, was dir vorangegangen ist, anstellen zu können, was immer du willst. Stell dir vor, niemals Artaud, Chuck Berry, Alistair Crowley, den Beats, dem *I Ging* oder Lewis Carroll entsagen zu müssen. Stell dir absolute Freiheit vor.

ADA
Sind das nicht genau die Dinge, die dir in deinen Chroniken vorgeworfen werden? Du lässt dich von deinen Kritikern als unoriginell, unreif und übertrieben eklektisch abkanzeln.

NIK
Na ja, ich wollte, dass es realistisch ist.

Ada lacht.

Siehst du, *siehst du*?

Er lacht.

Und du kommst mir mit deiner Kamera und deinem Bedürfnis nach Erklärungen und deinen Ansprüchen an mich, konsistent zu sein.

Der Film ist zu Ende. »Das ist alles«, erklärte Ada. Denise nickte.

Im Laufe der nächsten Wochen half Denise Ada, die Chroniken zu sichten. Denise entschied sich, sie in jeder Hinsicht zu unterstützen. Sie zahlte die Miete für Juni, dann für den Juli, dann für den August. Sie ließ den Alltag wieder in ihr Leben einkehren, aber oft fuhr sie nach der Arbeit nicht nach Hause, sondern in Niks Wohnung, wo sie Musik hörte oder in den Chroniken las. Manchmal dachte sie über ihre eigene Schreiberei nach, aber meistens saß sie einfach nur da.

Nik blieb spurlos verschwunden.

Nachdem der Film abgedreht und Ada wieder in New York war, kam Denise nicht mehr so oft, aber sie ließ Niks Wohnung und die Chroniken, wie sie waren. Ihr gefiel es, einen Ort außerhalb ihrer Wohnung und ihres Alltags zu haben, ihr gefiel es, in der Welt eines anderen zu sein. Seine Wohnung wirkte still, losgelöst von allem, friedvoll.

Sie besuchte ihre Mutter, die nicht nach Nik fragte. Sie traf sich mit Jay. Sie schauten sich zusammen Filme an, sie aßen zusammen zu Abend. Ihr Leben fühlte sich anders an, doch es gab Tage, an denen es ihr wie immer vorkam. Der Berufsverkehr. Sie gewöhnte sich sogar wieder an, während des Abendessens die Nachrichten zu sehen.

Niemand redete mehr von Abu Ghraib oder dem Irak. Sie redeten nur noch über Vietnam. Sie zeigten immerfort kommerzielle Wahlspots, die John Kerry Feigheit und Verrat vorwarfen, weil er ebenfalls in Vietnam gewesen war, und danach diskutierten sie über die Spots. Die gesamte Wahl würde von Florida, Pennsylvania und Ohio entschieden werden. Allein die Menschen in Florida, Pennsylvania und Ohio würden entscheiden, ob Bush im Amt blieb. Alle anderen waren nur Zuschauer. *Ich lurkte nicht bloß im Internet, ich lebte auch im Lurker-Staat, Kalifornien.*

Als Denise eines Abends im September den Fernseher einschaltete, bahnte sich gerade wieder eine neue Schreckensmeldung an. Im Untertitel des Bilds hieß es *Geiselnahme in Schule*, und dann zoomten die Worte *tödliches Patt* vom unteren Bildrand herauf. Denise erkannte gleich, dass es kein amerikanisches Videomaterial war. Das grobkörnige Material schrie sofort Ausland. Man hörte eine Reporterin sprechen und darüber die Stimme der amerikanischen Simultanübersetzerin im Off. Hinter der Reporterin war ein großes Steingebäude zu sehen. Dann sah man verschiedene Ansichten des Gebäudes, während der amerikanische Anchorman redete. Denise verstand »Hunderte von Menschen, offenbar überwiegend Kinder«, Männer mit Gewehren hasteten auf dem Bildschirm hin und her. Männer in orangefarbenen Overalls schoben Bahren in weiße Vans. Menschen, darunter Kinder, liefen halb bekleidet, verstört und orientierungslos herum. Dann wurde der gesamte Bildschirm von einer Karte der ehemaligen Sowjetunion eingenommen: Russland und alle Länder, die dazugehörten oder dazugehört hatten. Dann ein Schnitt zu einem Experten für Geiselnahmen in einem Sessel, der zu zwei neben ihm sitzenden Reportern sprach. Dann ein Experte für Tschetschenien, dann ein Experte für separatistische Rebellengruppen.

Der übliche Newsticker war offenbar ausgesetzt, stattdessen wurden freigestellte Fakten über Tschetschenien und Beslan eingeblendet. Es hatte trotzdem den beunruhigenden, dissonanten Effekt der Reizüberflutung.

Der Experte für Geiselnahmen redete immer noch. Denise spürte die wachsende Anspannung. Es würde etwas Schreckliches passieren. Garantiert. Undeutliche Bilder von minderjährigen Geiseln neben bewaffneten Männern mit Sturmhauben. Sie zeigten außerdem die angeblich korrupte russische Polizei, deren Hardliner unter keinen Umständen mit den Tschetschenen verhandeln wollte. Dorfbewohner, Eltern und zufällig Anwesende, einige mit militärisch aussehenden Waffen ausgerüstet, belagerten das Gebäude. Es konnte nur in einem Blutbad enden, das sah sogar Denise. Und die Reporter des Kabelsenders waren ganz hin und weg, wie sensationell ihre Sensationsmeldung tatsächlich war. Es würde eins dieser raren Events werden, die sich in Echtzeit vor laufenden Kameras abspielen. Denise wollte sich das nicht ansehen. Sie bemühte gar nicht erst die Fernbedienung, sie ging zum Fernseher hin und machte ihn ganz aus. *Ich werde mir nicht immer und immer wieder dasselbe ansehen, ich werde nicht darauf warten, darauf hoffen, dass irgendetwas passiert. Nicht mit mir.*

Doch selbst bei ausgeschaltetem Fernseher musste sie weiter daran denken. Sie versuchte wirklich alles, ihr unverhältnismäßiges Engagement zu unterdrücken, das tat sie wirklich. Sie beschloss, dass ihre Garage gründlich aufgeräumt werden musste. Sie ging rein und nahm alle Kisten aus den Regalen. Sie schaffte Platz für neue Sachen. Sie stapelte Jays Geschenke diskret in eine Ecke. Aber etwas beunruhigte sie. Nicht nur, dass die Reporter darauf warteten, dass die russische Polizei die Schule stürmte. Es war nicht nur der seriöse Ton der Stimme, in dem eine schlecht verhohlene, hechelnde Begeisterung mitschwang, als sie sagte »vermutlich mit Sprengstoffgürteln ausgerüstet«, »unseren Quellen zufolge, drohen die Rebellen für jeden Toten in den eigenen Reihen fünfzig Kinder umzubringen« und »stimmt es, Errol, dass sie Kinder als *menschliche Schutzschilde* benutzen?«. Es war mehr als die unterschwellige Vorfreude, die sie den Reportern anmerkte, es war noch etwas anderes, etwas in ihr selbst.

Sie hatte ein merkwürdig leeres Gefühl – sie spürte ein deutliches Defizit an theoretischem Mitgefühl bei sich. Sie hätte eigentlich entsetzt sein müssen, war es aber nicht. Die Story drang nicht in tiefere Schichten vor. Warum nicht? War es, weil sie die meisten der Kinder nicht sehen konnte? Weil es keine Schulfotos aus früheren Zeiten von ihnen gab, keine individuelle Lebensgeschichten, in Englisch erzählt und mit Fotos von Fußballspielen illustriert? Weil die Schule selbst eher wie eine Fabrik oder ein Gefängnis aussah als wie irgendeine Schule, die sie je gesehen hatte? Oder dass all das, die ganze Geschichte, sich zutiefst fremdländisch anfühlte? Sie fürchtete, dass es genau das war, dass genau das sie auf Abstand hielt. Da war dieses heimliche, beschämende Gefühl, es sei alles nicht ganz so schlimm, weil es ihr fremd war. Es war weniger schrecklich.

Sie stellte alle Kartons in einer ordentlichen Reihe wieder zurück ins Regal und begann, den Staub von leeren Regalböden darunter zu wischen.

Denn dort ist so etwas vielleicht Alltag, in diesen chaotischen, weit entfernten Ländern. Dort sind sie an Gewalt, Terror und tote Zivilisten gewöhnt. Tote Kinder. Es war nicht wahr, fühlte sich aber wahr an, so wie es sich für Amerikaner ganz anders anfühlte, Tragödien irgendwo im Ausland mit anzusehen als ein Schulmassaker in Colorado. Es lag an der Kleidung, den Kopftüchern, den Stimmen, den harten *Ys* und *Ks*. Sogar die Augen sahen fremdländisch aus. Sie sah das Spektakel darin, mehr als sie sich eingestehen wollte.

Sie hatte die Gesichter der Eltern gesehen, die vor der Schule warteten. Sie waren es nicht, oder? Es waren nicht diese vom Krieg gebeutelten Menschen von irgendwo außerhalb der USA, die ungerührt waren beim Anblick blutüberströmter Kinder. Die Ungerührte war sie, die von zu Hause zusah.

Als Denise fertig war, ging sie zurück ins Haus. Sie machte sich Abendessen. Sie nahm ein Bad und ging zu Bett. Sie war müde und schlief rasch ein.

Als sie um drei Uhr nachts wach wurde, wusste sie, dass sie nicht wieder einschlafen würde. Sie war wach, scheußlich und vollständig wach. Furchtbar, um diese Uhrzeit aufzuwachen und allein zu sein. Ihr blieben nur der Computer oder der Fernseher. Sie setzte sich im Bett auf und schaltete einen Kabelsender ein.

Es war passiert, das, worauf alle gewartet hatten, und es lief auf allen Sendern. *Breaking News* blinkte permanent am unteren Bildrand auf, aber Denise konnte den Blick nicht von den Bildern darüber wenden. Die Schule stand in Flammen. Sie hörte Schüsse prasseln. Alles war voller Rauch, aber sie konnte Menschen in alle Richtungen laufen sehen. Kinder kletterten aus Fenstern oder wurden aus ihnen herausgezogen. Manche waren blutüberströmt, alle nackt oder halb nackt. Etwas explodierte, dann hörte man Sirenen, und Männer legten Kinder auf dem Rasen ab und liefen zurück, um weitere zu holen. Sie konnte Rufe und Schreie hören. Ein Schnitt, und man sah Bahren mit kleinen Körpern, vollständig von weißen Tüchern bedeckt. Die Nachrichtensprecher kommentierten die Bilder, aber das war gar nicht nötig. Dann sah man die Eltern, Frauen mit Kopftüchern, die auf Russisch schrien und weinten. Eine ältere Frau mit dem Bild ihrer Tochter sprach in die Kamera. Die Stimme des Reporters erklärte: »Diese Frau hat gerade vom Tod ihrer Tochter erfahren.« Der Frau liefen Tränen übers Gesicht, und sie hielt das Bild ihrer Tochter hoch, während sie Worte in die Kamera brüllte. Denise fühlte plötzlich Druck auf der Brust, und das ganze Grauen der Situation brach über sie herein. Jetzt endlich war es ihr nicht mehr fern. Die Menschen dort litten, und das allgegenwärtige Leiden machte es schlimmer, nicht leichter, oder? Es war ein Leben, das zehrte, das zermürbte, um dann noch viel schlimmer zu kommen. Sie erkannte, was sie in den erschöpften, verweinten Augen der Frau las – Hoffnungslosigkeit. Leid, das nur schlimmer werden konnte.

Das Beslan-Massaker brach also zu ihr durch, aber welchem Zweck war damit gedient? Wie sollte ein Mensch mit all diesen Emotionen umgehen? Nichts zu empfinden war unmenschlich, aber alles zu empfinden, auf diese Art, allein in einem dunklen Zimmer mitten in der Nacht, damit war niemandem geholfen. Bestimmt nicht Denise, die, den Kopf in die Hände gelegt, schluchzte und zwei Stunden lang die hereinbrechenden, auf sie einprügelnden Fernsehberichte schaute. Über Kinder, Blut und Chaos. Beide Möglichkeiten, *Nichtfühlen* oder *Fühlen*, waren gleich inadäquat. Alles war inadäquat.

Das Schlimmste würde morgen kommen, wenn sie die Bilder immer und immer wiederholten, oder am Tag darauf, wenn die Welt sich dem nächsten Ereignis zuwandte, dem nächsten beängstigenden, elektrisierenden und abstumpfenden Ereignis. Wird von uns erwartet, zu vergessen? Und wenn nicht zu vergessen, was dann?

Sie konnte es nicht mehr. Es kostete sie zu viel.

Ein Woche später kam Denise von der Arbeit nach Hause, schlief problemlos ein, wachte jedoch vor Tagesanbruch wieder auf. Sie buchte im Internet ein Flugticket nach New York. Sie wusste, warum sie das tat und dass es widersinnig war. Sie packte eine Tasche und fuhr im frühmorgendlichen Dunkel zum Flughafen. Ihre Tochter würde sie auch besuchen. Sie stieg ins Flugzeug und setzte sich ans Fenster. Sie legte das kleine, papierbezogene Kissen auf das harte Plastik zwischen der Fensteröffnung und ihrem Sitz. Sie lehnte sich an das kleine, kratzige Rechteck, schloss die Fensterjalousie und schlief bis zur Landung.

Sie hatte noch nicht alles bis ins letzte Detail geplant.

Nach der Landung rief sie nicht bei Ada an. Sie ging zu einem der Mietwagenschalter. Sie legte ihre Kreditkarte auf die Theke. Sie fuhr hinaus in den Nachmittagsverkehr auf die I-87 und dann Richtung Norden.

Denise ließ das Autoradio ausgeschaltet. Sie legte die letzte *Ontology*-CD ein, die, die er ihr an seinem Geburtstag gegeben hatte. Sie wusste, dass darauf nicht die dissonanten Soundexperimente waren, die sie erwartet hatte. Sie enthielt neun Stücke – richtige Songs, traurige, vorwiegend akustische Songs mit leisem, schneidendem Gesang. Sie war ganz einfach wunderschön. Keineswegs weinerlich oder niederdrückend; sie war enigmatisch und von einer morbiden Lustigkeit. Unbestreitbar ein Schlusspunkt, aber ein interessanter, fruchtbarer Schlusspunkt, mit dem man sich jahrelang beschäftigen könnte. Oder auch nicht.

Denise fuhr bis Albany und hielt dann an, um ein Sandwich zu essen. Sie fuhr weiter auf der I-90 Richtung Westen. Sie hielt sich an ihre Karte und fuhr in Canajoharie ab, einer kleinen Stadt am Mohawk River mit Spuren eines schon fast pastoral anmutenden industriellen Niedergangs: verblasste Reklameschriften auf Backsteinwänden, noch genutzte Gebäude neben zugenagelten Fenstern, abblätternde, ehemals elegante Ladenfronten mit Sprossenfenstern und Lagerhäuser. Denise fuhr langsam durch die Stadt, fragte an einer Tankstelle nach dem Weg und fuhr dann über eine steinerne Brücke an der halb aufgegebenen Beech-Nut-Produktionsanlage in einen kleineren Ort, nach Palatine Bridge. Sie fuhr zum Palatine Motel an der Route 5 und checkte ein. Es war nach acht, und der Diner auf der anderen Straßenseite war geschlossen. Denise aß einen Schokoriegel und trank ein wenig Milch. Sie schaute in ihre Karte und ging dann zu Bett. Kaum hatte sie die Nachttischlampe ausgemacht, war sie schon eingeschlafen.

Sie frühstückte in dem kleinen Diner und fragte nach dem Weg. Sie fuhr mit ihrem Mietwagen auf eine Landstraße, die von dem Städtchen am Fluss hinauf in die nördlichen Hügel und Wälder führte. Häuser und Gewerbe verschwanden aus der Landschaft um sie herum. Hohe Kornfelder standen beiderseits der Straße, aber sie konnte immer noch die Berge sehen, die in der Ferne emporwuchsen. Sie kam an einem Farmhaus vorbei und fuhr über eine Hügelkuppe. Direkt vor sich sah sie eine Kirche aus Stein mit einem hohen grünen hölzernen Turm. Ein kleines Dorf zwängte sich zwischen diese Kirche und eine weitere, einem schlichten weißen Clapboard-Bau, am anderen Ende der Straße. Als sie weiter hinauffuhr, schienen die Hügel von der schmalen Straße zurückzufallen und gaben den Blick frei auf das Vorgebirge der Adirondacks und Catskills. Die Sonne stieg höher und die Landschaft war wie von einem Leuchten erfüllt – ein ungewöhnliches, gedämpftes Feldsteinleuchten, aber nichtsdestotrotz ein Leuchten. Sie fuhr weiter und sah am Straßenrand ein Ortsschild: Stone Arabia.

Gleich hinter der Ortschaft entdeckte sie ein handgemaltes Schild, auf dem *Quilts zu verkaufen* und *Honig zu verkaufen* stand. Sie bog in die lange, unbefestigte Zufahrtsstraße ein. Denise hatte im Diner nachgefragt, wie sie Stone Arabia und die Frau und ihre Farm finden konnte. Sie hatte behauptet, sie suche eine Babysitterin. Einige der Frauen arbeiteten als Babysitter für die »Englischen«. Man musste sie nur mit dem Auto abholen und zurückbringen.

Denise erkannte das Haus von den Fernsehbildern wieder. Es war ein großes weißes Farmhaus mit zwei danebenliegenden, deutlich größeren Scheunen. Ein Mann beobachtete, wie sie aus ihrem Wagen stieg. Sie winkte ihm zu. Er winkte zurück, aber ohne zu lächeln. Sie ging auf ihn zu und kam sich dekadent vor wegen des Geruchs der Autoabgase und ihrer teuren Sonnenbrille. Sie nahm die Sonnenbrille ab. Er reparierte irgendein landwirtschaftliches Gerät. Er schwitzte in der schwarzen Hose und dem weißen Oberhemd mit Hosenträgern. Er nahm seinen breitkrempigen Hut ab und wischte sich über den Kopf, dann setzte er den Hut wieder auf. Der Mann trug einen Bart ohne Schnurrbart, wie es bei ihnen Brauch war. Denise hatte beim Frühstück alles über die Regeln der Altamischen gelesen. Sie hatte sich einen Stapel von Seiten aus dem Computer ausgedruckt. Für Altamische war ein Schnurrbart Ziererei und nur weiterer Spielraum für störende Eitelkeit.

»Guten Morgen«, sagte sie.

Der Mann nickte. »Was kann ich für Sie tun?«

»Ich suche nach einer Frau. Einer Babysitterin.«

»Verstehe.«

»Alice Blake.« Der Mann nickte. Er ging zum Farmhaus und verschwand darin. Einen Moment später kehrte er zu ihr zurück. Er zeigte auf das Gebäude.

»Gehen Sie zu der Tür mit der Aufschrift ›Honig zu verkaufen‹. Dort, hintenrum.«

»Prima, danke schön.« Denise ging den Weg zum weißen Farmhaus hinauf. Die Tür, auf die der Mann gezeigt hatte, gehörte zu einem erst kürzlich errichteten Anbau. An eine Seite war Isolierfolie genagelt. Durften sie so etwas benutzen? Aber sie waren ja keine blindwütigen Maschinenstürmer. Sie verzichteten nur auf die Dinge, die sie von einem Leben in Gott ablenken konnten. Das eigene Haus warmzuhalten war hier oben alles andere als ein Luxus. Es war eine Notwendigkeit. Denise hatte es gefallen, über sie zu lesen. Sie strebten nicht danach, im neunzehnten Jahrhundert zu leben, wie so viele dachten. Sie begegneten lediglich dem sogenannten technologischen

»Fortschritt« mit Vorsicht und Skepsis. Sie verteidigten ihr von Ablenkungen freies Leben. Sie misstrauten jeder Neuerung, jeder Verbesserung. Wir anderen greifen blindlings nach allem Neuen. Sie hingegen betrachteten solche Dinge mit deutlichem Vorbehalt. Man musste sich nicht sehr anstrengen, um zu begreifen, dass es für manche besser so war.

Denise klopfte leise an die unverschlossene Tür, die einen Spalt offen stand. Sie hörte jemanden eine Treppe herunterkommen, dann ging die Tür auf und Alice Banks stand vor ihr. Sie sah aus wie die Frau, die Denise im Fernsehen gesehen hatte, bloß älter. Denise studierte ihr Gesicht – es war eindeutig dieselbe Frau.

»Ich bin Denise Kranis«, sagte Denise. »Sind Sie Alice?«

Die Frau nickte. »Ja, freut mich, Sie kennenzulernen.« Sie bat Denise mit einer Handbewegung hinein. Sie trat ins Haus. Drinnen wirkte es nach dem in praller Sonne liegenden Hof sehr dunkel.

»Sie suchen einen Babysitterin?«, fragte sie. Denise geriet einen Moment in Panik. Sie starrte Alice an. Dann schüttelte sie den Kopf.

»Nein, eigentlich nicht. Tut mir leid, das stimmt nicht. Entschuldigen Sie vielmals.«

Alice runzelte die Stirn und wich ein winziges Stück zurück. Sie wusste, warum Denise da war. Denise spürte ihren Mund trocken werden; sie hatte sich die Sache nicht wirklich überlegt.

»Was ich Ihnen sagen wollte, weswegen ich hier bin, ist, dass mir Ihr Verlust schrecklich leidtut.« Denise spürte, wie es ihr beim Sprechen die Kehle zuschnürte. »Ich wollte Ihnen sagen, dass ich Ihnen helfen möchte. Ihre Tochter zu finden, meine ich. Ich weiß, dass es bislang keine Spur gibt. Wenn ich irgendwas für Sie tun kann.« Denise spürte, wie Tränen ihren Blick verschleierten, und sie wischte sie weg. Die Frau stand da und rührte sich nicht. Da stand sie, eine Fremde, und mehr als befremdend. *Ich wollte Ihnen nur Hilfe anbieten. Weil, weil. Woher soll die Frau wissen, dass ich es gut gemeint habe? Sieht sie in mir etwas Abscheuliches, eine Trauertouristin?*

Die Frau hätte ihr einfach sagen können, sie solle sich um ihren eigenen Kram kümmern. Sie hätte wütend werden und sie wegschicken können. Aber das tat sie nicht. Auch ergriff sie nicht Denise' Hände und sprach ein Gebet auf Deutsch. Das tat sie nicht. Sie fing auch nicht an zu weinen und sagte auch nicht: »Danke, Schwester.« Sie machte nichts davon.

Sie schaute Denise an. Ihre Augen waren von einem sehr hellen Blau und rot gerändert. Ihr Teint war blass, und Denise konnte sehen, dass sie eigentlich gar nicht besonders alt war. So standen sie einen Moment da und blickten einander stumm an. Schließlich sprach die Frau.

»Es ist schon gut. Ich weiß, dass mein Kind bereits bei unserem Herrn ist.«

Natürlich, es war nicht mehr zu ändern. Sie hatte recht. Denise nickte, rührte sich aber nicht. Alice hielt die Tür auf. Denise trat hinaus und drehte sich dann wieder zu der Frau um.

»Alles wird wieder gut«, sagte die Frau.

Denise ging zu ihrem Wagen, stieg ein und fuhr den langen Zufahrtsweg wieder zurück.

Sie fuhr zurück in die Stadt, zu Ada, zu allem, das geblieben war.

Manchmal stellte sich Denise vor, er wäre in Mexiko – mit einer jungen Ehefrau, die sich um ihn kümmerte. Vielleicht spielte er an irgendeiner Straßenecke Gitarre. Aber das war eher unwahrscheinlich. Außer, er hätte etwas von seinen Sachen verkauft oder heimlich Geld beiseitegelegt. Möglich wäre das. Die Polizei fand nie irgendeine Spur.

Denise schaute unter dem Link nach, den Ada ihr geschickt hatte. Adas Film *Garageland* war längst fertig, aber sie musste noch einen Vertrieb finden. Deswegen hatte sie den Film in Zehn-Minuten-Häppchen bei der neuen Video-Website namens YouTube eingestellt. Erstaunlicherweise, oder vielleicht auch nicht, war der Film schnell Tausende Male angeklickt worden.

Die Clips mit alten Filmaufnahmen von den Fakes hatten die meisten Hits. Und die meisten Kommentare. Aber der Link, den Ada geschickt hatte, führte zu einem Clip mit Denise. Darin sah man, wie sie Niks Sachen durchsah und in Kartons packte.

ADA (offscreen)
Was machst du mit den ganzen Sachen?

DENISE
Die stell ich in meine Garage.

ADA
Was vermisst du am meisten, jetzt wo dein Bruder weg ist?

DENISE
Es ist einfach ... dass man jemanden sein Leben lang kennt – keine ersten Eindrücke, keine Verführung, kein Kennen*lernen*. Es ist pures *Kennen*, das einem manchmal fast zu viel werden kann. Schwer zu akzeptieren, dass dieses Kennen mit ihm für immer verschwunden ist.

Sie schwenkte mit einem Arm über einen Kistenstapel. Drei Reihen aufgeschichteter Kartons waren im Hintergrund zu sehen.

Diese Dispute über das *wirklich wahre* Kennen ab einem bestimmten Alter, das Abgleichen der Erinnerungen, manchmal gutartig, manchmal als Aussprache, zur Orientierung, und dann wieder im Streit, weil dazu nur eine kleine Andeutung genügt, das Aufblitzen einer Knarre unter einem Jackett, versteckt und tödlich. Schwer zu glauben, dass es endgültig nicht mehr da ist. *(Sie unterbricht sich und betrachtet die Kartons.)* Aber dann gibt es das.

ADA
Was zurückbleibt.

DENISE
Und natürlich was ich im Gedächtnis habe.

Fünftausend Treffer und ein kein Ende in Sicht. In den Kommentaren spekulierten die Leute, wer Nik Worth wirklich war. Sie hatten Theorien. Denise suchte in den Beiträgen nach irgendwelchen Hinweisen. Vielleicht verfolgte er das Ganze von irgendwo – das wäre immerhin möglich. Würde er diese Aufmerksamkeit genießen, oder würden ihn die falschen Vorstellungen, die man von ihm hatte, ärgern?

Denise meldete sich mit dem Benutzernamen DeniseK385 an und postete einen Kommentar. Sie korrigierte einige sachlich Fehler, die anderer Nutzer, was Daten, Konzertorten und Ähnliches betraf.

Vielleicht war er in Holland, oder in Spanien.

Vielleicht war er auch immer noch in LA, mit neuem Namen und neuer Existenz. Es wäre sogar denkbar, dass er sie irgendwann kontaktieren würde. Aber es war sinnlos, nach jemandem zu suchen, der nicht gefunden werden wollte. Sie wusste, er würde keinen Blick zurückwerfen. Er wollte von allem befreit sein. Vielleicht wollte er die Freiheit, sein zu können, wer immer er nun sein wollte, und dazu war es erforderlich, sein ganzes Werk, seine ganze Vergangenheit über Bord zu werfen. Er wollte vielleicht, dass alles so war wie ganz am Anfang, bevor sich so ein langes Leben angesammelt hatte.

Eines Tages landete Denise ohne es geplant zu haben in Vista Del Mar ganz in der Nähe der Casa Real, wo sie aufgewachsen waren. Sie entschied sich, den Wagen abzustellen und die Straße entlangzuspazieren. Es sah alles viel hübscher aus als damals. Sämtliche Häuser waren renoviert und hatten einen neuen Anstrich bekommen. Der weiß verputzte Bungalow, in dem sie damals zur Miete gewohnt hatten, war nun von einer hohen Hecke umgeben. Denise beschloss, einmal anzuklopfen, so wie Leute es manchmal tun, wenn sie an einem Haus vorbeikommen, in dem sie früher gewohnt haben. Sie wusste, dass es eine eigentümliche Erfahrung werden würde. Eine Gedächtnispalast-Nummer. Gedächtnispaläste wurden von Gedächtniskünstlern benutzt, um sich komplizierte Dinge zu merken. Bevor es Fotos, Filme und Aufnahmegeräte gab. Sie stellten sich den Bauplan eines Gebäudes vor – einen Palast –, sei es ein real existierender oder selbst ausgedachter, und platzierten dann Dinge, an die sie sich erinnern wollten, in speziellen Räumen. Wenn sie dann dieses imaginäre Gebäude abschritten, fielen ihnen die Dinge wieder ein, die sie auf diesen Tisch oder in jenen Schrank gelegt hatten. Der Hippocampus verwaltete die Informationen durch irgendein kompliziertes Zusammenspiel von geistigen Vorstellungen und räumlichen Zuordnungen. Je vertrauter das Gebäude, desto besser funktionierte diese Technik.

Denise klingelte. Der Frau, die ihr öffnete, erklärte sie, dass sie früher einmal hier gewohnt habe - hier aufgewachsen sei -, und fragte, ob sie wohl so freundlich wäre, sie einmal durchs Haus gehen zu lassen. Warum sollte der Trick mit dem Gedächtnispalast nicht auch umgekehrt funktionieren? Statt in Gedanken draußen in der wirklichen Welt. Geh durch das Haus, in dem du früher gewohnt hast, und die Details darin - die Struktur der Decke, der Einfall des Lichts durch ein Fenster, wie sich die Dielen unter deinen Füßen anfühlen, wenn du ein Zimmer betrittst - bringen dir die Erinnerung an das wieder, was du vor vielen, vielen Jahren an diesem Ort getan, gesagt und gedacht hast.

Lisa und ich schminken uns vor den großen Spiegeln an den Schiebetüren meines Kleiderschranks. Wir hören dabei T. Rex und tanzen zwischendurch, während wir uns stylen. Wir lachen, langweilen uns aber ein bisschen.

Beim Hochschauen sehe ich Nik in der Tür stehen, der uns zusieht. Er hat seine neue Polaroid SX-70 in der Hand. Er macht ein Foto von unseren Spiegelbildern. Ich stemme einen Arm in die Hüfte und winke übertrieben ausholend mit dem anderen. Ich zwinkere. Ich mache einen Kussmund. Lisa legt ihren Arm um meine Hüfte und steckt ihren Kopf unter meinem Arm durch. Er macht noch ein paar Aufnahmen. Wir hören das Klicken und das Surren, wenn jedes einzelne Bild geknipst und ausgespuckt wird, und fühlen uns wie Superstars. Nik hört erst auf, als die Kassette leer ist. Er zieht die leere Kassette heraus und wirft sie in den Papierkorb. Holt eine neue aus der Hosentasche und legt sie mit einem Klick ein. Nimmt einen neuen Blitzwürfel und lässt ihn oben einrasten. Ich habe keine Ahnung, woher er das ganze Geld für die Kassetten und Blitzwürfel nimmt. Aber er muss Tonnen davon verbrauchen: Eine ganze Wand seines Zimmers ist vom Boden bis zur Decke mit Polaroids tapeziert. Mindestens die Hälfte davon sind Selbstporträts. Als er die Kassette endlich gewechselt hat, ist der Posiermoment verstrichen, und, statt weitere Fotos zu machen, stolpern wir alle zum Bett, auf dem die Fotos liegen, und schauen ihnen beim Entwickeln zu. Irgendwas an dem Blitz und dem Polaroidfilm lässt geschminkte Gesichter besonders gut herauskommen. Wir sind ganz Augen, Lippen und rougebetonte Wangenknochen. Nasen sind bestenfalls angedeutet. Wir sehen umwerfend aus.

»Euer Plattencover«, sagt Nik und deutet auf eine besonders exaltierte Pose. Wir haben gar keine Band, nicken aber zustimmend. Das muss ein Cover werden. Jetzt müssen wir eine Band gründen.

Während wir die Bilder betrachten, schnappt Nik sich meinen Eyeliner und tritt vor den Spiegel. Er starrt seine Augen im Spiegel an und hebt den Stift.

»Soll ich dir zeigen, wie das geht?«, frage ich.

»Ja, aber ich will's selber machen«, meint er. Ich nehme den Stift und schaue in den Spiegel. Er sieht genau zu, wie ich einen Finger an mein Unterlid lege und es herunterziehe. Dann führe ich die Spitze des Stifts an den schmalen Streifen Haut zwischen Auge und Wimpern. Ich ziehe eine flüssige, dunkle Linie. Ohne das kleinste bisschen zu schmieren. Es ist eines der wenigen Dinge, die ich auf dieser Welt wirklich gemeistert habe – im Umgang mit Eyeliner bin ich perfekt. Nik schaut zu, dann nimmt er den Stift von mir entgegen und beugt sich vor zum Spiegel. Seine großen Augen sind von einem weichen, hellen Grau und wie geschaffen für eine Vergrößerung. Mit zittriger Hand trägt er den Liner erst am einen, dann am anderen Auge auf. Er klimpert sein Spiegelbild an.

»Du bist ein hübscheres Mädchen als ich«, sage ich, und wir lachen alle, aber es ist eigentlich kein Scherz. Es stimmt. Ich sehe ihn mir normalerweise nicht so genau an, aber irgendwie ermöglicht es der Eyeliner, ihn mit anderen Augen zu sehen. Mir entgeht auch nicht, wie Lisa ihn anstarrt. Er trägt ein T-Shirt. Er ist groß und total dünn. Es ist ein hautenges T-Shirt, babyblau mit rundem Kragen. Ich erkenne es als eins von meinen und ich frage mich, wieso mein Bruder plötzlich darauf kommt, er müsste das Mädchen in sich rauslassen. Aber schwul ist er nicht, nur extrem eitel, und jetzt gerade starrt er mit verschränkten Armen sein Spiegelbild an.

»Lass mich ein Foto von dir machen«, sage ich, als käme er je darauf, sich von irgendwem nicht fotografieren zu lassen. Ich nehme seine Kamera, und er dreht sich zu mir um. Er beginnt eine Reihe offenkundig genau einstudierter Posen abzurufen. Er wirft kess den Kopf zurück, schiebt sein Kinn leicht vor und schürzt die Lippen. Er gähnt mit theatralisch gelangweiltem Blick. Er lacht auf und schlägt die Augen zum Boden, die Hände in den Hosentaschen. Dann schaut er wieder in die Kamera, und ich bemerke eine gewisse Spannung in seinem Mienenspiel, eine Grundstimmung, als sei er drauf und dran, etwas zu tun oder verkneife sich irgendwas, nur, dass man nicht richtig lesen kann, was, ein freundliches Lächeln, ein dreckiges Grinsen, vielleicht auch ein Loslachen. Und er sieht aus, als sei er irgendwie in den Witz eingeweiht, den der verlogenen Posen, seiner Eitelkeit, der Fotografiererei. Ich komme nicht ganz dahinter, wie es funktioniert, aber ich weiß, dass wir genau das meinen, wenn wir sagen, dass etwas cool aussieht. Mein Bruder sieht cool aus. Er trägt mein Mädchen-T-Shirt und meinen Eyeliner, und er kann sich das leisten.

Abrupt hört er auf und greift nach der Kamera.

»Diese Musik ist ja nicht auszuhalten«, sagt er und geht aus dem Zimmer. Lisa und ich gucken uns die Fotos an, die ich gerade gemacht habe. Sie verfärben sich von graubraun zu fetten Farbklecksen und werden dann schärfer.

»Nik ist voll sexy«, sagt Lisa. Ich zucke die Achseln. Er ist mir so vertraut, dass es mir nahezu unmöglich ist, mir vorzustellen, er könne auf jemanden sexuell anziehend wirken. Ich breite die Fotos fächerförmig aus.

Sein Aussehen ist für mich so was wie ein abstrakter Pluspunkt, ich hoffe, dass sich in seiner Attraktivität etwas von meiner eigenen widerspiegelt, für die ich ebenfalls blind bin. Ich halte die Polaroids an ihrem schmalen, etwas dickeren Rand. Er könnte aus einem Magazin sein, keine Frage. Aber das könnte jeder. Nik und ich sind beide histrionisch veranlagt, wir wissen, dass man mit einer guten Pose weit kommen kann.

Als Kinder haben wir viele Abende alleine verbracht. Der Mangel an Beaufsichtigung bedeutete, dass wir ganze Abende ungestört unseren Fantasien widmen konnten. Wir taten so, als wären wir Schiffbrüchige auf dem Meer oder königliche Hoheiten im Exil, die auf einem abgelegenen Landsitz lebten (eine von Niks Lieblingsrollen). Oder wir waren Darsteller in einem Musical und sangen lauthals die Stücke. Wir hockten in einem Bunker, während der Rest der Welt in Schutt und Asche gelegt worden war. Wir legten vorher die Spielregeln fest und taten dann, was nötig war, kochten Essen, erledigten Hausarbeiten oder was auch immer, um diesen Parametern zu entsprechen. Mama wusste von alldem nichts; wenn sie von der Arbeit heimkam, war sie einfach nur froh, dass wir heil und unversehrt, satt und im Bett waren. Als wir größer wurden, bewahrten wir uns diese Vorliebe für Inszenierungen. Niks erste Band, mit der er es versuchte, hieß dann auch The Make-Believers.

Ich genieße es, mich in Pose zu werfen, und bringe das auch Lisa bei. Selbst wenn ich nicht längst eine Expertin darin wäre, braucht ein Mädchen nicht lange, um dahinterzukommen, wie es funktioniert. Man muss sich bloß zurechtmachen und über den unteren Teil des Sunset Boulevards flanieren, da, wo die ganzen Clubs sind. Es reicht auch schon, bloß bei Hamburger Hamlet reinzuschneien: Man starrt uns an, man schenkt uns Aufmerksamkeit. Das macht Spaß, denn bei uns ist alles dick aufgetragen, nicht nur die Schminke, wir sind Fantasiegeschöpfe. Befreiend ist nicht allein das Wissen, dass man damit durchkommt (was immer *damit* auch ist), sondern auch das Wissen, dass alle anderen ebenfalls Fake sind. Gut, vielleicht weiß Lisa es da noch nicht, aber ich wusste es schon immer.

Wir beschließen, dass Nik uns zum Sunset fahren soll. Wir wohnen gar nicht so weit davon weg, wollen aber nicht in unseren Highheels durch die Nebenstraßen latschen. Abgesehen davon ist Nik ein feiner Begleiter. Er weiß immer, in welchem Laden gute Musik läuft, und wird immer zu Partys eingeladen. Wenn ich zu unsicher und vielleicht eine Spur zu jung wirke, kann er den Ausschlag zu meinen Gunsten geben; er sorgt dafür, dass die Scharade aufgeht. Man könnte fragen, welches Ziel wir damit verfolgen, aber glaub mir, die Sache ist ziemlich harmlos. Wir haben keinen Sex, noch nicht, viel trinken oder Drogen nehmen wir auch kaum (bei Nik ist das eine andere Geschichte). Wir wollen bloß in der Nähe von Sex und Drogen sein, in der Nähe der hippen Erwachsenen, wir wollen gute Musik hören, und vor allem wollen wir, dass man uns anstarrt und begehrt. Wir wollen dieses Verlangen spüren, wie man die heiße Sonne auf der Haut spüren möchte. Wir wollen, dass es uns umfängt und zum Strahlen bringt. Mehr muss nicht sein, für mich zumindest nicht.

Ich bullere an seine Tür. Unsere Wände und Türen, seine wie meine, sind über und über mit Postern bedeckt. Auf der Tür zu seinem Zimmer hängt ein riesiges Plakat zu Lou Reeds neuem Album *Transformer*. Reed hat ein schmales Gesicht, abstehende Ohren und stark geschminkte Augen. Er sieht aus wie eine süße Version von Frankensteins Monster. Jetzt ist mir klar, worauf es Nik mit seinem Transenlook anlegt.

Er macht die Tür auf. Er hat mein T-Shirt mit einen uralten gelben Chiffonschal kombiniert. Er raucht einen Joint. Er betrachtet uns mit übertriebenem Ennui. Lisa kichert hingerissen, als ich ihm vorschlage, uns auszuführen. Er überlegt und zuckt gleichgültig mit den Achseln.

»Ich lass einen Zettel für Ma da«, sage ich. Mehr müssen wir nicht tun, denn sie hat Nachtdienst. Normalerweise kommt sie nicht vor drei nach Hause, aber vielleicht wollen wir ja länger wegbleiben, deswegen der Zettel. Klingt bemerkenswert freizügig, oder? Ist es auch, aber so war es immer schon. Sie arbeitet in einem Call-Center. Schon seit Jahren. Früher, als unser Vater noch da war, ging Nik nach der Schule zu ihm, und ich begleitete meine Mutter zur Arbeit. Sie durfte mich mitbringen, und ich saß dann die meiste Zeit unter ihrem Schreibtisch, aß mein Sandwich, zeichnete oder malte und schlief irgendwann in meinem Schlafsack ein. Ich fand das toll. Ich sehe noch die glatten Beine meiner Mutter in hautfarbenen Nylons und Pumps mit flachen Absätzen vor mir. Sie hatte immer recht kräftige Beine, die sie hasste und unter langen Röcken versteckte, aber ich liebte diese Beine und liebte es, in ihrer Nähe zu sein. Um zwei weckte sie mich auf, und ich ging dann wie schlafwandelnd mit zum Auto. Auf der Heimfahrt schlief ich weiter. Normalerweise bekam ich es gar nicht mit, wie sie mich schließlich ins Bett steckte. Mich störte das alles nicht im Geringsten – ich versuchte mich so handlich wie möglich zu machen. Sie nannte mich ihr Taschenkind. Aber es währte nicht sehr lange. Mein Vater verschwand wieder aus der Stadt, und Nik und ich richteten uns alleine ein. Morgens schlief unsere Ma, während wir uns für die Schule fertigmachten. Ich machte mir selbst Frühstück (Pop Tart mit Blaubeerfüllung und Vanilleglasur). Nik nahm immer nur Kaffee mit Tonnen von Zucker. Wir gaben uns als kleine Erwachsene, und was hatten wir für eine Freiheit.

Nik chauffierte uns in seinem purpurroten 1976er Chevy Nova. Eigentlich ein fahrender Schrotthaufen, aber ein cooler Schrotthaufen. Nik hatte ihn preiswert geschossen, nachdem er den ganzen Sommer über gekellnert hatte, um das nötige Geld zusammenzubekommen. Dann hatte er den Job geschmissen, und es war ein kleines Rätsel, wie er an sein Geld kam, wenn ich auch so meine Vermutungen hatte. Wie meine Mom tat ich aber so, als würde ich mir keine Gedanken darüber machen. Wir alle sind ziemlich gut darin, so zu tun, als wären wir eine normale Familie, und eben dass wir gemeinsam so tun als ob, trägt dazu bei, dass wir uns als Familie fühlen. Es ist eine Art mutwillige Selbsttäuschung. Vielleicht aber lügt man sich nur vor, es wäre eine Selbsttäuschung, denn wenn man sich über mehrere andere Leute etwas vormacht und alle dieselbe Illusion teilen, dann ist es gar keine Selbsttäuschung, oder? Das nennt man dann Familie.

Ohne Auto geht gar nichts. Wir klettern rein, drehen alle Fenster runter und das Radio voll auf. Jeder zündet sich eine Zigarette an. Wir fahren ziellos herum. Es ist nichts los. Wir langweilen uns. Schließlich landen wir in Westwood auf einer öden Party von reichen Highschool-Kids. Ich entdecke niemanden, mit dem ich mich unterhalten möchte, und denke, was für eine grässliche Szene, doch dann sehe ich, wie Nik mit einem jungen blonden Mädchen rumknutscht. Sie sitzt auf seinem Schoß, und ich kann an der Art, wie sie ihre Finger verschränken und dann daraufstarren, erkennen, dass sie auf Acid sind. Ich seufze.

»Ruf deine Mom an, sie soll uns abholen«, sag ich zu Lisa. Sie nickt. Wir lassen Nik dort sitzen.

Als ich die Tür aufschließe, verlässt mich der Mut etwas beim Gedanken an das leere Haus. Ohne Nik fühle ich mich eher vereinsamt als verängstigt, und so schalte ich rasch den Fernseher an, damit ich noch etwas höre außer meinem eigenen Atmen. Der Wohnbereich ist klein, mit niedrigen Decken und überschaubar. Ich gehe durch die Küche zur Hintertür. Ich gehe in die Garage, die zu Niks Studio geworden ist. Ich benutze den versteckten Reserveschlüssel, öffne die Seitentür und schalte das Licht an. Nik hat ein Sofa reingestellt, auf dem eine unserer alten Chenille-Tagesdecken liegt. Es ist der perfekte Ort, um dazusitzen und Musik zu hören. Er besitzt eine ziemlich gute Stereoanlage und erstklassige Kopfhörer. Er hat einen improvisierten Couchtisch mit einem einfachen Brett als Tischplatte. Die Platte ist voller Tintenflecke. Nik sitzt gerne an diesem Tisch und zeichnet, während er Musik hört. Seine Tintenzeichnungen bedecken die Zimmerdecke. Die meisten Zeichnungen sind seine Albencover. Er zeichnet sich immer auf die gleiche Art, als Nik Kat, sein Alter Ego aus Zine-Tagen, nun erwachsen als großen, schlanken Mann mit Katzenkopf. Der Stil erinnert stark an *Comix*, aber sehr vintage, so ähnlich wie Propaganda-Cartoons aus dem Zweiten Weltkrieg. Nik Kats Standardpose zeigt ihn ab Bauchnabelhöhe nach hinten gekippt, so als hätte er gerade eine verpasst bekommen. Seine allgegenwärtige Zigarette hängt vor dem geöffneten Mund in der Luft. Die Augen quellen hervor, der Hut springt in den Himmel. Ich habe keine Ahnung, warum Nik sich so darstellt. Aber Nik Kat ist allgegenwärtig und sei es nur als kleine Gestalt in der Ecke einer größeren Illustration. Die Wände der Garage sind zur Schallisolierung mit Teppichresten beklebt. Ich setze mich aufs Sofa. Es riecht nach Räucherstäbchen, Gras und Zigaretten. Aber der Raum ist eigentlich relativ aufgeräumt und sauber. Nik ist kein

Messie. Es liegen zwar überall Sachen herum, aber es sieht gut aus, das alles fügt sich zu einer kleinen Welt zusammen. Der Teil der Garage gegenüber dem Sofa gehört der Band: Gitarren, Schlagzeug, Keyboard. Ein Mikrofon steht dort und einige kleine Verstärker. Die Zeichnungen an der Decke, die Wände mit den Teppichresten, die Instrumente - irgendwie sieht das alles cool aus. Diese ganzen vielen Arrangements und Schichten - es sieht aus, als hätte sich alles, was ihm durch den Kopf geht, über Wände und Decken ergossen.

Ich suche in der kleinen Kommode neben dem Sofa nach Zigaretten. Auf der hinteren Garagenwand hat er dreimal nebeneinander das gleiche Peter-Max-Poster aufgehängt - auf Karton geklebt und dann an die Teppiche getackert. Man sieht viele pinke und rosafarbene Regenbogen und Sterne und eine riesige Pan Am 747, die von einem Kopf in Form einer Erdkugel abhebt. Wenn Nik einmal etwas gefällt, dann kann er nicht genug davon kriegen. Manchmal wiederholt er Sachen aufs Haar genau, manchmal mit kleinen Abänderungen. Keine Ahnung, aber ich glaube, das hat mit so was wie Strophe-Refrain-Strophe zu tun. Oder damit, wie man in einen Song vernarrt ist, den man so in- und auswendig kennt, dass sich dein Körper schon immer nach den nächsten Takten sehnt, die gleich kommen.

Seine Platten stehen in einer Reihe aufgestellt, nicht alphabetisch geordnet, sondern nach seinen eigenen, sich permanent ändernden Kategorien. Idiosynkratisch nennt er sein System. Das hat er im Wörterbuch nachgeschlagen, es kommt von den griechischen Bezeichnungen für privat und für Mischung. Niks Kategorien entspringen also seiner ganz privaten Vorstellungswelt. Was wohl heißt, sie sind nicht meine Angelegenheit oder aber: *Sieh zu, ob du selbst dahinterkommst.* Ich mache die Anlage an und senke den Tonarm auf die Platte einer Band, von der ich noch nie etwas gehört habe. Ich lausche einer melodischen akustischen Gitarre, einer sanften Jungenstimme und eingängigen Melodien. Die Texte sind von kindlicher Schlichtheit und Unschuld, aber es schwingt ein gewisser Unterton von Verlangen mit, wodurch die Stimme irgendwie sexy klingt. Wer möchte diesen Jungen nicht zum Freund haben? Das Stück plätschert mit einem dezenten Klimpern aus, um dann abrupt von einem harten E-Gitarren-Riff abgelöst zu werden. Das nächste Stück ist keineswegs verhalten und unschuldig, der Sänger röchelt und gurgelt, als wäre er fast irrsinnig vor sexueller Lust, als könne er sich vor Verlangen nach dem besungenen Mädchen nicht mehr beherrschen. Dann kommt wieder eine langsame Nummer, seine Stimme bricht, traurig, leidend, dann, autsch, kommen sogar Streicher, es klingt geradezu orchestral. Ich bin kurz davor, die Nase voll davon zu haben, da verdrängt das nächste tolle Gitarrenriff die Streicher wieder. Jetzt bin ich hin und weg - das alles ist großartig, selbst die schrecklichen Geigen. Ein echtes Gefühl durchströmt mich: Liebe, ganz klar, Verlangen, das auch, aber auch Wehmut, einfach alles zugleich dank dieser tollen Band. Ich schaue mir das Cover an. Ich strecke mich auf der Couch aus. Ich drehe das Cover um. Völlig durchschnittlich aussehende Jungs, aber einen von ihnen hätte ich wahnsinnig gerne zum Freund. Irgendeinen stammelnden, lässigen Jungen, den ich zum Betteln und Bitten bringen könnte. Aber mitsamt diesen Harmonien, Melodien und himmlisch hohen Stimmen. Ich höre mir noch einmal das langsame Stück an. Diese Stimme, ich kann gar nicht in Worte fassen, wie sehr sie das zum Ausdruck bringt, was ich empfinde, wonach ich mich - allein in dieser Garage - so sehr sehne. Ich beginne mitzusingen und spüre dadurch noch etwas anderes: Ich habe das Gefühl, dieser Sänger zu sein, als sei dies *mein* leiser Unterton von Begehren. Wie gerne wäre ich diese Stimme und wie gerne wäre ich diejenige, nach der sich diese Stimme verzehrt. Beides in einem. *Ich wünsche es mir so sehr.*

Danksagung

Ich danke der John Simon Guggenheim Memorial Foundation für die Unterstützung meiner Arbeit. Dank an die American Academy of Arts and Letters und die American Academy (Rom). Dank an die New York Foundation for the Arts. Dieses Buch hätte ohne die Unterstützung durch diese Institutionen nicht entstehen können.

Clement Coleman war mir dabei behilflich, die Lyrics zu »On the Occasion of Being Interviewed for My Niece's Documentary« zu schreiben. Darüber hinaus durfte ich seine Titel »Breakfast at Kingdom Come« und »Meet Me at the Movies« benutzen. Danke für deine Hingabe an den Knochenjob des Songschreibens! Dank auch an Emy und Kathy Franca. Zu Dank verpflichtet bin ich den vielen Menschen, die mir behilflich waren, Antworten auf meine Fragen zu finden: Marna Nape, Katherine Waterson, David Humphrey, Kurt Rohde, Keeril Makan, Dwynn Golden, Patrick Williams, Shahram Victory und Martin Brody. Danke, George Andreou, Rick Moody und André Bernard. Danke an alle aus dem Syracuse University Creative Writing Program.

Wie immer bin ich unendlich dankbar für die großzügige Unterstützung von Nan Graham, Melanie Jackson und Don DeLillo.